AF399292

Luna Miller

DEN SOM GER SIG IN I LEKEN

Jag hatar dig.

Har hatat dig så länge jag kan minnas.

Dina putande läppar och stora bröst.

De äcklar mig.

Blicken bakom dina målade ögonfransar när du tror du är bedårande får mig att vilja kasta upp.

Du tror att du kan få vad du vill med hjälp av din kvinnliga list. Att alla äter ur din hand.

Men tro mig. Ingen gör det.

Istället äter de den. Med både märg och ben.

Och de kommer inte nöja sig med bara handen.

Du driver dig själv mot döden.

När den väl är här är det för sent för dig.

Jag kommer inte stå på din sida.

Jag väljer dödens…

1.

Som alltid när hon blev riktigt förbannad blixtrade det till i hennes huvud. Om hon bara kunnat hade hon sparkat den lilla skiten tills han började gråta efter mamma. Kanske en stund efter det också. Men som 65-årig kvinna som egentligen skulle behöva rullator, men struntade i det då blotta tanken var helt deprimerande, så hade hon inte mycket att sätta emot. Inte så länge någon annan såg i alla fall. Istället lade hon sin arm om den unga tjejen och stirrade stint på den kaxiga idioten.

"Varför gör du så här? Ser du inte att hon blir ledsen?"

Gunvor var så ofantligt trött på att höra sin själv säga samma sak som dagarna innan. Det var också fruktansvärt trist med insikten att han troligtvis skulle svara som han brukade, vilket han också gjorde.

"Käften kärring. Lägg dig inte i."

Gunvor spände blicken i honom. Han förväntade sig troligen att hon skulle upprepa samma fras som hon dragit de senaste dagarna; "Låt flickan vara. Ge dig på någon som är i din storlek istället". Men istället hasplade hon ur sig:

"En gång till och du får med mig att göra på allvar."

Hon hann ana förvåningen i hans ansikte innan han började hånskratta.

"Och vad skulle du kunna göra mig? Dra mig i örat? Du kan ju alltid försöka."

Även om det var fruktansvärt förnedrande gav det i alla fall Gunvor och flickan en chans att ta sig därifrån utan mer trakasserier än hans glåpord och hånfulla skratt som förföljde dem ut genom spärrarna och nerför trapporna. Gunvor släppte greppet om tjejen men höll sig tätt vid hennes sida när de promenerade ut på Fruängstorget och vidare in mellan Konsum och gymmet. De gick tysta till att börja med. Gunvor med en växande känsla av att nu fick det snart vara nog.

Det hade börjat i måndags. Gunvor hade anlänt till Fruängen med samma tunnelbanetåg som tjejen, som sedermera presenterade sig som Elin. Gunvor hade suttit långt bak i tåget. Så när hon kom in på stationen i Fruängen hade de flesta medresenärerna redan passerat. Kvar var Elin och den unge mannen som hindrade henne från att komma ut genom spärrarna. Utan att säga ett ord ställde han sig i vägen. När hon försökte gå förbi honom flyttade han sig så han hela tiden var framför henne. Ytterligare två unga män satt på en bänk och skrattade åt det hela.

"Och vad är det för fel på er? Den här typen av trakasserier slutade man väl med i trean, eller?" Gunvor blängde argt på dem innan hon gick fram för att hjälpa Elin förbi sin plågoande.

Elin hade tackat för hjälpen och berättat att det inte var första gången detta hände. Men hon var förtegen om hur länge det hade pågått. Hon försökte vifta bort det hela och menade att det inte var så farligt. När Gunvor föreslagit att Elin skulle undvika Fruängens station och istället ta sig hem på annat sätt hade Elin protesterat. Hon vägrade låta den unga slyngeln bestämma mer över henne än vad han redan gjorde.

Trots sin stolthet hade Elin till slut gått med på att meddela Gunvor varje dag om vilket tåg hon skulle ta hem från skolan. Sedan dess hade Gunvor tagit samma tåg och lagt sig i samma drama både tisdag, onsdag och torsdag. Nu var det fredag och ingen förändring i faggorna.

"Kan jag inte få prata med din mamma? Vi måste få ett slut på det här."

"Nej, jag vill inte oroa mamma. Dessutom är jag 19 år och springer inte hem och grinar så fort det händer något." Elin var obeveklig på den punkten. "Han är bara en fjant som vill spela tuff."

"Okej, du bestämmer. Och ja, han är en fjant men det är ändå inte okej att han tar ut det på dig. Så lyssna. Om du inte vill polisanmäla honom måste du försvara dig. Du kan knäa honom. Träffar du rätt så kommer han både att få ont och skämma ut sig inför sina töntiga kompisar."

Elin tittade på Gunvor och himlade med ögonen.

"Och vad kom det där ifrån?"

"Om du inte låter någon annan hjälpa dig måste du ju göra det själv."

”Men snälla. Jag tänker inte sänka mig till hans nivå. Det är han som är en tönt. Inte jag.”

”Nej det är klart. Men ont kan med ont fördrivas. Och tänk på att om inte du stoppar honom så kanske han ger sig på någon svagare nästa gång.”

”Men det är väl ändå inte mitt ansvar.”

Gunvor kämpade för att hålla tyst och inte säga mer om saken. Tack och lov var de just framme vid slutet av Fruängsgatan där de brukade skiljas åt.

”Ta hand om dig nu.”

Elin vinkade till avsked och skyndade hemåt.

Gunvor vände tillbaka mot centrum. Eftersom det förbannade knäet värkte var hon tvungen att sätta sig och vila en stund på en bänk. Sin vana trogen hade hon gått emot läkarens föreskrifter om att ta det lugnt och i stället pressat sig till det yttersta på gymmet. Eftersom Gunvor varit vältränad det mesta av sitt liv hade hon svårt att tro att vila skulle hjälpa mot smärtan. Hon var fullt övertygad om att det bästa sättet att avlasta lederna var att ha starka muskler. Även i hennes ålder.

Samtalet med Elin fortsatte att mala i Gunvors huvud. Elin hade ett ansvar även om hon inte ville kännas vid det. Man måste stå upp för sig själv och säga ifrån. Gunvor hade peppat Elin i en vecka nu men började tappa hoppet om att det någonsin skulle få effekt. Trakasserierna skulle antagligen fortgå tills David hittade någon annan stackare att roa sig med.

Åter i Fruängens centrum slank Gunvor in på biblioteket. Hon hittade genast en bok som hon var sugen på att läsa. På barnavdelningen valde hon några böcker till sin grannes sjuka dotter. Med ryggen vänd mot dörren hörde hon en välbekant röst.

”Kan jag inte gå hem före då?” Plötsligt lät kille från tunnelbanan inte alls särskilt tuff. Gunvor spetsade öronen men vände sig inte om.

”Men snälla David. Kan du inte göra en enda sak jag ber dig om? Sätt dig vid datorn ett tag. Det tar inte lång tid.” Gunvor gissade att rösten tillhörde hans mamma.

David suckade överdrivet men verkade lyda för Gunvor hörde en stol dras ut i datorhörnan. När hon vände sig om fick hon genast syn på David. Han satt med ryggen mot henne, medan mamman försvann in bland bokhyllorna. Gunvor kunde inte motstå frestelsen. Skymd av en hylla smög hon närmare. David hade öppnat facebook på datorn. Långsamt, och med bara pekfingrarna, knackade han in både användarnamn och lösenord. Gunvor höll på att fnissa till när hon såg vad han för lösenord.

Gangsta. Sen när är det gansta att reta tjejer? Vad blir hans nästa gangsta-grej? Lägga en hundralapp på gatan med ett snöre som han drar i när någon lutar sig fram för att plocka upp den. Hur töntig får man bli?

I nästa sekund fick hon en vild idé så hon skyndade sig att låna böckerna och gjorde sig sedan osynlig mellan hyllorna. När Davids mamma var klar med sitt lån, och hon och David var på väg ut, var Gunvor beredd. Hon gick snabbt efter. Tillsynes helt försjunken i boken hon lånat. När hon gick rakt in i David och hans mamma, som var på väg ur, tog Gunvor i så hon nästan tappade balansen.

"Oj, kära nån."

Gunvoe tittade upp på Davids mamma som såg förvånad ut.

"Det var verkligen inte meningen."

"Ingen fara skedd. Det är sådant som händer." Davids mamma hämtade sig snabbt och log mot Gunvor. "Det måste vara en spännande bok."

Hon nickade mot boken i Gunvors hand innan hon vände sig om och gick ut från biblioteket. David hade tittat bort så fort han såg vem han krockat med. Så han verkade i alla fall ha lite skam i kroppen.

Nu var det bråttom. Eftersom David och hans mamma gick mot centrum valde Gunvor den andra vägen. På tryggt avstånd fiskade hon upp dagens fångst ur fickan. Davids mobil. Som så många andra i hans ålder hade han haft den i bakfickan på sina löst hängande jeans. Så det hade inte varit någon som helst match att norpa åt sig den när hon krockade med honom och hans mamma.

Det hade bara behövts en avledande rörelse med andra handen då hon låtsats vara på väg att tappa boken.

Gunvor andades lättat ut. Telefonen krävde inget lösenord. Hon satte den i flygplansläge och promenerade förbi skolan och fotbollsplanen, över gatan och in i det område där hon bodde. Sju hus som bildade en ram till en mysig gård med både lekpark, odlingar och sittplatser. Trots att det redan var september var det fortfarande nästan sommarvarmt. Gårdens ungar cyklade varv efter varv runt tvättstugan i mitten. Hon vinkade glatt till småtjejerna, som gungade i en av gårdens små lekparker, innan hon gick in i sin port.

Det var ont om tid men hon knackade ändå på hos Ciwan. Med tanke på dotterns förkylning hade de säkert legat framför tv:n det mesta av dagen och var antagligen mer än trött på det vid det här laget. När dörren öppnades stod också den sjuka och till synes uttråkade dottern Tara bakom sin mamma. Gunvor räckte fram böckerna till henne. Med ett stort leende på läpparna tog Tara emot dem och slog sig ner på den röda, orientaliska mattan i hallen.

”Tack. Det finns mat.”

”Härligt. Men jag hinner inte idag.”

”Vänta.”

Ciwan försvann ut i köket och kom tillbaka med en tallrik babaganousch.

”Åh, mitt bästa.” Gunvor blev både glad och tacksam för sin fantastiska granne.

”Har du pitabröd hemma?” Ciwan behövde bara kasta ett öga på henne för att förstå att hon inte hade det. Hon gick tillbaka in i köket till Gunvors ”men du behöver inte…” som hon ignorerade. Tillbaka i hallen tryckte hon två stora, tunna pitabröd i handen på henne.

”Du tar hand om mig och jag tar hand om dig.”

Grannkvinnan nickade mot den förkylda dottern som redan försjunkit i en av böckerna. Sakta och ljudligt läste hon de första raderna.

När Gunvor till slut stängde sin egen ytterdörr bakom sig gav hon ifrån sig en belåten suck. Hon klev ur de gröna eccoskorna som hon köpt några månader innan. Ett lyckat köp då de var både snygga och sköna. Espadrillmodell. Inläggen drog hon upp en bit så de fick luftas, innan hon satte fötterna i sina väl ingångna birkenstock.

Tvårummaren var sparsamt möblerad. När hon skiljde sig, och flyttade från den stora villan, hade hon bara tagit med sig sina kläder. Hon hade velat starta om helt utan saker som påminde henne om åren med Rune. Men eftersom inredning inte var ett intresse för Gunvor så hade det kanske blivit lite väl spartanskt.

Sovrummet bestod bara av en säng, en byrå och en stol att lägga kläderna på. Gunvor läste visserligen mycket, men sällan i sängen, så hon ansåg sig inte behöva varken sängbord eller sänglampa. Då det fanns persienner hade det också känts helt onödigt med gardiner. I alla fall till en början. Sparsamheten i inredningen gjorde dock att det ekade aningen ödsligt vilket fått henne att fundera på att ändra sig på den punkten. Eller åtminstone komplettera med en matta. Men det var fortfarande bara på ett tankestadium.

I vardagsrummet däremot hängde långa, ljuslila gardiner i fönstret ut mot balkongen. I övrigt var även det rummet sparsmakat med endast en mörklila soffa och ett litet soffbord. En stor juckapalm fyllde ut ett av rummets hörn och en stor spegel med träram, stod lutad mot väggen i andra änden.

Köket var det hemtrevligast rummet. Det var också där, förutom på balkongen, som Gunvor spenderade det mesta av sin tid. Ena väggen täcktes av en bokhylla som rymde både skönlitteratur och dokument från jobbet. På fönsterbänken stod rader av krukor med hemodlade tomater, chili, kryddväxter och ett litet citronträd. Det stora, rustika träbordet tog upp det mesta av köket. Där fanns sittplats för fyra personer samt en arbetshörna med dator och en ansenlig hög med papper och böcker.

Gunvor satte sig på sin kontorsplats, startade datorn och loggade in som David på Facebook. Först ändrade hon hans lösenord för att blockera honom ett tag. Han skulle naturligtvis återställa det så fort han kom åt. Men med lite tur hade hon tillräckligt med tid på sig för att ställa till det för honom. Särskilt med

tanke på att han nu var tvungen att använda en dator för att komma åt
Facebook. Hon funderade en stund innan hon gjorde en statusuppdatering.

Jag känner mig lite känslig idag.

Det tog inte många sekunder innan kompisar kommenterade med
frågetecken eller "hahaha". Någon hade också listat ut att det handlade om
facerape.

Gunvor funderade ett tag innan hon lyfte sin mobil och ringde Elin. Hon
förklarar snabbt att det hänt något som de behövde diskutera och bad Elin
komma över. Elin lät förvånad men accepterade inbjudan. För att lindra
eventuella reaktioner hos Elin skar Gunvor pitabrödet i bitar och dukade fram
det tillsammans med Ciwans babaganousch, kalamataoliver och en flaska vin.
Tjejen var väl ändå 18 år. Eller?

Det tog inte lång tid innan hon, från balkongen, såg Elin komma
promenerande in på gården. Trots det sköna vädret hade Gunvor dukat upp
inomhus. Hon bodde på första våningen och under hennes balkong brukade
några av gubbarna från huset sitta och röka vattenpipa. Så innan Gunvor gick
för att öppna för Elin drog hon igen balkongdörren. Ingen fick, på några
villkor, höra vad hon och Elin pratade om.

Elin, som inte varit särskilt talför under den veckan de känt varandra,
babblade oavbrutet efter att hon fått veta vad Gunvor gjort.

"Har du verkligen snott hans telefon? Men du är ju en snäll tant. Ja, ursäkta,
det kanske du inte vill höra. Men det är ju så." Elin lät upprörd på rösten men
hade att brett leende på läpparna.

"Ja, alltså du är så himla, himla snäll och modig som hjälpt mig. Men att du
skulle sno hans telefon."

"Och hans inlogg till facebook, om jag får be." Gunvor log nöjt.

"Man tror liksom inte att tanter som du ens vet vad facebook är."

"Så gammal är jag inte."

"Nej, förlåt. Och facebook är väl kanske inte så komplicerat. Men resten.
Hur kom du på det?"

Trots att det tydligt framgick att Elin var imponerad av hennes insats så kände sig Gunvor inte helt glad över reaktionen. Att se ut som en ointressant, gammal dam var visserligen en tillgång i hennes jobb. Men det var inte helt kul att få det så övertydligt bekräftat. Särskilt som hon faktiskt tyckte det var jobbigt att åldras.

"Jag jobbar som privatdetektiv."

Elin drog chockat efter andan. Gunvor log till svar och fyllde Elins glas med rioja.

"Du är 18 hoppas jag?"

"19." Elin förde genast glaset till munnen och tog några stora klunkar.

"Hallå! Det är vin. Inte hallonsaft." Gunvor kunde inte låta bli att kommentera Elins glupska drickande.

"Jag vet. Jag är inte så oskyldig som jag verkar." Elin tog några oliver och sedan ytterligare en klunk vin. "Det här är nog det mest oväntade jag varit med om någonsin."

Gunvor tog också en liten klunk av vinet innan hon drog till sig datorn och vred den så att även Elin kunde se.

"Jag har börjat. Men jag vill att du är med och bestämmer om jag ska skriva något mer och vad det i så fall ska vara."

Elin drog datorn närmare sig och läste de kommentarer som nu duggade in till David.

"Jag vet inte vad jag ska hitta på. Något förnedrande. Men vad?"

Då fick Gunvor en idé.

"Jag vet." Hon fnissade för sig själv när hon letade i sitt arkiv. När hon hittat det hon letade, laddade hon upp bilden och skrev i kommentarsfältet:

Jag älskar känslan av nylon mot mina ben. Och när mina fötter får glida ner i de röda pumpsen.

Elin blev helt uppspelt och skrek rakt ut.

"Men Gud! Du är ju verkligen helt galen!"

Hon skrattade så tårarna rann och kunde inte sluta se på bilden som Gunvor tagit i jobbet för ett par månader sedan. Det var ryggen och framför allt benen på en man klädd i röd paljettklänning, nylonstrumpor och röda skor med skyhöga, sylvassa klackar. Det gick inte att se vem bilden föreställde. Men att det var en man var det ingen tvekan om.

"Vad är det för bild?"

"Det är från jobbet. En kvinna som misstänkte att hennes man var otrogen när hon hittat den här stassen gömd i hennes mans garderob."

"Och?"

"Det var hans kläder. Hon hade sparat några tusenlappar på att fråga honom själv rakt ut. Men hon tyckte att han varit tillbakadragen under ganska lång tid och hade redan misstankar om att det berodde på otrohet."

"Så han var inte otrogen?"

"Nej. Han klädde upp sig i sin fina klänning och satte sig på något flott café. Drack latte och läste damtidningar."

Plötsligt försvann bilden så de förstod att även David loggat in nu. När han skrev på sin status att det var facerape raderar de genast hans kommentar och lade tillbaka bilden och kommentaren om hur han älskade nylonstrumpor och röda skor. Så höll de på runt en timme medan de njöt av plockmaten, drack upp vinet och skrattade åt kommentarerna från Davids kontakter.

När det var dags för Elin att gå bestämde de sig för att det fick räcka. I alla fall med insatserna på facebook. Gunvor hade fått en ny idé under kvällen men den behöll hon för sig själv så länge.

2.

Helgen gick i sakta mak. Gunvor ägnade det mesta av tiden på balkongen, läsandes om olösta fall. På lördagen körde hon igenom hela kroppen på gymmet. Eftersom hon inte gillade de billiga, och oftast överfulla, gymmen i Fruängen hade hon ett kort på Flex sport club i Västertorp. Hon promenerade dit genom det nybyggda området mellan Lidl och motorvägen. När de för något år sedan hade börjat gräva i det tidigare övergivna grönområdet hade hon varit skeptisk. Hon gillade inte att innerstan var på väg att ta över även de yttersta delarna av Hägersten. Varför kunde inte små skogspartier bara få vara kvar för ungarna att leka kurragömma i eller för ungdomarna att smyga undan till när de skulle prova att pussas eller röka för första gången?

Men när kvarteren nu väl stod på plats såg det riktigt fint ut. De nyinflyttade hade ställt vackra krukor med prunkande blommor och mysiga utemöbler på balkonger och terrasser och Gunvor måste erkänna att området nu levde på ett sätt som det aldrig gjort innan.

Under hela passet funderade hon på sin nya idé. Lagom till att hon promenerade tillbaka mot Fruängen hade hon bestämt sig och ringde sin systerson. Som väntat var han med på hennes påhitt och de stämde träff följande måndag.

Nöjd med både träningen och den nya planen hann hon till bolaget precis innan stängningsdags. Hon köpte en box rödvin. Redan innan hon kommit ut i Fruängsgången hade hon börjat ångra köpet. För trots att hon föresatte sig motsatsen drack hon både för ofta och för mycket. Efter några glas tenderade hennes känsla för vad som var lagom att suddas ut.

För att rätta till sitt misstag bestämde hon sig för att bjuda sin granne Aidan på middag. De hade varit goda vänner sedan den dagen då Gunvor flyttade in. Aidan hade länge arbetat som engelskalärare men hade, precis som Gunvor, ändrat inriktning i karriären på senare år. Han hade inte många år kvar till 50 när han lyckades få sitt drömjobb som fotbollscoach i Manchester. Visserligen bara på halvtid. Men globetrottern i honom trivdes med uppdrag i både Sverige och

16

England. När han var i Stockholm uppskattade han alltid att umgås. Aidans fantasi var livlig och han älskade Gunvors historier även om de mest handlade om att stå och vänta timme ut och timme in. Men Gunvor uppskattade att få berätta för Aidan för i hans fantasi fylldes hennes jobb med mera spänning och risktagande än det ens var i närheten av i verkligheten. Därför diskuterar de ofta, om och om igen, hennes hittills ganska få fall över ett glas vin eller en middag.

Aidan svarade snabbt på hennes mess. I en plötsligt uppbubblad längtan efter feststämning skickade hon iväg middagserbjudande till Ciwan också och plötsligt kändes en box nästan lite för lite.

3.

På måndag förmiddag åkte Gunvor in till T-centralen lagom till att butikerna öppnade. I snabb takt gick hon från skoaffär till skoaffär innan hon styrde stegen mot Buttericks där hon köpte det hon letat efter. Det här skulle få sin effekt utan att kosta henne alltför mycket.

Hon hann förbi Fritidsresors kontor, för att betala resan till Gran Canaria som hon bokat samma morgon, innan det var dags att möta systersonen. När han kom släntrande över Sergels torg hade han ett brett leende på läpparna.

"Hej Johan. Vad kul att se dig."

"Det samma." Johan kramade om Gunvor.

"Jag är så tacksam för att du vill hjälpa mig."

"Jag hjälper så gärna till. Särskilt med så här tokiga projekt. Du vet att du är min galnaste moster, eller hur?" Han tog emot paketet som hon räckte fram till honom.

"Inte så konstigt eftersom jag är din enda moster."

"Hur många mostrar jag än haft hade du utan tvekan varit den galnaste. Och därför också den bästa."

Gunvor och Johan hade alltid haft en nära relation. Eftersom Gunvor aldrig fått egna barn hade Johan varit en viktig del i hennes liv. Trots att hon haft stort fokus på sin karriär hade hon alltid sett till att ha tid att passa Johan när han var liten. Hennes syster hade varit ensamstående från det att han var tre år och behövt all hjälp hon kunde få. Det hade skapat starka band mellan Gunvor och Johan. Så även om de inte hade tät kontakt nu för tiden gjorde det inget. När de väl träffades var det alltid trevligt. Johan hade med åren blivit den släkting som stod henne närmast.

"Som jag sa innan så är tidpunkten väldigt viktig. Får du ihop det mellan dina körningar?"

"Jag har sagt till jobbet att jag har tandläkartid klockan tre så de vet att de inte kan skicka några expressbud på mig då."

Gunvor nöjde sig med det svaret och räckte över en femhundring.

”Det där är löjligt mycket”, protesterade Johan.

”Men eftersom du är min favoritsysterson så får jag ge dig hur mycket pengar jag vill.”

Mer behövdes inte för att Johan skulle övertygas att ta emot sedeln.

De kramade varandra igen och Johan försvann bort över Sergels torg med snabba steg. Gunvor gick in på Kulturhuset för att äta lunch i Teaterbaren. Eftersom hon var klar med sina ärenden hade hon gott om tid. För att komma med samma tunnelbana som Elin behövde hon inte gå härifrån förrän halv tre. Så efter lunchen satt hon kvar vid sitt fönsterbord och förströdde några timmar med att studera folk över både en kopp kaffe och en påtår.

Hon undrade om David tordes visa sig i centrum efter bilden på hans facebook-sida. Men hon gissade att han var för rastlös för att hänga hemma hela dagen. Säkerligen var han också mån om att träffa kompisarna och berätta hur det låg till. Att han inte hade med det förnedrande inlägget att göra.

Och mycket riktigt. När Gunvor framåt eftermiddagen anlände till Fruängen var David, sin vana trogen, vid spärrarna. Men idag hade han inte tid att trakassera vare sig Elin eller henne. Gunvor log nöjt för sig själv när hon såg tumulten kring David och det paket han precis fått med bud. David svor och skrek osammanhängande medan hans kompisar kastade ett par röda pumps i storlek 45 mellan sig och skrattade så de knappt kunde stå på benen. Gunvor log skadeglatt och skickade Johan en tacksam tanke.

På väg nerför trappen mot torget såg hon att Elin väntade in henne. Hon hade ett frågande ansiktsuttryck med höjda ögonbryn. När Gunvor nickade började Elin skratta.

”Du är ju helt otrolig! Jag har aldrig träffat någon som dig. Någonsin.” Elin gav henne en kram när Gunvor kommit ifatt. ”Det här ska jag aldrig glömma. Jag är skyldig dig värsta tjänsten.”

”Det var ett rent nöje.”

Elin gick hemåt men Gunvor dröjer sig kvar utanför Pressbyrån tills lämmeltåget av människor på väg till busstationen eller affärerna tunnats ur.

David och hans kamrater hade lugnat sig en aning men hon kunde fortfarande höra hånfulla skratt och retfulla röster från vänthallen en trappa upp. När Gunvor var säker på att hon var ensam, och ingen såg henne, böjde hon sig ner och lade Davids mobil i rulltrappan innan hon gick med snabba steg till Konsum. När David kom utspringande på torget, efter en knapp minut, med sin mobil i handen och något vilt i blicken, var hon väl dold bland hyllorna med frukostflingor.

4.

Gunvor njöt av att stå inför den spontant inköpta resan till Gran Canaria. Hon skulle flyga redan tidigt näst morgon. I ärlighetens namn var den väl egentligen inte så värst spontan utan snarare ganska uppskjuten. Men i morse hade hon plötsligt bestämt sig så på ett sätt var det också spontant. Det var längtan efter hennes särbo som fått Gunvor att äntligen bestämma sig för att resa till värmen. Att hon inte hade något uppdrag för tillfället, och att det ordnat sig för Elin, hade också haft stor betydelse för beslutet. Nu var hon ganska säker på att David inte skulle störa henne mer. Han hade annat att tänka på.

Gunvor hade föresatt sig att ägna kvällen åt att packa och städa. Men när hon packat klart, och just var i färd med att plocka fram dammsugaren ur städskåpet, knackade Aidan på med en flaska vin och förhoppning om att höra om dagens kupp. Det var inget svårt beslut. Dammsugaren åkte snabbt tillbaka in i städskåpet och snart satt de med varsitt välfyllt glas på balkongen. Efter en flaska vin, och många skratt, blev det ännu en flaska tillsammans med hämtmat från wokkiosken. Plötsligt var klockan efter midnatt och Gunvor fick fösa hem Aidan efter att han lovat att vattna hennes odlingar i köket medan hon var bortrest.

Tidig tisdag morgon förbannade hon att hon låtit sig frestas att dricka så mycket vin. Men efter en kall dusch och en latte på en dubbel espresso kändes det lite bättre. Innan hon satte sig i taxin till Arlanda hade hon ägnat god tid åt att göra sig fin. I jobbet passade det henne alldeles utmärkt att vara osminkad till det gråa håret. Men att inte dra uppmärksamhet till sig var förenat med hennes arbete och vardag. Inför resan ville hon gärna lyfta fram sig själv lite extra. Så hon fluffade till den grå pagen med både lite mousse och en fön. I kombination med mascara och mörkröda läppar visste hon att hon skulle få fler blickar. Särskilt tillsammans med den gräsgröna linneklänningen och en sjal i orange.

Flygresan blev trevlig. Hon hamnade bredvid en pratglad man som envisades med att bjuda på drink efter drink. Så även om hon strikt höll sig till att varannan drink skulle vara vatten så var hon ändå lite lätt dragen när hon förhandlade till sig priset på taxiresan till Arguineguin. Men förmågan att pruta har inte grumlats till så snart satt hon i baksätet på en taxi med solvarmt säte och drack ur en flaska vatten från en automat i ankomsthallen.

Hon log för sig själv när hennes blick gled upp över de torra bergen och ut över havet som glittrade i eftermiddagssolen. När hon nu väl var här kände hon sig lycklig och längtade efter att se förvåning och glädje i Kjells ögon. För han visste inte att hon var på väg. Hon såg fram emot underbara, lata dagar. Men hon visste också att hon skulle vara mer än mätt på detta om en vecka när det var dags att åka till Fruängen igen. Verkligen inte på honom. Men på det, i hennes ögon, innehållslösa dagdriveriet.

Hon hoppades att han var hemma så det blev lätt att överraska honom. Annars fick hon väl leta efter honom på någon av torgets tapasbarer där han brukade ta sin drink innan middagen medan han passade på att öva sin spanska i korta, men intensiva, konversationer med de lokala fiskarna.

När de passerade Bahia Feliz ringde telefonen.

"Yes, boss?"

"Hej. Det kom just in ett jobb."

"Jo, tack. Bara bra. Själv då?" Hon kunde bara inte låta bli att vara skämtsamt syrlig när Manuel var så extremt i avsaknad av allmänt hyfs.

"Sorry. Jag börjar om. Hoppas allt är bra med dig och att du haft en bra sommar. Jag är tacksam för alla rapporter du slutfört när vi andra fått vara lediga. Jag är också tacksam för alla bra jobb du betat av under året som du jobbat med oss. Du är väldigt snabblärd och självständig."

"Åh, tack."

"Det är också därför jag behöver dig. Vi måste tacka ja till alla jobb eftersom vi garanterar det på vår hemsida. Det är inget jag vill tulla på. Men både jag, Frida och Gaston är fulltecknade. Kan du ta jobbet som kom in idag? Det är en kvinna som vill veta om hennes man är otrogen."

"Hm. Okej. Men bara om du fixar en biljett till mig från Gran Canaria imorgon. Jag landade nämligen alldeles nyss. Och min kära älskade lär inte bli glad om jag sitter och letar biljetter den enda kväll jag är där.

"Självklart. Toppen. Jag fixar biljett och messar när det är klart. Ses imorgon."

Det skulle inte bli helt kul att förklara att hon skulle hem redan imorgon. Särskilt som hon i våras lovat att komma ner i sommar och det dröjt ända till början av september innan hon nu äntligen kommit iväg. Men när hon fått erbjudandet att vara på byrån på heltid under sommaren, för att avsluta det senaste årets uppdrag i databasen, hade hon inte kunnat låta bli. Eftersom hon var så pass färsk i branschen hade det varit en enastående chans att sätta sig in i ett antal lösta fall och på så sätt få ovärderlig kunskap. Själv hade hon bara haft tillfälliga uppdrag när byrån fått enkla jobb som de behövde hjälp med.

Hon och Kjell hade tack och lov setts en del i sommar i alla fall. Eftersom Kjell förstod henne och älskade henne precis som hon var hade han kommit till Stockholm. Han visste hur viktigt jobbet var för henne. Att möjligheten att komma in i en ny bransch trots att hon befann sig i pensionsåldern var ovärderlig för henne.

Chauffören svängde av den stora vägen, letade sig ner mot det lilla torget i Arguíneguín och stannade utanför Los Marinos anspråkslösa ingång. Gunvor gav chauffören lite mer än vad de kommit överens om. Han tackade översvallande med stark stämma och ett varmt leende. Vänligt men bestämt visade Gunvor att hon inte ville ha hans hjälp med väskorna.

Receptionisten satt i soffan fullt upptagen med sin mobil. Hon hälsade Gunvor med ett hastigt leende och ett "Hola señora."

Till Gunvors förtret krånglade knäet redan i trappan upp till första våningen. Både stillasittandet på flyget och brist på träning de sista dagarna gjorde nog sitt till. Så Gunvor stannade för att vila, halvvägs upp, och såg ut över innergården. Huset var byggt som ett atrium med loftgångar inåt hotellets öppna mitt.

Bottenvåningen var fylld med gröna växter och burar med både kanariefåglar, undulater och en sällskapssjuk ara.

Gunvor visslade en hälsning. Aran svarade genast och drog alla små trudelutter den lärt sig av de turister som passerat under åren. Gunvor stod kvar en stund för att konversera den grå fågeln. Hon hade förstått att hennes knä skulle bli sämre av allt sittande. Och inte skulle det bli bättre av att göra samma resa en gång till imorgon. Men imorgon var imorgon. Nu var hon angelägen om att utnyttja timmarna rätt. Så hon tog ett fast tag om räcket och fortsatte uppför trapporna. På plan två knackade hon ivrigt på dörren.

Visst blev Kjell både glad och överraskad när han fick se henne. Men han får också något trött i blicken när hon berättade att hon var tvungen att resa hem redan dagen därpå.

"Men hade jag vetat det innan hade jag ju inte kommit alls."

"Är det något som ska få mig att känna mig tacksam, menar du?" Han såg allvarligt på henne innan han fortsatte.

"Jag vet hur du är och det är därför jag älskar dig. Men jag måste erkänna att det skulle kännas bättre om jag fick leva lite mer med dig. Men nu är det som det är. Någon gång kanske vi kan enas om en plats som vi båda trivs på. But for now… jag föreslår att vi drar till Amfi beach. Vi hinner ta ett dopp innan det blir mörkt. Fast det är klart, vi kanske vill ta ett dopp efter att det blivit mörkt också."

Han log finurligt mot henne och drog sedan in henne i sin famn igen. Hon lutade huvudet mot hans bröst och njöt av den varma omfamningen. Han var en ståtlig man. Huvudet längre än henne och kraftigt byggd. Allt hår var bortrakat då han för länge sedan, före hennes tid, tröttnat på skepparkransen. Den kala skallen fick honom att se lite farlig ut. Men det kompenserades av de klarblå ögonen som alltid tycktes ha en glimt av glädje eller bus i sig. Hon suckade nöjt.

"Åh, vad jag har längtat efter just detta. Denna underbara famn."

"Vill du att vi stannar här hemma ikväll istället? Så du får vara i min famn."

"Men jag vill se på dig också. Och bada. Om vi skyndar oss iväg så hinner vi med både och." Hon gled ur hans famn, öppnade väskan och bytte snabbt om till en röd sommarklänning och högklackade sandaletterna trots att hon insåg hur förödande det skulle kunna bli. Men eftersom hon nu bara skulle vara här drygt ett halvt dygn så ville hon vara fin för Kjell. För sig själv med, för den delen.

Men redan i backen ner mot Amfi beach tog hon av sig sandaletterna och fortsatte promenaden barfota.

"Har du ont?"

"Ja. Flygresan var jobbig för kroppen."

"Tränar du fortfarande lika hårt?" Kjell såg på henne med bekymrad min.

"Jag tänker att jag ska ta det lugnt, men det är svårt." Hon log mot honom. "Men som du vet har jag tränat aikido för sista gången. Det är sorgligt men det går bara inte."

"Det är klokt av dig. Jag förstår att det är svårt eftersom du var så duktig. Men det är viktigt att lyssna på kroppen." Så log han flirtigt mot henne innan han fortsatte.

"Jag masserar gärna din trötta kropp sedan. Vem vet? Jag kanske får den att piggna till."

Hon log tillbaka och tog hans hand i sin.

Amfi beach hade kommit att bli hennes favoritplats på ön. Det var hon knappast ensam om med tanke på de flotta andelslägenheterna, den fantastiska sanden och de många restaurangerna längs strandpromenaden. Som alltid fick hon en rysning av välbehag när hennes fötter mötte det ljumma havet. En bit ut i viken lät hon sig flyta med i vågornas rytm. Kjell crawlade långt ut innan han vände och kör bröstsim tillbaka. Med starka armar tog han henne i sin famn och kysste henne med havsalta läppar. Hon blundade, njöt och tänkte att det ändå var mycket med livet här som var helt underbart. Hon kunde bli väldigt trött på sig själv för att hon inte kunde komma till ro med det. Just nu, i det sköna havet och i Kjells famn, kunde det inte bli bättre. Men paradislivet var inte tillräckligt för henne. Inte än.

Skymningen hade kommit en bit på väg när de satte sig vid ett bord på Kjells favoritrestaurang. Kyparen klappade Kjell på axeln och sa något om att han väl var lycklig nu när kärleken var på besök. Gunvor svarade på spanska att även hon var lycklig att vara hos sin kärlek. Hon hade alltid haft en fallenhet för språk och pratade bland annat spanska flytande. Kjell gjorde sitt bästa för att hänga med i samtalet. Trots att han bott i Arguineguin i snart två år var han fortfarande nybörjare och hade svårt att hänga med om samtalet inte handlade om att beställa mat eller be om notan. Men eftersom han älskade att prata med folk gav han sig ändå in i samtal som ofta övergick till beskrivande gester eller stapplande engelska.

De hade känt varandra i drygt ett år. Ungefär samtidigt som Gunvor slutat arbeta som kirurg. Det hade varit en tung period för henne. Hon hade absolut inte varit redo för pensionärslivet. Men darriga händer hade gjort att hon inte kunde fortsätta. Inga betablockerare i världen kunde stoppa hennes kropps åldrande. Det hela höll på att sluta i katastrof när hon vid en operation var nära att punktera pulsådern på en patient. Hon hade blivit så skärrad av situationen att hon börjat skaka ännu mer. Det slutade med att en kollega tog över. Gunvor hade sagt upp sig direkt efter. Hon hade fått sluta med omedelbar verkan.

Hon hade länge varit olycklig över att aldrig mer få operera och framför allt för att avslutningen blivit så förnedrande. Hon hade avböjt att bli avtackad. Det sista hon hört av sina kollegor var en enorm bukett och några fina viner som skickades hem till henne.

Gunvor hade inte ens svarat när Love hade ringt. Trots att han lämnat långa meddelanden på telefonsvararen. Love som varit hennes kollega och bästa vän under många år. När han till slut stod utanför hennes dörr hade det brustit för henne och hon hade gråtit ut i hans famn. Men när tårarna stillnat bad hon honom ha tålamod och inte höra av sig igen. Hon hade förklarat att hon behövde tid för att läka såren själv först. Hon hade lovat att det inte var för evigt. Att hon skulle höra av sig när hon var igenom sin kris. Hon sa det mest för att trösta honom i stunden. Själv var hon inte säker på om hon någonsin skulle kunna umgås med honom igen utan att bli påmind om sitt eget misslyckande.

Hennes nya, arbetslösa liv hade varit fyllt av tårar och självömkan tills Ciwan sagt till henne att det var dags att gå vidare. Tillsammans hade de fått idén om att åka iväg på semester för att få Gunvor att njuta av livet igen. Så någon vecka senare hade de checkat in på just hotell Los Marinos. På väg upp till sina rum hade de stött ihop med Kjell som genast fått ögon för Gunvor. Redan samma eftermiddag tog han kontakt. När Ciwan och Tara sov middag hade Gunvor satt sig på hotellets takterrass. När Kjell kom upp, strax efter, hade satt sig på solstolen bredvid hennes för att småprata lite. Det hade inte tagit lång tid för dem att märkta hur bra de trivdes i varandras sällskap.

När Ciwan och Tara gjort dem sällskap hade Ciwan också sett hur Gunvor och Kjell såg på varandra med värme. Så hon hade bjudit in honom att äta middag med dem. Efter det var Gunvor förlorad. Och Kjell med. När halva veckan gått flyttade hon över till hans lägenhet. När det var dags att åka hem vinkade hon av Ciwan och Tara och stannade ytterligare tre veckor.

Men trots att hon var kär i Kjell, på ett sätt som hon aldrig tidigare varit med om, kunde hon inte stanna längre än så. Hon var inte redo att bli pensionär. Så hon åkte tillbaka till Sverige efter att de lovat varandra att ses så ofta det gick.

Väl hemma kollade hon upp detektivbyråer i Stockholmsområdet i jakt på nytt jobb. För efter att ha både funderat själv och diskuterat saken med Kjell hade hon kommit fram till att det skulle vara en möjlig karriärväxling för henne. Det hade börjat som en vild idé som de först skrattat åt. Men när det fortsatte att snurra i hennes huvud hade det plötsligt inte verkat så tokigt. Dels för att hon faktiskt pluggat kriminologi ett år, när hon tog en paus i läkarstudierna, och dels för att hon tränat aikido i många år och faktiskt skulle kunna försvara sig i en hotfull situation. Även om hon inte tränade längre, på grund av knäna, var hon fast övertygad om att kunskapen om försvarstekniken satt i hennes kropp.

Snabbheten tränade hon på gymmet. Det visade sig vara en bra idé för hon fick napp redan på första byrån hon kontaktade.

Den underbara kvällen gick alldeles för fort. I taxin från Amfi beach tillbaka till Arguineguin kom ett mess från Manuel. Han hade bokat biljett till Gunvor på flyget klockan tolv nästa dag. Det pirrade till i henne av spänning och förväntan. Hon hade visserligen haft otrohetsspaningar innan. Men inte tillräckligt många för att ha tröttnat. Samtidigt gjorde det lite ont i hjärtat att lämna Kjell så snart.

De somnade först framåt småtimmarna. När hon till slut tog sig ur sängen på morgonen var det i det närmaste dags att bege sig till flygplatsen. Kjell propsade på att skjutsa henne så de fick ännu en timme i varandras sällskap. Men snart nog var stunden över och hon var incheckad och ensam igen. Inte för att det gjorde henne något. Efter ett nästan tjugoårigt äktenskap med en extremt kontrollerande man var det skönt med egen tid. Särskilt nu när hon visste att hon hade världens underbaraste särbo som aldrig skulle få för sig att vara svartsjuk eller dominerande. En man som ville att hon skulle fortsätta vara den kvinna han förälskat sig i och nu älskade.

Hon höll sig ifrån frestelsen att ta en drink eller två på flygresan. Hon hade lovat att ta taxi direkt till kontoret för att träffa klienten redan samma kväll. Så istället för att ha ihjäl tiden med drinkar lutade hon huvudet mot sätet och föll in i en slummer. Snart sov hon tungt och vaknade först strax innan det var dags för landning.

5.

Klockan hann bli kvart över åtta innan hon anlände till det lilla kontoret i Liljeholmen. Den sena timmen till trots satt både Frida och Gaston bakom sina datorer. Trots att Gunvor var sen till sitt möte tog hon sig tid att krama om dem. Även om hon mest hade med Manuel att göra hade hon lärt känna Frida och Gaston på regelbundet återkommande after work. Under sina år som läkare hade Gunvor så klart haft massor av kollegor. Men inte så många vänner. Förutom Love. Med sina nya kollegor hade hon långsamt lärt sig att ta för sig, släppa tankarna på jobbet mellan varven och bara njuta av umgänget.

Dörren till mötesrummet stod öppen så hon klev in utan att knacka. Manuel satt i en av fåtöljerna och samtalade lågmält med en rödgråten kvinna i 35-årsåldern. Hon var stilfullt klädd i en tajt, ljusbeige linneklänning, en kavaj i en mörkare nyans och ett par bruna pumps. Halsband, armband och ringar var i guld och det gnistrade från ädelstenar på hennes smycken.

Men vad hjälper pengar och dyra smycken om man inte kan lite på sin man, tänkte Gunvor och skickade en tacksam tanke till Kjell.

"Hej. Vad bra. Då lämnar jag er." Manuel reste sig, skakade hand med kvinnan, nickade till Gunvor och gick ut. Gunvor stängde dörren bakom honom och slog sig ner bredvid kvinnan.

"Gunvor Ström." Hon sträckte ut sin hand med vad hon hoppades skulle uppfattas som ett förtroendeingivande leende.

"Nadja Franzén."

Det fasta handslaget signalerade att detta var en stark kvinna som visste vad hon ville. Trots att ögonen var rödgråtna kunde Gunvor ana värmen i dem när hon log svagt.

"Jag hörde att du fick avbryta din resa. Du ska veta att jag är tacksam för det."

"Ingen fara. Jag kommer att spendera mycket tid på Gran Canaria tids nog." Gunvor sträckte sig efter karaffen med mineralvatten och ett av glasen på bordet.

29

”Ska jag fylla på ditt glas också?”

”Tack det är bra.”

”Okey. Då får jag be dig dra din historia igen.” Gunvor tog några klunkar vatten innan hon plockade upp sitt block ur handväskan och lossade pennan som satt fastklämt i blockets övre hörn.

”Det är min man. Jag vet inte vad det är med honom. Han är sig inte lik och han vägrar prata med mig om det. Först tänkte jag att det nog bara var en svacka. Vi jobbar mycket båda två och ibland blir vi nog lite väl uppslukade av att tjäna de stora pengarna.”

Hon såg på Gunvor som tittade upp från sitt block och nickade förstående.

”Men nu är jag säker på att det är något mer. Han är borta till sent på kvällarna. Säger att han jobbar men stinker sprit var och varannan kväll. Normalt är han väldigt noga med sin hälsa. Du vet, tränar mycket och äter sunt. Plötsligt är allt det som bortblåst. Från en dag till en annan. När det här hade pågått någon vecka ställde jag honom mot väggen och frågade om han hade en annan.”

”Vad svarade han?”

”Det var det som var så märkligt. Han började plötsligt gråta. Han sa att han älskar mig mest av allt här i världen. Att han inte skulle klara sig utan mig. Fast han sa det på ett sätt som gjorde mig ännu mer orolig.” Nadja sträckte sig efter ännu en pappersnäsduk på bordet.

”Kan du återge hur han sa det?”

Nadja snöt sig innan hon svarade.

”Han sa att vad som än händer så ska jag veta att jag är det bästa som hänt honom. Men han vägrade svara på vad som skulle kunna hända. ”

”Jag förstår. Så det skulle egentligen kunna röra sig om annat än otrohet?”

Nadja funderade en stund innan hon svarade.

”Kanske. Men jag förstår inte vad det skulle kunna vara.”

"Nej, men det går att ta reda på. Jag frågar utifrån uppdraget. Vill du att jag undersöker huruvida han är otrogen eller vill du att jag även ser om det finns andra orsaker till hans beteende?"

Nadja svarade snabbt och bestämt.

"Otrohet bara."

Även om Gunvor tycker det var ett märkligt svar försökte hon se förstående ut. Själv tyckte hon att det skulle vara mer oroande om det visade sig att han inte var otrogen. Om ens man har andra är det förstås både outhärdlig sårande och kränkande. Men det skulle i alla fall förklara en obehaglig personlighetsförändring.

"Jag förstår. Det här ordnar vi. Jag behöver en del uppgifter. Vad heter han?"

"Mikael Franzén." Nadja lyfte upp ett kuvert, som legat på bordet hela tiden, och räckte över till Gunvor.

"Allt finns här. Vi bor runt hörnan vid Sjövikskajen. Sjöviksbacken 2. Det är tredje kvarteret från torget. Gården närmast bryggan. Varje morgon promenerar Micke till Liljeholmen och tar tunnelbanan därifrån till T-centralen. Han arbetar på Riksbanken vid Brunkebergstorg. Oftast går han hemifrån runt klockan åtta. Innan allt det här började kom han hem mellan klockan sex och sju på kvällen. Men nu…" Najda såg uppgiven ut. "Ibland messar han och säger att han jobbar över och äter på stan. Ibland hör jag ingenting. Men oftast kommer han hem runt midnatt."

"Jag börjar redan imorgon och kommer förhoppningsvis ha ett svar till dig inom en vecka."

6

Strax efter klockan åtta, nästa morgon, stod Gunvor på perrongen i Liljeholmen och väntade på Mikael Franzén. Kvart över åtta kom han springande nerför trapporna och kastade sig in i tåget precis innan dörrarna stängdes. Gunvor klev på i samma vagn men var noga med att hålla avståndet och vända ryggen mot honom. Hon hann ändå se att han var både proper och snygg. En vältränad man med dyra kläder som hans maskulina utstrålning bar upp med självklarhet.

En sådan som tror att han äger världen, tänkte Gunvor, lagom dömande, för sig själv. Hon konstaterar att hon inte skulle bli ett dugg förvånad om han hade både en och två älskarinnor.

Väl framme vid T-centralen försvann han ut genom dörrarna och sneddade över Sergels torg. Gunvor gick runt torget för att inte dra åt sig hans uppmärksamhet. När Mikael försvann utom synhåll tog hon det lugnt. Hon var helt säker på att han var på väg till jobbet så hon följde efter på behörigt avstånd. In genom arkaden till Beridarbansgatan och bort till Gallerian där hon satte sig för att äta frukost med utsikt över Riksbankens ingång.

Det mesta av dagen gick åt till väntan. Hon spenderade först timmar i caféet och sedan ännu fler timmar i parken med en lunchmacka och en latte. Mikael Franzén kom ut strax innan klockan ett, men bara för att köpa en wrap och en smoothie i ett matstånd i Gallerian.

Eftermiddagen blev längre än hon hoppats på. När Mikael till slut kom ut, runt sjutiden, gick han med snabba steg bort längs Malmskillnadsgatan. Gunvors knän protesterar när hon hastade efter honom. Hon lyckades ändå hänga med, på lagom avstånd. Det som kändes som en power walk avslutades med att Mikael försvann in på Sturehof.

"Fan", mumlade hon tyst för sig själv. Det fanns inte en chans i världen att hon kunde smälta in obemärkt i den miljön. Alla skulle undra vad en liten tant gjorde där inne alldeles själv. Möjligen skulle det funka om hon uppgraderade sin garderob med lite Östermalmtantsflärd. Men det var ändå tveksamt. Risken var för stor att Mikael skulle lägga märke till henne.

Uteserveringen var relativt fullsatt trots att kvällarna började bli svalare. Hon kunde ändå skymta Mikael inne i baren. Det såg ut som om han tittade ut mot gatan så hon skyndade förbi och stannade först när hon var utom synhåll från krogens fönster. Utan aning om hur länge hon måste bli stående där cirklade hon runt Svampen och låtsades vänta på en försenad väninna.

Det tog flera timmar innan Mikael äntligen kom ut från Sturehof. Gunvor, som hunnit bli rejält hungrig, följde efter på behörigt avstånd. Promenaden blev kort då han inte gick längre än till Riche. Gunvor tog ett snabbt beslut, gick tillbaka till Stureplan och in på Sturehof. När hon fick bartenderns uppmärksamhet hade hon anlagt en bekymrad min.

”Förlåt att jag stör dig, unge man. Jag skulle träffa min son här för flera timmar sedan men är försenad för jag fick trassel med bilen. Och till råga på allt elände så dog min mobil. Nu när jag äntligen är här verkar det som om han har gått. Har du sett en man i 35-årsåldern? Mörkhårig och välklädd. Han brukar ha svart eller mörkgrå kostym från Armani.” Gunvor försökte utstråla pondus och världsvana trots sin slitna höstjacka, jeans och gympaskor.

”Det satt en snubbe här som såg ut ungefär så. Men jag vet inte om det är rätt för han verkade leta efter en tjej.”

”Men det kan stämma för hans flickvän skulle också komma hit.”

”Men den här killen verkade inte känna den han letade efter. Han visade en suddig bild på mobilen och undrade om hon varit här.”

”En blond kvinna?” Gunvor drog till med något i ett försök att hålla igång konversationen och få mer information.

”Ja.” Bartendern nickade men såg eftertänksam ut. ”Han har faktiskt visat den där bilden flera gånger. Jag vet inte vad den där snubben håller på med. Men jag kan säga att jag hoppas att det inte är din son för han verkar ha seriösa problem.”

Gunvor överlade med sig själv i några sekunder innan hon bestämde sig för att byta spår.

"Okej. Det är så här. Jag är privatspanare och jag kollar upp den här mannen. Jag skulle vara tacksam för all info du kan ge mig om honom."

"Spännande. Det hade jag aldrig kunnat tro." Ett förvånat leende sprack upp hos bartendern. "Jag vet inte så mycket mer. Han verkar nervös på något sätt. Dricker fort och mycket. Kollar in alla och rycker till så fort dörren öppnas."

"Och tjejen. Hur ser hon ut?"

"Långt, rakt hår och stora ögon som ser ut att vara typ blå. Rätt hårt sminkad. Stora bröst och smal midja. Jävligt snygg, helt enkelt." Han avslutade sitt utlägg med ett skratt.

"Någon du sett i verkligheten?"

"Ja, men det var ett tag sedan Svårt att säga när. Tiden flyter ihop för mig har jag märkt. En kväll är som en evighet och tvärtom."

"Har du sett dem här tillsammans?"

"Vet inte riktigt. Det är inte omöjligt. Men inget jag kan minnas. Det är ju många som känner varandra här. Och många som både flirtar och får till det än med den ene och än med den andre. Det är svårt att hålla räkningen." Fredde skrattade till innan han fortsatte. "Men å andra sidan är hon riktigt het så han kan ju ha blivit intresserad utan att känna henne."

"Jag förstår. Tack för hjälpen. Du får gärna messa mig om någon av dem dyker upp här igen." Gunvor lade sitt kort på bardisken.

"Åh wow. Så pass. Vad rör det sig om?"

"Jag lovar att berätta senare ifall du kan ge mig information. Vad heter du? Så jag vet att det är du som messar."

"Fredde."

"Tack, Fredde." Hon höjde handen till hälsning innan hon gick ut.

När hon närmade sig Riche såg hon Mikael komma ut och bege sig i riktning mot Nybroplan. Hon visste att det var ren tur och ingen skicklighet som gjorde att hon inte missade honom. Hon skänkte ödet en tacksam tanke.

I höjd med Dramaten korsade han vägen och försvann in i Berzelii Park. Gunvor måste skynda på stegen för att hänga med och lyckades precis se när han slank in på Berns.

"Fan." Nog för att Gunvor var tacksam och glad över att ha fått det här jobbet. Men just nu kände hon sig som helt fel person. Det var tydligt att Mikael rörde sig i miljöer där hon inte kunde smälta in. Hon såg inget annat val än att bita ihop och fortsätta att vänta ute i den allt svalare kvällen.

Hungern hade fått sällskap av en växande trötthet. Vilket i och för sig inte var så märkligt. Klockan närmade sig midnatt. Gunvor hade haft med sig både vatten och mackor. Men de hade gått åt den sista timmen i parken, utanför Riksbanken. Nog för att hon klarat sig längre än så här utan mat. Särskild under sina stressiga år som kirurg. Men nu när hon bara arbetade sporadiskt hade hon skapat nya vanor. Bland annat att äta när det passade henne.

Gunvor satte sig på en bänk i parken och tog upp sin mobil för att se upptagen ut. Men hon var fullt fokuserat på ingången till Berns och de människor som gick in eller ut. Plötsligt fick hon syn på råttor i planteringarna bredvid henne. Hon ryste till av obehag och bestämde sig för att spana från Hamngatan istället. Det såg ju trots allt antagligen inte särskilt naturligt ut att hon satt själv i parken den här tiden på dygnet.

Den här gången behövde hon inte vänta så länge. Det hade knappt gått en halvtimme när Mikel kommer ut igen. Han vandrade in på Näckströmsgatan så Gunvor gav sig av parallellt på Hamngatan. Vid övergångsstället i hörnet av Kungsträdgården såg hon honom snedda över gatan. Hon följde efter. Promenaden gick till Sergels torg och ner i tunnelbanan.

När Mikael klev av tunnelbanetåget i Liljeholmen bestämde sig Gunvor för att åka hem. Det fanns ingen anledning att följa efter honom hem till porten.

Hans eventuella snedsprång hade med största sannolikhet inte någon som helst koppling till Liljeholmskajen. Särskilt med tanke på hur han spenderat kvällen.

Trots att Gunvor gjort ett helt okej jobb så var hon frustrerad. Hur skulle hon kunna ta reda på vad som pågick om hon inte kunde smälta in i de miljöer där han rörde sig? Hon bestämde sig för att följa efter honom på samma sätt en dag till. Om han gick till samma ställen så kunde hon utgå från att det var hans mönster. I så fall måste hon lösa spaningen på ett annat sätt. På väg över torget i Fruängen kom hon på hur.

7

Precis som Gunvor gissat blev spaningen i det närmaste en upprepning av dagen innan. Förutom att hon fick ett mess från Fredde strax efter att Mikael gått in på Sturehof. Det var tydligen en kontakt som kunde vara värd att hålla vid liv även efter detta uppdrag. Eftersom hon var relativt ny som privatdeckare var hon mån om att bygga upp ett eget, effektivt nätverk.

Som dagen innan hängde Gunvor efter Mikael för att se att han verkligen gick in på Riche efter att ha lämnat Sturehof. Vilket han gjorde. Väl medveten om risken att tappa bort honom gick hon ändå tillbaka till Sturehof. Även idag hade de flesta gästerna bänkat sig utomhus i den sista känslan av sommar. Bara en enda man stod, med ryggen mot henne, och hängde i baren.

"Hej igen, Mrs Marple. Din snubbe har redan varit här och gått." Fredde gav henne ett bländande vitt leende.

"Jag vet." Hon log tillbaka. "Dels fick jag ett mess av en ny, fantastisk vän och dels har jag stått utanför och spanat."

"Ah. Så klart." Han fyllde ett litet glas med Staropramen från tappen och ställde det framför henne.

"Det här är på huset. Som tack till er som håller ordning på världen."

Gunvor gav genast efter för frestelsen och tog flera klunkar av sin favoritöl. När hon ställde ner glaset på bordet log hon igen mot Fredde.

"Tusen tack. Jag tror inte du kan föreställa dig hur mycket det här betyder. Alltså både att du messade och det här." Hon nickade menande mot ölen. "Vad gjorde vår gemensamma bekant?"

"Inte mycket. Han beställde några bira och hamburgermenyn. Får jag veta nu då varför du spanar på honom?"

"Egentligen inte. Men eftersom du numera är en samarbetspartner så tänker jag att det är okej att jag berättar. Hans fru misstänker att han är otrogen."

Fredde höjde på ögonbrynen.

"Ah. Jag förstår. Så klart. Och vad tror du?"

”Det är helt uppenbart att något inte är som det ska. Han är stressad och letar ju efter den där kvinnan. Någon som han tydligen varken har telefonnummer eller adress till eftersom han far runt mellan ett antal krogar varje kväll. Det kan vara otrohet. Men det finns mycket annat som gör folk så här stressade och hemlighetsfulla gentemot sin partner.

”Droger?”

”Absolut tänkbart. Eller spelberoende. Någon typ av utpressning. Försäljning av information. Han jobbar på Riksbanken så han vet nog en hel del som obehöriga inte ska få reda på.”

”Och du ska ta reda på vilket. Spännande.” Fredde var märkbart exalterad över Gunvors jobb.

”Men oftast är det inte mer spännande än otrohet. Och för att komma fram till det måste jag stå och glo i timmar. Bara för att sedan, ännu en gång, kunna konstatera att många karlsluskar både vill äta kakan och ha den kvar.”

”Nä, nä, sakta i backarna. Jag gissar att det är precis lika många kvinnor som är otrogna. Om inte fler. Män är bara för snåla för att betala privatdeckare för att komma fram till vad de själva vet.”

Gunvor skrattade.

”Ja, det är nog ganska mitt i prick. Allvarligt talat så är det rätt sorgligt att par inte litar på varandra. Att man lever ihop men inte kan få svar på vad som är på tok. Det är sorgligt.”

Fredde nickade instämmande.

”Och det värsta är att jag vet hur det är. Jag levde i 20 år med en man som jag idag inser att jag faktiskt inte kände. Märkligt. Man jobbar och jobbar och tänker att sen ska man skapa tid för att vara tillsammans. Först ska man bara klara av det ena och sen det andra. Innan man vet ordet av har dagar blivit till år. Under den tiden tappar man så lätt bort varandra. Plötsligt så står man där och undrar vem det är som bor i ens lägenhet.”

"Oj, nu blev det tungt. Behöver du en Jäger till ölen?" Fredde log över sitt eget skämt. "Nej, skämt åsido. Jag förstår precis vad du menar. Har varit med om samma sak. Som tur var kom jag på det innan det gått 20 år."

Samtalet avbröts när två tjejer ville beställa. Gunvor i det närmaste svepte sin öl och hade druckit upp lagom till att tjejerna gick iväg med sina drinkar.

"Nej, nu är det dags för mig att dra vidare. Vill du fortsätta att vara "mina ögon"?"

"Så klart. Det här piggar verkligen upp. Jag messar så fort någon av dem dyker upp och håller utkik efter vad de gör. Men jag är ledig på måndag så du vet. Men fram tills dess jobbar jag alla kvällar."

"Toppen. Vi hörs och ses."

Gunvor var nöjd när hon klev ut på gatan. Nu hade hon säkrat span på Sturehof till och med söndag. Men det var redan fredag idag. Och om Mikael kom tillbaka hit senare ikväll skulle Fredde ha fullt sjå med sitt eget jobb och inte så stora möjligheter att hålla koll på Mikael. Hon hade börjat smida på en plan B. Det var snart dags att sätta den i verket. Men först skulle hon se vad Mikael tog sig för resten av kvällen.

När hon passerade utanför Sturehof kastade hon ett öga in i baren, beredd att vinka till Fredde. Men han stod med ryggen till och såg henne inte. Någonting mer var förändrat där inne. Det tog någon sekund innan Gunvor insåg att det var den andra mannen i baren som var som bortblåst. Hon såg sig om men kunde inte se någon man vare sig på väg ut eller bakom henne på trottoaren. Hon skakade på huvudet åt sig själv. Tänk så misstänksam hon blivit sedan hon började knäcka extra som spanare.

Kvällen blev väldigt lik den föregående. Men det var mycket mer folk ute i vimlet eftersom det var fredagskväll. Hon bestämde sig för att vänta utanför Riche trots att hon inte hade en aning om han var kvar eller inte. Men hon hade tur idag igen. Efter en halvtimme kom han ut och gick mot Berns.

Till hennes lättnad begav sig Mikael hemåt vid samma tid som kvällen innan. Hon följde efter honom hela vägen för att vara säker på att han verkligen gick raka vägen hem. När Mikael vek av ner på Sjövikskajen fortsatte hon på den parallella gatan. Efter några kvarter hann hon precis runda hörnet till Sjöviksbacken för att se Mikael försvinna in genom porten till 2:an. Gunvor saktade farten, strosade förbi ingången och vidare ut på bryggan.

Söder lyste vänligt från andra sidan Årstaviken och fick hennes tankar att vandra till kvällen på Amfi beach med Kjell. Det var svårt att förstå att det bara var tre dagar sedan. På ett sätt var det så nära att hon nästan kunde känna sanden mellan tårna. Men på ett annat sätt var det som att det tillhörde ett helt annat liv. Hon tog upp mobilen och skickade ett "Älskar dig" till Kjell. Det tog inte lång tid innan hon fick samma meddelande i retur tillsammans med ett "för evigt".

För evigt är en lång tid, tänkte hon och styrde stegen mot Liljeholmstorget för att leta upp en taxi. Men hon kunde inte låta bli att om och om igen vända sig och se ut över de magiskt, vackra nattljusen som speglades i viken. Plötsligt såg hon en man ute på bryggan. Han stod på samma plats där hon själv just stått. *Märkligt. Var kom han ifrån?* Det såg precis ut som om han såg efter henne. Men hon antog att hennes trötta ögon spelade henne ett spratt.

Imorgon var det lördag och hon hade bestämt sig för att inte följa Mikael på dagen eftersom han, enligt Nadja, alltid spenderade helgdagar med henne. Både då som nu. Dels i gymmet och dels hemma med att gå igenom sina aktier. Nadja hade inte fördjupat sig i ämnet. Men Gunvor hade ändå förstått att de främst tjänade sina så kallade "stora pengar" på aktiespekulationer.

Nadja hade också berättat att de skulle på ett födelsedagsfirande på lördag eftermiddag. Ett firande som Nadja planerade lämna strax innan klockan sex för middag med några väninnor. Men största sannolikhet skulle Mikael avvika strax efter henne. Då skulle Gunvor vara beredd att följa efter. Men innan dess hade hon annat på agendan.

Jag ser dig allt.

Du som tror att du inte syns.

Privatspanare.

Är det så det heter?

Löjligt.

För att smyga i natten krävs annat än det du har. Det krävs mörker för att förstå mörker.

För att överlista mörker.

Du smyger efter kräket.

Han som har fastnat med fingrarna i syltburken.

Vad är det du vill? Rädda hans äktenskap?

Han är långt bortom räddning.

Men smyg på du, kvinna.

Smyg på.

Så länge du roar mig.

8.

Trots den sena kvällen klev Gunvor upp tidigt morgonen därpå. Hennes plan B framstod som alltmer perfekt ju mer hon tänkte på det. Men det skulle krävas både timing och övertalningsförmåga. Efter ett samtal med Manuel hade hon i alla fall de extra arvodena godkända. Nästa steg var att skriva ett meddelande. Det tog en stund innan hon hittade de rätta formuleringarna.

Som kompensation för att jag "lånade" din telefon har jag nu ett erbjudande till dig. Du får 1000 spänn för en kvälls jobb.

När hon till slut skickat iväg messet blev hon sittande och stirrade på telefonen i nervös väntan på svar. Men hon behövde inte vänta länge.

Vem fan är du? Vad då för jobb?

Gunvor log nöjt när hon svarade att han skulle få veta det om han kom till Fruängsskolans fotbollsplan om en halvtimme. Eftersom hon hade hemligt nummer kunde han inte ta reda på vem som messat honom. Så hon hoppades på att hans nyfikenhet skulle locka honom till mötesplatsen.

Kom ensam.

Gunvor tänkte att man aldrig kunde vara nog tydlig. Killar i hans ålder hade en tendens att bara röra sig tillsammans med minst två andra av samma sort.

Hon valde sin klädsel med omsorg. Det var viktigt att ge ett professionellt intryck. Den nystrukna kavajen kändes som det bästa valet tillsammans med matchande kjol och blus. Innan hon gick hemifrån, för att vara först på plats, skickade hon iväg ännu ett meddelande. Hon stämde möte med ytterligare en person. På samma plats. Tio minuter senare.

Gunvor stod lite avsides, vid stentrappan upp till gympasalen och skolgården, när David kom släntrande nerför gångvägen från centrum. Han hade samma kläder som alla de gånger Gunvor sett honom innan. Lösa jeans, som verkade kunna ramla av honom vilken sekund som helst, och en sliten, grå huvtröja som dolde det mesta av hans hår och till och med ansikte när han hängde med huvudet. Han var lång och muskulös men hans klädval gjorde att han såg valpig ut.

43

Han sneddade in över gräsmattan och klev igenom ett hål i det höga stängslet. Det var först när han tagit några tveksamma steg ut på fotbollsplanen som han fick syn på Gunvor. Han hajade först till men fortsatte sedan att se sig omkring. När Gunvor började gå emot honom såg han först irriterade ut men plötsligt trillade polletten ner.

"Du..."

"Precis. Just jag. Och jag vill börja med att säga att jag varnade dig. Eller hur? Nu har du möjlighet att lära dig att allt inte är som det verkar. Att det kan vara värt att ha respekt för andra människor om inte annat för att själv slippa hamna i trubbel." Gunvor tog en liten paus innan hon fortsatte. "Men det är inte därför jag vill träffa dig nu. Jag behöver din hjälp."

"Och varför skulle jag hjälpa en fucking galen kärring?" David gjorde inget för att dölja sitt förakt.

"För att du behöver tusen spänn. Men framför allt för att jag erbjuder dig ett extrajobb som privatspanare vilket skulle kunna göra underverk med din självbild. Du får möjlighet att vara annat än en looser från förorten för en kväll." Gunvor visste att hon tog en risk genom att vara burdus men var övertygad om att det var enda sättet.

"Privatspanare?" Davids ansiktsuttryck förändrades på sekunden. "Menar du detektiv, typ?"

"Precis. Jag behöver hjälp att spana på en man ikväll. Han hänger på ett ställe där jag inte passar in. Kärring som jag är. Jag behöver någon som är mina ögon och öron. Om du tackar ja så drar vi till stan direkt och köper passande kläder. Och ja, du får behålla dem." Gunvor pratade på för att få så mycket som möjligt sagt medan han lyssnade.

"Driver du med mig?"

Trots den hårda tonen anade Gunvor en förhoppning i Davids ögon. Utan att säga något räckte hon fram sitt kort från byrån som lite väl simpelt gick under namnet "Spanarna". Men i den här situationen dög det alldeles utmärkt för plötsligt vände Davids humör.

”Ikväll, alltså? Vem spanar jag efter? Har du foto? Hur går det till?”

”Vi tar allt det där när du tackat ja. Och när din partner dyker upp.”

Gunvor såg sig om. Lägligt promenerar Elin just in från fotbollsplanens andra hörna.

”Men vad fan…”

Det var väl i och för sig begripligt att David blev irriterad. Men Gunvor tänkte inte låta situationen fara henne ur händerna för det.

”Försök strunta i det som varit. Och förresten var det faktiskt du som var taskig mot henne. Hon har inte gjort dig något.”

”Men hon är en tönt.”

”Ni ska inte umgås. Ni ska inte ens låtsas känna varandra. Jag behöver en av varje kön. Så skärp dig nu, så är du snart tusen spänn och en spännande kväll rikare. Du kommer till och med få ett arbetsgivarintyg på att du jobbat som spanare.”

Det verkade som om Gunvor precis lyckats övertyga David när Elin var framme vid dem. Hon såg om möjligt ännu mer förvirrad ut än David. Men eftersom de hade, i alla fall en början på, en slags vänskapsrelation kunde Gunvor snabbt förklara situationen för henne utan att bli avbruten. Till Gunvors förvåning var Elin lättövertalad och snart hade hon skakat hand med dem båda som ett tecken på att de hade slutit ett avtal.

De lämnade fotbollsplanen med fem minuters mellanrum och begav sig in till centrala Stockholm där de sammanstrålade utanför butiken River Island i Gallerian.

”Okej. Ikväll är det lördag och ni ska ut på Östermalm så det är lite finare stil som gäller. Vi kollar efter en svart klänning och höga klackar till dig, Elin.”

Hon såg på Elin och tänkte att i stort sett vad som helst skulle kunna göra underverk med hennes klädstil som idag bestod av svarta tajts, svarta ballerinaskor och en alldeles för stor skjorta med grått mönster.

”Och du David kan väl kolla efter några chinos eller liknande och en snygg tröja eller skjorta.”

”Vad fan är chinos?”

”Byxor. Som inte visar halva röven. Jag visar dig.” Gunvor gick före ungdomarna in i butiken.

”Ja, mamma”, svarade David kaxigt och Elin kunde inte låta bli att fnissa.

Det tog sin lilla stund att hitta rätt kläder. Eller snarare att övertyga Elin och David om vad som var passande för Sturehof och Riche. Till slut kunde de i alla fall alla enas om en svart, urringad stretchklänning och ett par höga, ormmönstrade pumps till Elin. David såg fascinerande bra ut i ett par svarta skinny jeans så Gunvor släppte idén med chinos. Tillsammans med en lila figursydd skjorta och bruna kängor blev det perfekt. Gunvor gick ytterligare ett varv i butiken medan ungdomarna fortfarande var kvar i omklädningsrummen med de nya kläderna på. När hon kom tillbaka med en ljusgrå bomberjacka till David och en klarblå, figursydd jacka i skinnimitation till Elin var alla överens om att de var i hamn. Nu behövdes bara lite smink och hårprodukter.

På väg tillbaka mot Fruängen satt de i olika vagnar. Elin bar kassarna så ingen av Davids kompisar skulle ges chans att fråga varför han börjat handla kläder på ett stekarställe. För Elin var inte risken så stor att någon skulle undra. Hon bara hade ett fåtal kompisar från sin tid i grundskolan.

Gunvor stannade till vid Donna Bella och köpte med sig pizzor. Alla behövde äta rejält då kvällen kunde bli lång. Till sin glädje hörde hon Davids och Elins röster när hon klev in genom porten. De har hunnit före henne och hade antagligen fått vänta en stund. Men det var tydligen bara bra. För om kvällen inte ledde till annat så hade hon i alla fall lyckats få dem på god fot med varandra.

”Åh, vad gott det luktar.” Elin drog in doften av pizza.

”Ja, fan. Jag är sjukt hungrig.”

När de satte sig vid köksbordet för att prata om kvällens uppdrag och äta pizza var stämningen riktigt gemytlig.

Enligt Gunvors plan skulle de bevaka olika ställen. Gunvor själv skulle följa efter Mikael när han lämnade födelsedagsfirandet. Från sex-tiden skulle David bevaka Sturehof och Elin skulle vara på Riche. Via sms skulle de meddela varandra var Mikael befann sig och vad han gjorde.

"Om ni ser honom prata med någon kvinna är det viktigt att ni hör vad de säger. Om det känns nödvändigt att ta kontakt så gör det. Men det är sista utvägen för när man väl tagit den typen av kontakt är risken stor att han kommer ihåg er och då kan ni inte följa efter honom om han skulle gå iväg. Och nästa gång ni spanar så kommer han antagligen att känna igen er." Gunvor tog fram en flaska vitt vin ur kylskåpet medan hon pratade.

"Vad då nästa gång? Det skulle ju bara vara en kväll." Elin såg förvånat på Gunvor.

"Jo, jo. Men man vet ju aldrig. Det är det som är så spännande med privatspaning. Tar du fram glas. Ni behöver komma i stämning."

David puttade till Elin lite innan han reste sig för att leta fram tre vinglas.

"Men en lön på tusen spänn per kväll säger vi väl inte nej till fler jobb, eller hur?"

Elin såg fortfarande förvirrad ut men det berodde nog mest på att hon plötsligt var "vi" med David.

När alla tilldelats ett glas vin tömde Gunvor kassen med smink och hårprodukter på köksbordet. Med en sax klippte hon upp påsen med penslar och borstar och radade upp puder och ögonskugga i varmt, bruna nyanser. Elin blundade lydigt när Gunvor lyfte borsten hon just cirklat i pudret. Innan hon gick igång såg hon på David.

"Du kan väl byta om så länge och försöka få till en riktig stekarfrisyr med den där." Hon nickade mot en burk vax bland sminket.

"Och nej, du behöver inte träffa någon du känner. Jag har fixat skjuts."

När David tog sina påsar och lomade iväg påbörjade Gunvor sminkningen med van hand.

Eftersom Elin var mörkhårig med gröna ögon hade Gunvor valt nyanser mellan guld och brunt till ögonen och ett mörkrött läppstift. Det visade sig vara ett utmärkt val. Även mascaran höll vad reklamen lovade. Nog för att Elin var naturligt vacker, på ett skört sätt, men med de nyinköpta produkterna växte en riktig skönhet fram. Plötsligt blev den lite flackande, skygga blicken spännande bakom långa, svarta ögonfransar. Kombinerat med den urringade klänningen, som hon bytte om till i köket, medan David ockuperar badrummet, blev hon också väldigt sexig.

"Jag är ledsen att behöva säga det. Men fan vad smink kan lyfta fram ens goda sidor. Och så lite höga klackar på det." Gunvor väntade med skorna i handen medan Elin trasslade på sig de glansiga nylonstrumporna. När hon klivit i pumpsen kunde Gunvor inte annat än att dra efter andan.

"Du var vansinnigt söt innan. Men nu… Gå och kolla i spegeln." Gunvor visade riktning mot helkroppsspegeln i vardagsrummet med en huvudryckning.

"Oh my good. Jag ska fan bli privatspanare på heltid. Shit, vad snygg jag är. Förlåt men det är faktiskt sant." Elin var mer än exalterad.

Dörren till toaletten öppnades och ut klev en attraktiv och självsäker kille. Hans nöjda min gled över i förvåning när han fick syn på Elin.

"Oj." Det var allt han fick ur sig. Gunvor såg hur svårt han hade att slita blicken från Elin. Hon såg också att Elin blev både glad och lite obekväm av kommentaren och gissade att hon inte var bortskämd med uppskattning.

"Ja, detsamma", fick Elin i alla fall ur sig. Hon hade rätt. Plötsligt kunde man se att David var både vältränad och snygg. Med vax i håret, och utan den obligatoriska luvan, lyftes hans tydliga kindben fram och gav hans utseende karaktär. Plötsligt syntes också den jämna, vita tandraden och glittret i de blå ögonen.

"Fan det här blir perfekt. Men nu har vi bråttom. På med jackorna nu också så synar vi er en sista gång innan vi drar."

Innan de till slut kom iväg hade Gunvor lånat ut en handväska till Elin och gett dem 500 kr var till drinkar och snacks. Aidan satt redan i bilen och väntade, upprymd över det äventyr som väntade. Det hade inte varit svårt att få honom att skjutsa Gunvor och ungdomarna in till stan trots att det var lördag och egentligen hans pubkväll.

”Ingen sprit ikväll. Ni måste behålla fokus. David dricker öl. Beställ Staropramen eller någon annan öl med konstigt namn. Gärna en Singha som får folk att tro att du brukar åka till Thailand. Absolut inte Spendrups eller något annat som luktar förort. Du, Elin, kör med rosé eller vitt vin. Okej?”

Både David och Elin var uppspelta även om Elin vädrade sin oro över att vara ensam på Riche.

”Vad ska jag göra där själv? Det är ju helt onaturligt.”

”Det är hur naturligt som helst. Oändligt många kvinnor går in och tar ett glas vin för sig själv. Försök se upptagen ut med din mobil så ingen försöker ragga upp dig bara.”

Aidan stannade till, vid trottoaren nära Norrmalmstorg, och släppte av David och Elin. Sedan körde han vidare, via Strandvägen, till Gärdet. Klockan var kvart i sex när han hittade en parkeringsplats på Valhallavägen. Gunvor accepterade tacksamt hans erbjudande om att stanna och vänta med henne. Det var så mycket lättare, och skönare, att spana från en bil. Särskilt som Aidan lyckats pricka in en parkering bara ett fåtal meter från porten till det hus där Mikael nu borde befinna sig. Eftersom det visade sig ta sin lilla tid innan de kom ut blev Gunvor också mer tacksam för varje minut som gick. Dessutom låg gatan i det närmaste öde så det hade varit svårt att hitta ett naturligt sätt att spana utan bil.

Bortåt 40 minuter hade passerat när Nadja kom ut genom porten och försvann i riktning mot Gärdets tunnelbanestation.

”Där är hon. Kvinnan som inte litar på sin man. Vilket jag har full förståelse för.”

Aidan såg efter Nadja med ivrig blick.

”So we are waiting for the asshole now?” Trots många år i Sverige trivdes Aidan fortfarande bäst med att prata engelska.

”Precis. Om han nu är ett asshole. Men det ska vi ta reda på.”

Som väntat kom Mikael ut strax efteråt. Han kastade en nervös blick, åt det håll Nadja gått, innan han satte fart i motsatt riktning.

”Där är han. Nu måste jag hänga på honom. Tack för skjutsen.”

Innan Gunvor hann öppna dörren hade Aidan startat bilen.

”I ́ll drive you. This is fun.”

Med ett belåtet leende körde Aidan efter Mikael som korsade Valhallavägen och stannade en taxi. När taxin började köra låg de strax bakom. Turen gick tillbaka samma väg som de kommit. Efter Dramaten svänger taxin höger, som de gissat, in på Birger Jarlsgatan, och stannade framför Sturehof. Aidan bromsade in en bit bakom.

”Tack för skjutsen. Hänger du med eller drar du vidare? Inga problem om du gör det. Vi kan ta taxi hem.”

”Jag ser om jag kan hitta parkering i närheten. Det kan bli svårt. Jag hör av mig. Annars kan jag alltid hämta upp er senare.”

”Tack, Aidan.”

Gunvor hann precis få en glimt av Mikael innan han försvann in på Sturehof. När hon strosade i riktning mot Svampen plingade hennes telefon. Det var från Fredde som meddelade att Mikael var på Sturehof. Hon skickade ett ”tack” och ”hörs snart igen” innan hon skrev till David för att kolla att han var på plats och hade koll på Mikael. Det hade han. Elin var också på väg från Riche.

Planen verkade funka. Ikväll skulle David och Elin få visa vad de gick för. För Gunvors egen del återstod bara att vänta.

9.

När Elin och David klivit ur bilen vid Norrmalmstorg gick de tillsammans, under tystnad, över torget och in på Smålandsgatan. Framme vid Birger Jarlsgatan pekade David ut Riche för Elin innan han fortsatte mot Sturehof.

"Lycka till. Vi hörs."

"Det samma." När Elin såg efter David svindlade det till i henne. Den här dagen hade redan gett henne stunder hon aldrig varit i närheten av innan. För att inte tala om vad som låg framför henne. Hon var faktiskt ute på ett spaningsuppdrag. Hade någon sagt det till henne bara igår hade hon inte kunnat tro på det.

Under den korta promenaden till Riche försökte hon fokusera på att gå långsamt och världsvant. Som att det var den självklaraste saken i världen. Det var inte bara viktigt för Gunvor att hon lyckades leva sig in i sin roll. Det var också helt avgörande för Elin själv. För en gångs skull hade hon möjlighet att göra skillnad för någon annan. Något som bara hon kunde göra. Gunvor behövde henne verkligen.

Elin hade fått veta att det fanns två ingångar till Riche och instruerats om att ta den längst bort från Stureplan. Hon riktigt kände hur hennes puls ökade när hon närmade sig den första entrén. Flera av de som satt där inne synade henne där hon kommer gående. Så när hon såg nästa dörr skyndade hon sig fram och drog i den. Men den var låst. Det var först när hon ryckt häftigt i den några gånger som hon upptäckte att dörren ledde in till ett trapphus. Förvirrad tog hon ett par steg vidare på gatan. Då fick hon syn på den andra ingången några meter bort. Med blossande kinder skyndade hon dit och hoppades innerligt att ingen av gästerna sett hennes fadäs.

Hon tog de få trappstegen upp till lilla baren. När hon gjorde entré hade hon helt tappat greppet om sin roll som världsvan. Blicken flackade både nervöst och förläget. Hon lyckades i alla fall få en överblick över rummet. Den vackra baren i rostfritt stål glänste mot turkosa väggar och tak med reliefer på sjöjungfrutema. Längst in i baren fanns det flera lediga barstolar. Hon siktade in sig på platsen med två lediga stolar bredvid varandra och tvingade sig själv att gå dit med lagom sakta steg trots att hon helst hade vänt och sprungit ut igen. Hon hängde av sig jackan på kroken under bardisken och gled upp på barstolen. Nervösa fingrar lade handväskan tillrätta i knäet och letade fram mobilen innan hon tog sats för att se sig omkring lite mer ingående. Men bartendern hann före. På hennes beställning tog han ner ett glas från en av de imponerande metallkonstruktionerna över baren och fyllde glaset med den ljusrosa drycken.

Elin fick syn på sig själv i spegeln bakom baren. Det lugnade henne. För hur bortkommen hon än kände sig såg hon trots allt ut att kunna höra till här. Att hon faktiskt var en som titt som tätt slank in hit för att ta sig ett glas på väg från något viktigt möte. Eller för att pusta ut efter en shoppingrunda.

Det var inte särskilt många gäster än. Så när hon väl samlat mod till sig för att spana in de andra gästerna var det lätt för henne att konstatera att Mikael Franzén inte var där. Vilket i och för sig inte var så märkligt då han borde vara på kalas vid den här tiden. Men man visste ju aldrig. Och det fanns heller ingen som helst garanti för att han i så fall skulle sitta i just det här rummet. Riche bestod av flera delar med egna barer. Men vad Elin förstått så var det Lilla baren som gällde. I alla fall för de unga och coola.

Elin lade märke till att en man, som satt själv vid ett bord, har svårt att slita blicken från henne. Hennes första reaktion var att något måste vara fel. Hon kastade en ny blick mot spegeln för att kolla så hon inte lyckats kladda till sminket. Men det såg ut som det skulle. När hon sneglade åt hans håll igen log han. När hon log ett skyggt leende tillbaka reste han sig och kom över. Elin började nervöst fingra med telefonen med det var för sent.

”Du är nog det vackraste jag sett i hela mitt liv.” Mannen, som var en hel del äldre än henne satte sig på stolen bredvid utan att släppa henne med blicken.

”Tack. Men det är nog lite överdrivet.” Elin kände sig både besvärad och förtjust. Mest förtjust för att vara ärlig.

Mannens leende slocknade med ens.

”Det bestämmer väl jag. Eller hur?”

”Ja, så klart.” Elin skyndade sig att försöka ställa det tillrätta. Hon ville verkligen inte göra någon upprörd. ”Det var inte alls meningen att… att … förlåt det var inte meningen.” Elin såg ner i bardisken och kände sig som tio år igen. Som den tioåring som alltid gjorde fel enligt hennes pappa.

”Se så min sköna. Det var inte meningen att göra dig nedstämd.”

Mannen log igen vilket gjorde Elin vid bättre mod.

”Får jag föreslå en skål?”

”Ja visst.”

Mannen höjde högtidligt sitt glas med mörkrött vin. Elin tyckte att han både såg ut och betedde sig som en karaktär i en gammal Hasse Ekman-film. Elin hade sett sin beskärda del eftersom det var ett av mammans stora intressen. De högtravande tolkningarna av kärlek och passion hade förgyllt många av deras söndagar hemma i soffan. Mannen, som nu satt mitt emot henne, hade stora likheter med filmernas huvudpersoner. Som från en svunnen tid. Väldigt udda och inte lik någon hon stött på innan. Men samtidigt väldigt charmig och tilltalande.

”Skål för skönheten.”

”Skål.” Elin försökte le sitt mest tindrande leende innan hon tog en klunk av sitt rosé.

”Jag vill väldigt gärna bjuda dig på min favoritchampagne.”

”Tack, men jag har kvar.”

”Jag insisterar. Har fröken smakat champagne innan?”

”Nej.”

”Då är saken avgjort. Ett så förtjusande väsen som ni är född för att dricka champagne. Skam vore annat.”

”Men inte ska väl du behöva…” Längre kommer hon inte innan han hyssjade åt henne och vinkade till sig kyparen.

”En flaska Dom Perignon kvällen till ära. Jag tror jag har hittat min prinsessa.”

”Ska bli.” Kyparen log roat och gick för att hämta de dyra dropparna.

"Bara så du vet så måste jag gå snart."

"Desto viktigare att ta vara på de dyrbara minuterna vi får tillsammans."

Han såg på henne med en antydan till leende innan han fortsatte.

"Se det som två vilsna själar som träffas på sina irrfärder. Trevandes i mörkret får de äntligen syn på varandra. Stannar upp. Ler. Av glädje. Av nyfikenhet. För de vet att det inte är en slump."

Elin lyssnade uppmärksamt men förstod inte riktigt vad han menade. Mannen lutade sig nära henne innan han fortsatte.

"Som jag längtat."

När han tystnat höll han kvar sitt huvud nära henne och såg henne djupt i ögonen en kort stund innan han lutade sig tillbaka igen och höjde glaset.

"Skål."

"Skål."

"För de vilsna själarna som äntligen hittar hem."

Hon log och tog en klunk samtidigt som honom. Rädd för att göra fel. Hon hade vare sig druckit champagne eller ens skålat förut. I hemmet hade det bara varit hennes pappa som ägnat sig åt ändlöst öldrickande. Visst hade hon gått på puben några gånger med klassen. Det sista året hade hon till och med lärt sig att gilla vin även om hon inte visste mycket om sorter och märken.

Elin tyckte verkligen om smaken av champagne. Kvällen hade tagit en härlig vändning. Mannen hon pratade med var trevlig och hon uppskattade hans hämningslösa beundran.

"Rider fröken?"

Det tog Elin några sekunder att förstå att det var hon som var fröken.

"Ja, det gör jag faktiskt. Men det är några år sedan nu."

"Det vaknade just en önskan inom mig."

Elin förstod sig inte på hans sätt att prata så hon nöjde sig med att le.

"Att se fröken rida min favoritfux på ägorna i Uppland. Barbacka i en lång vit spetsklänning. Barfota, så klart, och med det blanka håret hängande fritt över axlarna."

Med mjuka rörelse lät han sin hand glida över hennes hår. En slinga gled långsamt mellan hand fingrar och föll sedan mjukt mot Elins kind. Med ett finger förde han den bakom hennes öra. Även om han var alldeles för gammal för henne kunde hon inte låta bli att njuta av beröringen. Hon kunde inte minnas när någon senast smekte henne så ömt. Tanken på att han ville se henne rida på hans häst gjorde henne också upprymd. Att någon fantiserade om henne på det viset, som någon åtråvärd, fick det att hissna i henne.

Hennes mobil plingade till och tog henne tillbaka till verkligheten. Hon ursäktade sig artigt innan hon läste meddelandet.

M.F. kom just in på Sturehof. Kom.

Hon svarade David att hon var på väg och tittade sedan upp på sitt sällskap igen.

”Tack för drinken. Det var väldigt gott. Tyvärr var jag precis på väg. Ska träffa en vän.”

”Tänk att allt ljuvligt måste ha ett slut.” Han log mot henne samtidigt som hans blick gled ner i hennes urringning. ”Jag hoppas gudarna är med mig så jag får se dig igen.”

”Kanske det. Vi får se.” Det var det enda Elin kunde komma på att svara. Men han verkade nöjd med det.

”En sista skål innan du försvinner ifrån mig?”

Han inväntade inte hennes svar utan fyllde hennes glas. Innan hon hunnit lyfta det, för att dricka, fattade han hennes hand och förde den till sin mun för en fjäderlätt kyss.

”Au revoir, madame.”

”Au revoir. Il a été un plaisir monsieur.” Äntligen någonting hon förstod och kunde svara på. Han verkade imponerad och höll kvar hennes hand i ett stadigt grepp medan de drack. Det smakade ännu godare den här gången så Elin tömde glaset innan hon ställde det på bardisken och gled ner från stolen. Fångad av stunden lutade sig Elin fram för att pussa honom på kinden. Han vred snabbt på huvudet. Deras läppar möttes. Snabbt och flyktigt.

Det var ytterst motvilligt som han släppte henne. Men när han till slut gjorde det lämnade Elin Riche med säkrare steg än de som tagit henne dit. Plötsligt kändes det som den naturligaste saken i världen att svänga på höfterna när hon strosade fram längs Birger Jarlsgatan.

David var lätt euforisk när han skiljdes från Elin och styrde stegen mot Sturehof. Den här dagen hade hittills varit helt galen och förhoppningsvis skulle det fortsätta. Han ville verkligen att de skulle lösa fallet i kväll. Eller snarare att han skulle lösa fallet. Eller i alla fall bidra stort till att det blev löst.

Han hade blivit så förbannad när han fått de där jävla kärringskorna. Det hade känts som om polarna aldrig slutade garva. För att inte tala om skiten på Facebook. Hans heder var grymt kränkt och det värsta var att han in i det sista inte varit säker på om det var någon av polarna som gjort det. Flera nätter hade han legat sömnlös. Sönderstressad av tanken att alla hade gått ihop mot honom. Han hade föreställt sig hur han faktiskt skulle kunna döda dem som hämnd. Fixa en tabanja och knäppa dem. En efter en. Men den där lilla, galna kärringen hade han inte rört. För hon hade ändå varit schysst. Coola kläder och ett jobb. Om så bara för en kväll. Men han hoppades på mer. David hade inte förlåtit henne helt men om han fick mer jobb skulle det kanske gå.

Han sträckte lite extra på sig när han klev in genom dörren till Sturehof. Här hade han aldrig satt sin fot innan. Faktiskt aldrig på Stureplan överhuvudtaget. Alla i Frunken hatade stekare. När han någon enstaka gång, för ovanlighetens skull, hade festat inne i Stockholm har det varit på någon engelsk eller irländsk pub på Söder. Men oftast på Parma i Fruängen eller på Västertorps hjärta en station bort.

När han såg sig själv i speglingen i glasdörren in mot Gallerian kände han sig nöjd. Han såg fan bra ut. Kanske var det dags att börja hänga här istället. Byta miljö. Slippa nergångna hak, tjejer som redan legat med minst en av hans polare och samma gamla snack. Han var egentligen urless på att hänga i centrum och gagga. Men han visste inte vad han skulle göra istället. Han hatade att vara ensam.

Det var halvfullt i baren. Han såg sig noga om efter Mikael Franzén. När han konstaterat att Mikael inte var i lokalen gled han fram till baren för att beställa en öl. Han lade märke till att mer än en tjej synade honom. Han testade att le mot den sötaste av dem och fick till sin glädje ett leende tillbaka.

Fan, jag skulle lätt ligga ikväll om det inte var för jobbet. Men det ena behövde faktiskt inte utesluta det andra.

Efter att ha lyckats trycka i sig ett sjukt äcklig Trappistes Rochefort 10 bestämde han sig för att gå över till fatöl trots Gunvor order. Det kunde väl inte vara något större fel när nu de flesta andra verkade köra på det. Precis när han fått sin andra öl fick han syn på Mikael Franzén. Han stod en bit bort i baren. När bartendern räckt över en flaska vitt vin och ett glas slog sig Mikael ner vid ett bord mellan dörrarna till uteserveringen.

Till Davids förtjusning hade tjejen, som log mot honom när han kom in, fortsatt att spana in honom. Gett honom blickar som nästan fått honom att glömma varför han var där. Men nu när Mikael var i rummet kände David adrenalinet strömma ut i kroppen och han blev på helspänn. Han skulle inte släppa kollen på den här shunon innan fallet var löst.

David tyckte att Mikael såg stressad och sliten ut. Klädseln var proper med en kostym som såg svindyr ut. Men ansiktet hade en gråaktig ton och hans rörelser var nervösa och ryckiga.

David skickade ett meddelande till Elin. När mobilen pep till trodde han först att det var hon som svarade. Men det var från Gunvor. Hon undrade om han hade koll. Klart han hade. Han svarade kort. När det var gjort vände han sig mot dörren, som just öppnades, för att se om det var Elin. Det var det inte. När hans blick gled över rummet gav den söta tjejen honom ännu ett ögonkast.

Mikael satt fortfarande för sig själv vid bordet och såg ut att vara helt försjunken i sina tankar. Han fyllde sitt glas till bredden igen trots att han bara suttit där några få minuter. David undrade vad det var som fick Mikael att se så körd ut. Det var ingen tvekan om att mannen hade trubbel.

Bartendern ställde ut skålar med jordnötter i baren. David antog att det var gratis. Han hade precis fyllt munnen med en näve när han kände en hand på sin arm.

Även om klockan bara var en stund över sex kände Gunvor att fredagspulsen
var ett faktum. På The Bull and Bear In passade hon utmärkt. Men där
behövde man både superflyt och någon slags välsignelse för att få ett
fönsterbord. Enligt hennes erfarenhet var man hänvisat till ståplats i baren vid
den här tiden en fredag. Men även det var väldigt mycket bättre än att stå i
snålblåsten under Svampen timme efter timme. Så när Aidan messade att han
lyckats hitta en parkering, och var på väg, bestämde hon sig för att lita på att
ungdomarna och Fredde hade koll och tillåta sig en öl i värmen på puben.
Aidan var det perfekta sällskapen. En engelsman på en engelsk pub. Få saker
var mer självklara.

När Aidan mött upp strövade de sakta nerför Birger Jarlsgatan. Gunvor gick
ytterst och instruerade Aidan om att hålla blicken på henne eller på trottoaren så
att hon själv fick möjlighet att kasta en blick in på Sturehof som av en
tillfällighet.

Även om de promenerar i sakta mak var det ändå inte helt lätt att se in i
baren. En jalusi slokade ganska lågt över dörren och det var mer folk inomhus
än kvällen innan. Hon fick i alla fall syn på Fredde. Hon hade inte berättat om
honom för de andra. Manuel hade lärt henne att det var bra att ha flera
informationskällor, från samma ställe eller situation, som var oberoende och
omedvetna om varandra. Människor hade en tendens att tolka händelser olika så
det var ett sätt att säkra kunskap om ett skeende när man inte själv var
närvarande.

Plötsligt fick hon syn på Elin. Hon verkade ha sikte på något eller någon.
Gunvor kunde bara inte se vem eller vad. Sekunden efter var också chansen
över. Sturehof låg bakom dem. Gunvor vände blicken framåt för att inte dra till
sig uppmärksamhet.

12.

När Elin klev in på Sturehof fick hon genast syn på David. Han tittade upp och deras blickar möttes kort. Ingen av dem visade något tecken på igenkänning. Elin såg sig om när hon gick fram till baren för att beställa ett glas vitt vin. När hon lyckats tränga sig fram till disken fick hon syn på Mikael som satt ensam vid sitt bord. Hon släppte honom genast med blicken för att beställa. När hon fått sitt glas såg hon sig om igen, låtsades fundera och gick sedan fram till Mikaels bord.

"Är det okej om jag gör dig sällskap? Det är redan för trångt, för min smak, för att stå och buffas." Hon nickade ut mot rummet och log mot Mikael.

"Visst. Absolut. Men jag är inte så social ikväll, om du ursäktar." Han gav henne ett hastigt ögonkast innan hans blick åter irrade ut över lokalen.

"Det är helt okej. Jag är inte heller så social." Elin förbannade sitt spontana beslut att gå fram till Mikael. För en stund hade vinet, och uppskattningen tidigare under kvällen, gett henne självförtroende men nu kändes det som om det sakta pös ur henne igen. Men när hon mötte Davids blick, som blixtrade av anklagelse, fick hon tillbaka sin energi.

Den där loosern ska fan inte sitta där och tycka att jag sabbar allt. Jag ska visa honom.

Hon tog ett djupt andetag och famlade i sitt inre efter det där lugnet som hon ibland kunde känna när hon tränade yoga. Det som fick tankarnas brus att dämpas och som lämnade plats åt en känsla av självklarhet. En helt underbar känsla som sedan alltid försvann så fort hon öppnade ögonen. Elin tog ett djupt andetag och blundade några sekunder. Hon lyckas inte helt. Men hon fick fatt i ett stråk av känslan. Det var allt hon behövde. Efter en stor klunk vin vände hon sig mot Mikael med sorgsna ögon.

"Ska jag vara ärlig så är jag precis som dig. Jag har fullt upp med mitt och känner mig inte social. Men samtidigt är jag i desperat behov av att prata med någon. Kan du tänka dig att ödsla några minuter på en främling? Jag har gjort något väldigt dumt och skulle behöva prata med någon som inte känner mig."

60

Elin hade lyckats fånga Mikaels nyfikenhet och tyckte sig till och med ana ett uns av nyfikenhet i hans blick. Han såg samtidigt väldigt trött och stressad ut. Faktiskt riktig sliten och med rödsprängda ögon. Så här på nära håll såg huden nästan grå och plufsig ut.

Elin skyndade sig att prata på när hon hade hans uppmärksamhet.

"Jag vill inte att någon jag känner ska få veta. Min kille är rätt svartsjuk och dömande och de flesta av våra så kallade vänner är solidariska med honom. Så jag har egentligen ingen att prata med."

"Välkommen i båten."

Han höjde glaset till en skål och Elin hängde på.

"Du också?"

Mikael stirrade framför sig en lång stund innan han åter vände blicken till Elin och nickade.

"Då kanske det blir för jobbigt för dig att höra om mina problem."

Mikael skakade på huvudet och Elin såg till sin glädje en tillstymmelse till leende på hans läppar.

"Dina problem är knappast värre än mina. Så kör på du."

Samtidigt som Elin var extremt nöjd över sig själv fick hon lite panik. Om hon inte kom upp med en spännande och trovärdig historia var hon snart rökt för det här uppdraget. Hon tog ett par klunkar vin, fokuserade på att se förkrossad ut och tänkte att det var nu det gällde. Den var nu hon befann sig i den där situationen som kunde förändra resten av hennes liv.

"Jag är ju egentligen den trogna typen. Har alltid varit det. Eller alltid och alltid… Jag var egentligen ganska gammal innan jag blev ihop med någon. Jag tillhörde inte gänget som strulade runt och pussade på olika pojkar under högstadiet. Det var egentligen först när jag gick på gymnasiet som jag började dejta. Inte för att jag inte velat innan."

Elins berättelse började som hennes egen historia vilket inte varit planen. Så hon pausade och drack upp det sista i glaset medan hon försökte väcka sin fantasi till liv.

”Under gymnasietiden förändrades jag och hade en del relationer. Bland annat med en äldre, gift man. Jag var 17 och han var 43.”

Elin himlade med ögonen och skrattade till.

”Hur gammal är du?”

Hon såg utmanande på Mikael och till hennes lättnad log han lite.

”Alldeles för gammal för dig.”

”Säg inte det. 43-åringen är den bästa älskaren jag haft.” Hon log flirtigt mot Mikael innan hon fortsatte.

”När jag träffade min nuvarande pojkvän kändes allt rätt. Men på något sätt gick allt väldigt fort. För fort. Jag älskar honom verkligen. Men det finns saker som jag fortfarande inte har gjort. Och som jag väldigt gärna vill uppleva.”

”Vad är det du gärna vill göra?”

Hon hade noterat att Mikael höll uppsikt över rummet trots att han lyssnade artigt på henne. Det var när hon sa det där om att det fanns saker hon inte gjort, men gärna ville uppleva, som hon fick hans fulla uppmärksamhet. Plötsligt såg han på henne med nyfikenhet. Elin lyfte glaset för att dricka men det var tomt. Utan att fråga fyllde Mikael på från sin flaska.

”Det finns många saker jag fortfarande vill göra. Men det jag har behov av att prata om nu hände förra helgen. Jag och min kille Pontus var på Gondolen med ett helt gäng. Vi hängde i baren och drack drinkar. Pontus kompisar är väldigt brackiga och jag var väl rätt less på det hela trots att jag försökte hänga med. Jag stod lite i utkanten av gänget, lutad mot baren. Plötsligt kände jag en hand på min rumpa. Jag vände mig genast om, ganska förorättad, och såg in i ett par helt fantastiskt blå ögon. Han var minst 50 år, med rakat huvud och glasögon på nästippen. Men med muskler som en tyngdlyftare och en blick att drunkna i. När jag vände mig om hamnade hans hand i mitt skrev. Han släppte inte taget. Jag fick putta bort hans hand. Men jag var redan förlorad. Både han och jag visste att om handen fått vara kvar hade jag kommit där och då.”

Elin gjorde ännu en paus för att ta en klunk vin. Hon hade fortfarande Mikaels fulla uppmärksamhet.

"Han gav mig i det närmaste en order om att följa efter honom till garderoben. Jag förstod direkt att jag inte hade något val. Jag var bara tvungen att följa med. För min egen skull. Och ja. Vad som än kommer att hända så var det värt det. Jag kan inte säga annat för då ljuger jag."

"Vad hände?"

"Jag sa till Pontus att jag skulle gå på toaletten. När jag kom ut i foajén stod mannen ute vid hissarna och vinkade mig till sig. Eftersom han var den enda som väntade på hissen tordes jag mig dit. Vi stod bredvid varandra under tystnad och visade inga tecken på att höra ihop. När hissen väl kom och vi klev in blev det helt sjukt."

"Hade ni sex?"

"Han kysste mig och efter det minns jag allt som i en dröm. Som när man har feber. Han kysste mig som ingen någonsin gjort innan. Jag var så klart redan kåt. Annars hade jag aldrig följt med. Men jag tror att jag hade kunnat få orgasm bara av hans kyssar. Jag fick inte chans att undersöka det för plötsligt hade han stannat hissen och lika plötsligt var han inne i mig. Han var stor, underbart manlig och dominant."

Elin försökte se drömmande ut när hon tog ännu en paus i berättandet. I själva verket funderade hon desperat på hur hon skulle få till ett bra slut på historien.

"Det var snabbt över. Men jag kan inte glömma det. Han startade hissen igen och när den var nere klev han bara ut och försvann. Jag åkte upp och gick in på toa för att se mig i spegeln. Jag var helt övertygad om att det skulle synas på mig att jag just haft mitt livs våldsammaste orgasm. Men förutom ett fånigt leende syntes det så klart inget."

Elin drack av vinet igen. I ögonvrån såg hon att Mikael iakttog henne så hon vände sig mot honom och såg honom djupt i ögonen.

"Du då?"

13.

David hade hamnat i en härlig men frustrerande situation. Den sötaste av söta stod plötsligt vid hans sida. Med handen på hans arm och ett helt underbart leende. Hennes närmande fick det att svindla till rejält i honom. Men han valde ändå att behålla sin cyniska bild av tjejer i hennes klass. Att hon nog skulle dra snabbare än en avlöning när hon förstod att han var en förortssnubbe utan gymnasiebetyg. Han kunde ändå inte låta bli att njuta av situationen och försökte samtidigt övertyga sig själv om att han satte kvällens jobb före ljusblå, tindrande ögon.

De pratade om musiken som spelades och om vilken drink hon skulle välja. Hon var ute för att fira sin 19-årsdag och berättade fnissande att hon nog druckit för många drinkar. Han log mest eftersom hon pratade på och inte lämnade mycket utrymme för honom att säga något. Vilket passade honom utmärkt. Han ville ändå inte berätta om sig själv. Ville inte att bubblan skulle spricka så hon vände honom ryggen och letade upp någon bättre. Inte än. Så han log och njöt av hennes banala med trivsamma samtalsämnen medan han höll uppsikt över Mikael och Elin.

Han hade blivit rent förbannad på Elin för att hon så uppenbart struntat i deras plan om att bara kontakta Mikael i nödfall. Det hade varit så tydligt att Mikael inte velat ha hennes sällskap. David hade inte kunnat hejda sig utan blängt argt på Elin när deras blickar möttes i all hast.

Men så plötsligt pratade Elin i långa haranger. Mikael lyssnade som förtrollad. Vilket i och för sig inte var så konstigt. Elin var sjukt snygg i sin nya stil. David hade svårt att förstå att det var samma, blyga, töntiga tjej som inte förmådde försvara sig när han retades lite med henne för någon vecka sedan.

David pendlade i uppmärksamhet mellan sin nyfunna väninna och de två vid bordet. Eftersom Elin verkade ha full koll på läget tillät han sig att ägna sig lite mer åt Linnea, som nu presenterat sig. Linnea som tyckte det var dags att gå och dansa. David gjorde vad han kunde för att övertala henne om att det var alldeles för tidigt att gå vidare. Men hon envisades och försökte med flirtig blick och putande läppar övertyga honom om att följa med. När det inte hjälpte drog hon honom otåligt i armen.

David var enormt charmad och ville verkligen följa med Linnea. Trots att han utgick från att han snart skulle bli dumpad hade han ändå ett litet hopp om att få ut mer av kvällen med henne. Om Mikael Franzén skulle dra hem och jobbet fortsätta imorgon istället. Då kunde han och Linnea hänga kvar här. Eller så fick hon bestämma vart de skulle gå. Han kunde till och med tänka sig att dansa för hennes skull.

David kastade ett öga mot Mikael och Elin för att kolla att allt flöt på som innan. Men något hade hänt. Han förbannade sig själv att han inte hållit koll som han borde.

Mikael hade lämnat bordet. Elin satt kvar och såg efter honom med förvirrad uppsyn. David fick ögonkontakt med Elin som visade med en diskret min att hon inte förstod vad som hänt. Men det blev de varse när Mikael trängde sig fram till en blond kvinna som stod i sällskap med två män. David kunde inte höra vad Mikael sa men det var ingen tvekan om att han var upprörd. Han gestikulerade hetsigt och gick så nära inpå kvinnan att deras huvuden nästan krockade. En av männen i kvinnans sällskap puttade bort Mikael. För en sekund såg det ut som om han skulle ramla. Men han tog tag i en kvinna som han drog med sig en bit innan han återfick balansen. Kvinnan skrek till så högt att hon överröstade musiken för en sekund.

Plötsligt var både en vakt och en servitör på plats för att lugna ner stämningen. Men Mikael såg inte ut att vilja lugna sig så de föste ut honom med gemensamma krafter. Först då fick David fri sikt på kvinnan som Mikael skrikit på. Hon var lång och smal med onaturligt stora bröst. Det blonda håret ramade in det vackra och välsminkade ansiktet. Men hur snygg hon än var gillade inte David det han såg. Det var något med hennes utseende som nästan fick honom att känna obehag. Något tillgjort och onaturligt.

"Vad händer?" Linnea hade inte hunnit uppfatta mer än tumulten när Mikael blev utsläpad. "Var han för full, eller?"

”Skulle tro det. Du får passa så de inte släpar ut dig också. Du som druckit så mycket.” Han log retsamt mot Linnea som skämtsamt räckte ut tungan till honom.

David kastade en diskret blick på männen och kvinnan igen och lade märke till att den ena mannen viskade något i kvinnans öra. Kvinnan reagerade starkt på det mannen sa. Hon tog tag i mannens arm, som för att stoppa honom. Men han skakade av sig hennes hand och nickade åt den andra mannen som reste sig och följde med honom ut. Kvinnan såg både uppgiven och ledsen ut. Men hon satt kvar på sin plats när männen lämnade henne.

David kastade en snabb blick på Elin. Hon såg helt handfallen ut. Men hon uppfattade hans diskreta gest om att hon skulle gå ut. Själv vände han sig till Linnea.

”Jag ska bara gå ut och ta en cigg.”

”Men kan du inte vänta? Jag har ju beställt.”

Men David väntade inte trots att hon såg på honom med bedjande rådjursögon.

”Jag går ut och tar en bra plats.” Han gick mot utgången och låtsades inte höra hennes protester.

14

Elin tog med både jackan och väskan ut. Hon såg att tjejen som dräglat över David höll på att betala sin drink så hon skyndade på för att få möjlighet att byta några ord med David. När hon passerade kvinnan som Mikael skrikit på tyckte Elin att hon såg helt uppgiven ut. Innan hon hann tänka sig för hade hon lagt handen på hennes arm.

"Hur är det? Du ser så ledsen ut."

Kvinnan ryckte förskräckt till.

"Det går för långt."

"Vad är det som går för långt? Kan jag hjälpa dig på något sätt?" Elin lade huvudet lite på sned och log lite försiktigt.

Antingen hade Elin helt missbedömt situationen eller så kom kvinnan på sig själv. Plötsligt var ögonblicket över och Elin fick bara ett stramt leende och några ord som svar.

"Förlåt. Det var ingenting. Jag bara tänkte på något. Nu måste jag gå på toaletten."

När kvinnan demonstrativt spatserade iväg skyndade Elin ut.

Det stod ett tiotal personer och rökte en bit utanför restaurangen. Elin gick direkt fram till David och frågade högt om han kunde tänka sig att bjuda på en cigarett. Han sträckte fram både cigarett och tändaren och blev förvånad när Elin drog ett djupt halsbloss för att sedan släppa ut röken i en långsam utandning. Han hade snarare väntat sig en hostattack.

"Vad hände?"

"Jag låtsades att jag behövde prata med någon jag inte kände om att jag varit otrogen. Jag drog en historia som han verkligen lyssnade på. Men när han precis börjat berätta om sitt dåliga samvete så blev han plötsligt tyst och satt och stirrade helt galet. Det gick inte mer än ett par sekunder innan han reste sig och for iväg. Ja, resten såg du ju."

Plötsligt kände Elin att hon var full. Hon hade druckit mycket mer vin än hon var van med och med den extra kicken av nikotinet snurrade det lite väl mycket i huvudet.

"Såg du vart han tog vägen?" Hon försökte skärpa sig och såg sig om för att se om Mikael var i närheten.

"Nej. Jag funderar på att leta men jag skriver till Gunvor först."

När David tog upp mobilen såg Elin att tjejen som David pratat med i baren närmade sig.

"Tack för ciggen." Hon sa det högt för att tjejen skulle höra och gick sedan långsamt bort mot Svampen. Hon ville lufta sig lite så hon kunde tänka klart igen. Just nu snurrade det mer och mer i huvudet och benen började kännas lite ostadiga. Hon visste inte riktigt vad hon skulle göra. Vad som förväntades av henne nu när Mikael var försvunnen. Det smartaste hade väl varit att stanna vid Sturehof och vänta på Gunvors svar. Men hon hade ju faktiskt en egen mobil. De kunde väl bara ringa henne och säga vad hon skulle göra. Till dess var det knappast fel att Elin tog eget initiativ och kollade efter Mikael samtidigt som hon fick frisk luft.

Hon gick långsamt vidare längs Sturegatan. Det kändes riktigt skönt. En känsla av höst låg i luften. En lite kylig krispighet, utan att det egentligen var särskilt kallt. När hon närmade sig korsningen Humlegårdsgatan såg hon två män komma ut från Humlegården. Båda var långa och vältränade. Rent av biffiga. Även på det här avståndet kunde Elin se att den ena såg riktigt bra ut även om träningsfreaks egentligen inte var hennes typ. Han hade kort, snaggat hår och en snygg kropp under de svarta jeansen och den gröna adidasjackan. Den andra hade blont, halvlångt hår men inte tillstymmelse till attraktionskraft som den andre. Den snygga strök sig över ena handen, som om han hade ont. Men det verkade inte vara så farligt för männen var både glada och uppspelta.

Plötsligt kände Elin igen dem. Det var männen från Sturehof. De som varit i sällskap med den blonda tjejen. Paniken grep tag i Elin. Hon försökte göra sig så osynlig som möjligt när de båda männen närmade sig henne på trottoaren.

Vilket så klart inte lät sig göras. Trots att hon var i Stockholms mesta partykvarter var hon i det närmaste ensam med de två männen i den här delen av Östermalm. Det som tidigare under kvällen känts som ett äventyr hade plötsligt förvandlats till en mardröm. Hon var livrädd för att de skulle göra henne illa eller att hon skulle avslöja sig på något sätt.

När det bara var ett par steg tills de skulle passera varandra kunde hon inte låta bli att titta upp för att göra en bedömning av läget. Just då vred den snyggaste på huvudet och såg på henne. Deras blickar möttes bara under ett kort ögonblick. Men för Elin kändes det som en evighet. Mannens blick var stirrig och fick Elin att känna sig ännu mer hotad.

Så kände hon hans hand. Han hade vänt sig om samtidigt som de passerade varandra och pressat in sin hand mellan hennes ben bakifrån. Det var snabbt över och männen fortsatte skrattande i riktning mot Svampen. Elin fortsatte, utan att vända sig om, och rättade till klänningen medan hon gick.

Jävla idioter, hann hon tänka innan hon hörde ett hysteriskt skrik från Humlegården. Elin tvärstannade och spanade in i mörkret på andra sidan korsningen. Det gick inte att se någonting men skriket fortsatte och övergick till rop på hjälp innan rösten tystnade.

Elin var livrädd men hon visste att hon måste göra något. Nu när hon var spanare var det hennes jobb att se till att andra var trygga. Om hon bara inte varit så snurrig hade det varit lättare att tänka ut vad som var smartast i det här läget. Hon hade i alla fall sinnesnärvaro att skicka ett mess till både David och Gunvor:

Hjälp! Humlegården. Nån skriker. Hunkarna från Sturehof var här.

15

Gunvor stirrade på sin mobil.

"Men vad fan."

Hon hade precis fått ett mess från David om att de tappat Mikael. Hon hade inte hunnit svara att David eller Elin borde gå till Riche för att kolla om han var där. Men så kom det här messet från Elin.

Gunvor tittade upp på Aidan som väntade med spänning på att få höra vad som pågick. Gunvor var innerligt tacksam för att han lyckats hitta en parkering så han kunde vara med och backa upp nu när det hela fått en så dramatisk vändning.

"Trubbel. Vi måste dra."

De ställde ifrån sig sina glas och skyndade ut. När de gick med hastiga steg förklarade Gunvor varför de måste skynda sig till Humlegården. Då plingade hennes telefon igen. Det var från Fredde den här gången.

Gubben du skuggar startade bråk. Utslängd.

Då ringde hon David. När han klickade bort hennes samtal suckade hon för sig själv. Nu fick hon bittert ångra att hon gett dem stränga order om att de inte skulle ringas under kvällen. Att all kommunikation skulle skötas via sms så de inte råkade avslöja sig. Men David hade i alla fall vett nog att messa.

Kan ni gå till Elin och kolla läget? Jag spanar vidare här. Förklarar sen.

Även om Gunvor var väldigt tacksam över ungdomarnas hjälp var hon oerhört frustrerat över att inte längre ha vare sig kontroll, eller ens koll, på situationen. Men det var i och för sig väldigt bra att David var så försigkommen som han var. Alla behövde ju inte springa på samma boll. Det räckte förhoppningsvis med att hon själv och Aidan rusade till Elins undsättning.

På håll verkade allt frid och fröjd i den mörka parken. Men när de korsade gatan hörde de upprörda röster en bit in. Samtidigt hörde de en ambulans närma sig i fjärran. En person dök upp som från ingenstans, ur mörkret, och sprang mot gatan. Gunvor gissade att det var för att visa ambulansen vägen. Så de gick i den riktning han kom ifrån. Det visade sig vara en korrekt gissning för de såg snart en man som låg på marken. Tre personer hukade runt honom. Lutad mot ett träd, en bit därifrån, stod en kvinna och spydde. Efter någon sekund såg Gunvor att det var Elin. Hon bad Aidan ta hand om henne och gick själv fram till den skadade.

Även om ansiktet var täckt med blod var det ingen tvekan om att det var Mikael. Han rörde sakta på huvudet och gnydde av smärtan. Gunvor satte sig på huk bredvid en kvinna som höll hans hand och lade sin hand på hennes axel.

"Hur går det? Behöver du hjälp?"

Den unga kvinnan snyftade till.

"Han bara låg här. Helt blodig. Jag trodde han var död. Hur kan man göra så mot en annan människa?"

"Är det någon du känner?" Gunvor lät handen ligga kvar på tjejens axel och kände att hon darrade.

Tjejen skakade på huvudet till svar. Gunvor lutade sig fram över Mikael och fick ögonkontakt med honom.

"Vad har hänt? Vem gjorde det här?"

Det hon såg i hans blick fick det att knyta sig av obehag i hennes mage. Hon kunde inte sätta ord på vad det var. Bara att det var väldigt, väldigt obehagligt. Det kändes som evigheter innan han svarade.

"Jag ramlade." Sedan slöt han ögonen.

Strax efter hörde de hastiga steg närma sig. Ambulanspersonalen lade försiktigt över Mikael på en bår och snart var ambulansen på väg till sjukhuset.

Det plingade i Gunvors telefonen. David visade sig mer användbar än vad hon kunnat hoppas på. Han skickade tre bilder efter varandra med en leende tjej. Hon var dock suddig då David hade zoomat in på bakgrunden. Gunvor förstod genast vilka det var trots att det var mycket folk på bilderna. Tjejen var blond och snygg och männen vid hennes sida såg ut som mänskliga bulldozers.

Perfekt. Håll koll på dem.

När hon skickat meddelandet gick hon över till Elin som verkade ha repat sig lite. Aidan höll hennes handväska medan hon bättrade på sminket med hjälp av en fickspegel och en puderborste.

"Hur mycket har du druckit egentligen?" Gunvor hade först trott att Elin spytt av chocken. Men när hon kände stanken av spyan förstod hon att det i alla fall delvis berodde på vinintaget.

"För mycket. Sorry." Elin tittade upp från fickspegeln med sorgsna ögon. Men i nästa sekund glimmade det till. "Men jag pratade med Mikael i alla fall. Han var faktiskt på väg att berätta innan allt det här hände."

Elin redogjorde i detalj för allt som hänt under kvällen. När hon kom till sekunden innan Mikael gick iväg blev hon osäker.

"Det var som om han både ville och inte ville berätta. Han började säga något men slutade prata när han fick syn på de där typerna."

"Vad sa han? Tänk efter. Det kan vara jätteviktigt." Gunvor kämpade för att inte visa sin otålighet.

"Något i stil med att ens drömmar kan vara farliga. Att jag borde behålla mina drömmar som just drömmar. Att om man förverkligar en dröm kan allt bli förstört. Livet rasar. Så sa han. Hela livet rasar."

16

David och Linnea blev stående utanför, i den lilla samlingen av rökare, och delade på både två och tre cigaretter. David såg Gunvor och Aidan passera med snabba steg. Båda tittade in mot baren men såg inte David. Trots att de gick förbi bara ett par meter från honom. Det slog honom hur lätt det var att inte se saker som var precis framför ögonen på en. Bara för att man inte förväntade sig att se det just där.

Några minuter innan hade de två männen, som hängde med blondinen, kommit tillbaka och gått in. När Gunvor och Aidan passerat drog Linnea honom i armen. Hon ville dricka upp sin nyinköpta cider. Han lät sig dras med men smet ut på toaletten innan han gjorde henne sällskap vid baren. På väg dit sökte han ögonkontakt med kvinnan som Mikael skrikit på. Hon såg på honom men besvarar inte hans försök till flirtigt leende.

När han var klar på toaletten hade Linnea redan svept sin cider och tyckte det var hög tid att gå och dansa. Enligt henne hade hon redan väntat alltför länge. David förstod att deras minuter tillsammans nu var räknade men följde med henne ut. Hur mycket han än funderat på det visste han fortfarande inte hur han skulle förklara för henne att han inte kunde följa med. Han hade lyckats förhala det en bra stund nu och gjort ett hyfsat jobb. För han var övertygad om att Linnea trodde att han skulle följa med och dansa. Att de hade en kväll tillsammans framför sig. Han greppade efter det sista halmstrået och lyckades få igenom sin vilja att ta en cigarett till innan de gav sig av. Då hade han fortfarande koll över om någon av hans nya spaningsuppdrag lämnade Sturehof.

Linnea tyckte det var vansinnigt onödigt att stå där eftersom de kunde röka på vägen. Men till slut gick hon med på det. Just när de hade tänt varsin cigarett kom kvinnan och de två männen ut från Sturehof. Plötsligt fixerade kvinnan sin blick på David. Hon blinkade flirtigt och stoppade sitt ena finger i munnen. Hon sög på det samtidigt som hon kastade en menande blick mot Davids skrev. Tack och lov såg Linnea ingenting och sekunden efter var ögonblicket över när kvinnan och hennes två följeslagare klev in i en taxi. Det fanns ingen annan taxi i närheten så David kunde inte annat än stå kvar och se den försvinna iväg in på Sturegatan. Sedan messade han till Gunvor.

"Gud, vad du håller på med din mobil." Linnea spelade irriterad.

"Det är min polare. Jag måste ju svara."

"Men jag då?" Hon spärrade, med spelad dramatik, upp sina ögon.

David kunde inte hejda sig själv längre utan lutade sig ner mot Linnea och kysste henne. Hon besvarade genast kyssen så han lät ena handen glida runt hennes midja och drog henne närmare. De blev stående så en bra stund tills mobilen pep igen.

Dags att avsluta och dra hemåt. Kom till Humlegården.

"Jag måste dra."

"Men..." Linnea såg både förvånad och besviken ut.

"Jag är ledsen." Han funderade några sekunder över hur han skulle fortsätta men bestämde sig för att tala någorlunda sanning. "Jag är privatspanare och jobbar egentligen ikväll. Det var min chef som messade så jag måste möta upp med henne och några andra."

"Oj." Det glimmade till lite av nyfikenhet i Linneas ögon men till Davids förtret kunde han inte annat än tolka det som att hon var mer besviken än imponerad.

"Men vi kanske kan ses någon annan dag? Imorgon? Här?" David gav henne ett hoppfullt leende.

"Kanske. Jag är inte helt säker på att jag kan. Men vi kan väl säga runt sju så kommer jag om det funkar."

Det var bättre än ingenting och David kom sig inte för att fråga om hennes nummer. Men han vågade sig på att kyssa henne igen innan han gick. Hon smakade svagt av äppelcider och cigaretter. Just i de sekunderna förvandlades det till hans favoritsmak och han kände sig mer än omtumlad när han släppte taget om Linnea och begav sig för att möta de andra.

David såg dem genast när han närmade sig parken. Elin satt på en bänk, som gick hela vägen runt ett träd, nära korsningen och Gunvor stod en bit bort och pratade i telefon. När han fick syn på Aidan, som kom gående med två påsar från McDonalds, kände han hur hungrig han var.

"Åh fan vad gott. Du köpte väl till mig med?"

"Of course."

Både David och Aidan slog sig ner bredvid Elin. David tyckte Elin verkade frånvarande där hon satt och stirrade ner i marken.

"Hur är det?"

"Full, typ. Spydde som en gris för en stund sen." Elin såg lite skamsen ut.

"Då passar det bra med käk från donken. Det här är bästa medicinen."

Aidan delade ut hamburgare och pommes frites och alla satte i sig med stor aptit. Gunvor, som just avslutat samtalet, fick också en hamburgare av Aidan.

"Det var Mikaels fru. Jag var ju tvungen att berätta vad som hänt. Inte så kul." Gunvor tog en tugga av hamburgaren innan hon fortsatte. "Hon lovade ringa och berätta hur han mår så snart hon vet. Det var en jävla soppa detta."

"Ska hon göra en polisanmälan? Vi kan ju vittna. Vi såg dem bråka och jag såg dem komma ut ur parken när Mikael låg där helt misshandlad. Det är ju ingen tvekan om att det var dom."

"Nadja vill prata med Mikael först så vi får avvakta så länge. Nu vill jag höra allt om kvällen."

En halvtimme senare hade de stämt av kvällens alla händelser, tömt McDonaldspåsarna och satt i Aidans bil. När de åkte förbi Sturehof tittade David efter Linnea. Han fick syn på henne nästan genast. Hon stod och rökte med en kille som hade armen runt henne. David visade inte med en min hur ont det gjorde i honom och han sade inte ett ord om det fast han anade att Elin också såg det han såg. När han kastade en blick åt Elins håll såg hon genast bort och ut genom fönstret på andra sidan.

17

Gunvor vaknade, sin vana trogen, tidigt trots att det var söndag och det hann bli sent innan hon till slut somnade kvällen innan. När de släppt av David och Elin var klockan en bra bit över midnatt. Men eftersom Aidan var pratsugen, och ingen av dem kände tillstymmelsen till trötthet, hade de knäckt både en, och sen ännu en, flaska portugisiskt rödvin från Aidans egenhändigt snickrade vinkällare i det lilla förrådet på hans balkong. De hade först vänt och vridit på kvällens händelser i försök att förstå situationen. Men diskussionerna hade snart blivit mer filosofiska. Det började med att Gunvor berättade att Nadja plötsligt inte kände igen Mikaels beteende. Ju mer vin som kom in desto osäkrare blev både Gunvor och Aidan på om man egentligen kunde känna en annan människa. De kom fram till att man kunde lära sig någorlunda vad en annan person, som står en nära, tycker och tänker. Så pass mycket att man kunde räkna ut hur den personen skulle reagera i olika situationer. Men samtidigt hände det alltför ofta att den person man tyckte sig känna plötsligt agerade tvärt emot vad man förväntade sig. Precis när man tyckte att man lärt känna varandra kunde något oförhappandes slå till som en blixt från en klar himmel. Otrohet, skilsmässa eller akuta ekonomiska problem. Utan minsta förberedande vink.

Aidan och Gunvor hade också kommit fram till att detta också var en spännande del av livet. Frampå småtimmarna var de rörande överens om att det vore vansinnigt tråkigt om alla människor var förutsägbara. Trots att den teorin gav dåliga förutsättningar för att lära känna någon överhuvudtaget. Inte ens sig själv.

Mitt i diskussionerna hade Fredde ringt och rapporterat det lilla han sett. Hans beskrivning av förloppet bekräftade Davids och Elins med skillnaden att det i Freddes tolkning var Mikaels fel. Under samtalet gick Gunvor undan och låtsades att det vad Kjell som ringde. Hon vill hålla Fredde hemlig lite till. Egentligen mest för ungdomarnas skull. Men Gunvor visste med sig själv att hon lättare skulle försäga sig inför de andra om hon pratat med Aidan om det.

”Det verkar vara precis som jag sa. Han är fan besatt av henne. Det är något riktigt galet över den mannen som förföljer henne så där. De känner ju ens inte varandra.”

Gunvor kom mycket väl ihåg vad Fredde sagt innan. Som hon mindes det hade Fredde varit osäker på om han ens sett dem tillsammans. Inte ett ord om att Mikael skulle ha förföljt kvinnan. Men de avslutade samtalet utan att hon kommenterat det. Att folk ändrade åsikt allt eftersom situationen ändrade sig var ingen nyhet för henne. Ingen ville verka korkad.

Efter att Aidan till slut sagt god natt och gått upp till sig kröp Gunvor ner i sängen. Hon låg vaken en lång stund och funderade. Det saknades flera pusselbitar och hon var inte ens säker på var hon skulle leta efter dem. Om hon skulle vara ärlig, vilket man lätt blir när man är ensam i natten, så fattades de flesta pusselbitarna. Mikael hade kväll efter kväll, antagligen sedan en tid tillbaka, letat efter en kvinna. När han till slut fick tag på henne skällde han på henne och blev själv utslängd och sedan misshandlad. Vad som gjorde honom så rasande var fortfarande en gåta. Hon hoppades att Mikael hade blivit klokare efter misshandeln och insåg vikten av att ta hjälp av både sin fru och Gunvors eget lilla gäng. Men det fanns inga som helst garantier för det.

Gunvor hade inte sovit mycket mer än sex timmar men kände sig ändå för rastlös för att sova vidare. I drömmarna hade hon försökt lösa gåtan hela natten. Men försöken hade varit förvridna av nattens mörker så det var inget hon kunde använda. Istället gick hon upp och fixade en kopp latte med sin espressobryggare från Italien. Hon kryddade mjölken med kardemumma innan hon värmde och vispade den fluffig.

Proteinshaken, som ingick i hennes morgonrutiner, drack hon stående, innan hon satte sig vid köksbordet med latten och paddan. Hon hann precis bara ta en klunk av latten och starta upp sin Ipad innan telefonen ringde.

”God morgon Gunvor. Ledsen att jag ringer så här tidigt en söndagsmorgon men jag bara måste få vet vad fan ni gjorde igår.” Manuel lät både spänd och irriterad på rösten.

”Vad menar du? Vad har hänt?”

”Det tänkte jag att du skulle berätta för mig. Vår, eller snarare din, klient har dragit tillbaka det uppdrag hon gett till oss. Om det är så att ni har gjort något som förstört vårt rykte så ska jag personligen...”

Längre kom han inte innan Gunvor avbröt honom.

”Stoooopp!” Gunvor kände sig som en militär. Men hon visste av erfarenhet att man behövde det tyngre artilleriet för att avbryta Manuel när han gett sig fan på något.

”Vi gjorde inte något som helst fel. Däremot åkte Mikael Franzén på spö igår så han har nog ställt till det för sig själv. Om de dragit tillbaka sitt uppdrag beror det troligtvis på att de blivit hotade eller är rädda av någon annan anledning. Inte för att vi gjort bort oss. Vägrar hon betala?”

Det tog en stund innan Manuel svarade. Gunvor hann tänka att antingen var det så illa att Mikaels fru vägrade betala eller så insåg Manuel att han kanske dragit en för hög växel utan att tänka sig för.

”Nej. Hon har just satt in det arvode vi kom överens om.”

”Hela det belopp som skulle täcka en veckas jobb?”

Manuels tystnad talade för sig själv.

”Och du har mage att ringa och skälla på mig? Jag har visserligen bara jobbat ett år på deltid. Men till och med jag ser att detta är ett solklart fall av utpressning eller annat som kunden vill dölja. Har jag fel?”

Trots att Manuel harklade sig och drog på svaret verkade han inte komma fram till något smart som kunde rädda hans ansikte i diskussionen.

”Vi vill ju lösa alla fall vi får. Det har alltid varit vår policy.”

”Men låt oss göra det då.” Gunvor fick plötsligt en idé.

”Låt mig jobba vidare med fallet tillsammans med Elin och David. Om vi löser det får vi lön av dig och du får lägga det till företagets CV. Om vi inte löser det får vi skylla oss själva. Då finns det ingen koppling till ”Spanarna”.”

”Hm.” Det var allt som hördes i andra änden av telefonen.

Gunvor kämpade med sig själv för hon ville så gärna prata vidare för att övertyga honom. Men hon hade sagt allt som behövdes. Han förstod precis vad hon menade och allt överflödigt prat från och med nu skulle antagligen bara vara till hennes nackdel. Hon höll tyst för att inte störa honom när han funderade. Det kändes som evigheter innan han svarade.

"Okej. Ni får tiotusen var plus ersättning för utgifter om ni löser det. Och arbetsgivarintyg till ungdomarna. Men då ska det fan vara en snaskig historia som vi kan fronta med på hemsidan."

"It´s a deal." Gunvor log nöjt för sig själv när hon lade på.

Hon drack upp sin latte medan hon antecknade sina tankar och planer kring det fortsatta spaningsarbetet. De var ensamma nu och hon måste kliva in i rollen som chef.

Ett par timmar senare hade hon både tänkt färdigt, duschat och gjort sig iordning för dagen. När en ny omgång latte strax var klart på spisen messade hon Aidan.

Dags att arbeta. Kaffet är snart klart. Min balkong eller din?

18.

”Så då ska vi jobba fast vi inte vet om vi får betalt?” Davids fråga ställde situationen på sin spets. Men det fanns ingen irritation i hans röst. Bara nyfikenhet.

”Precis.”

Det hade hunnit bli sen eftermiddag innan Elin och David släpat sig över till Aidans balkong på tredje och översta våningen. Det var behagligt varm i solen och gott om plats för dem alla runt balkongbordet i vit plast. Aidan hade ställt fram en tillbringare med fläderblomssaft och ett fat med kakor.

”Okej. Fine för mig.” David såg riktigt nöjd ut trots att han just gått med på att jobba gratis om omständigheterna föll sig så.

”Samma här. Men jag behöver pengar till drinkarna. Har faktiskt inte råd att betala själv.”

”Kanske inte lika mycket som förra gången då.” David flinade retsamt mot Elin som rynkade ögonbrynen innan hon bestämde sig för att ignorera honom.

”Ledsen om jag gör dig obekväm, men jag håller med David trots att jag vet att han bara sa det för att retas. Men för er egen säkerhet är det viktigt att ni inte blir för onyktra. Inte någon av er. Ni behöver fokus och förmåga att tänka snabbt om något händer. För att inte tala om att ni behöver kunna springa av bara helvete om ni behöver sätta er i säkerhet.” Gunvor försökte med en allvarlig min visa att hon menade vad hon sa.

”Jag kan vara chaufför och hjälpa till med planeringen. Men på tisdag måste jag åka till Manchester. Jag blir borta cirka en vecka.” Aidan kunde inte dölja sin glädje över att äntligen få vara delaktig i uppdraget.

”Okej. Men vi kan hålla kontakt via Skype.” Aidan hade inte utlovats någon lön och hade heller inte frågat efter det. Men både han och de andra tyckte så klart att han också van en viktig och självklar del av deras gäng.

Gunvor lät blicken glida från Aidan över till Elin och David.

”Då är vi ett eget litet team nu då. Det trodde vi inte för en vecka sedan. Det ska bli kul att få fortsätta arbeta med er.” Gunvor menade vad hon sa.

”Jag håller med. Men nu när vi jobbar själva måste vi ju heta något. Ett coolt deckarnamn.”

Gunvor kunde inte låta bli att le åt Elins entusiasm. David var inte sen att haka på.

”Ja, så klart att vi måste.” Han la pannan i djupa veck i några sekunder innan han lyste upp. ”Fruängsdeckarna? Eller Frunken fighters.”

”Frunken fighters låter mer som ett hockeylag. Jag gillar Fruängsdeckarna även om det låter väldigt gammeldags.”

Då var det bestämt. David sträckte ut sin hand och såg uppfordrande på de andra. Alla la sin hand på Davids, som om de var ett sportlag inför match.

”Fruängsdeckarna. Är ni redo?”, ropade David.

”Ja!” svarade de andra enstämmigt och höjde sedan sina händer till skyn i en segergest.

19

Timmarna gick och det började bli dags för David och Elin att göra sig iordning. De hade med sig kläderna från gårdagen som fått hänga och vädra på Aidans balkong under eftermiddagens samtal.

"Vi måste skaffa mer kläder. Vi kan ju inte ha samma kväll efter kväll. Då blir vi snart avslöjade som de fattiga förortsbor vi är."

Elin fick medhåll av David som nickade instämmande. Även Gunvor höll med. Hon hade hoppats på ett lätt och snabbt löst uppdrag. Särskilt som hon fått hjälp av de unga. Men när det visat sig att det inte var så enkelt var de tvungna att anpassa sig efter situationen. De skulle inte få en krona från byrån innan de nått resultat så Gunvor måste bekosta de nya kläderna. Vilket i och för sig inte gjorde henne någonting. Hon var väl stadd vid kassan efter skilsmässan då hon blivit utlöst av sin före detta man för sin del av villan i Djursholm.

"Ja, vi får fixa det imorgon. Ska vi ses i Gallerian runt klockan 3? Passar det med din skola?"

"Det blir bra."

David nickade också så de spikade mötestiden.

En timer ringde ute i köket.

"Dinner is ready."

Alla var hungriga och åt med god aptit av den vegetariska lasagnen. Trots sina tidigare förmaningar protesterade inte Gunvor alltför mycket när Aidan öppnade en flaska vin. År av medelhavstradition med vin till maten, var och varannan kväll, hade slagit rot i henne för länge sedan. Trots att hon oroade sig lite för Elins överkonsumtion kvällen innan så hade Gunvor samtidigt lagt märke till att något glas vin faktiskt lyfte fram Elins personlighet ur det blyga skalet som hon så lätt föll in bakom.

När de ätit klart vände sig Elin till David innan de bröt upp från matbordet.

"Skulle du kunna starta från Riche idag så tar jag Sturehof? Det var en sliskig gubbe som raggade på mig igår och han skulle nog ta det som att jag kommer dit för hans skull. Särskilt som jag är ensam. Eller gubbe och gubbe. Han var väl typ 30."

Elin såg att Gunvor höjde på ögonbrynen innan hon fortsatte.

"Ja, han var väl ingen gubbe då. Han kändes bara så gammeldags på något vis."

David mötte Elins blick men kunde inte avgöra om hon menade det hon sa eller om hon faktiskt gjorde detta för hans skull. Elin visste inte att han stämt träff med Linnea. Men han var säker på att hon sett att Linnea hängde med den andra killen när de åkte förbi på vägen hem. Så kanske förstod Elin att han var obekväm med att gå till Sturehof ikväll igen. Att det skulle verka som om han gick dit för Linneas skull. Linnea som glömt honom så fort.

"Absolut."

Elin hade fått ont i hjärtat när hon sett Davids flirt med en annan när de var på hemväg kvällen innan. Trots att hon varit upptagen med sina egna bestyr hade hon sett hur glad han blivit av att prata med henne. I Fruängen hade David rykte om sig att vara tuff och stöddig. Vilket hon själv också fått smaka på ganska nyligen. Därför hade det varit överraskande att se hur oförställt förtjust han sett ut med den där tjejen. Elin hade tänkt att alla kunde tjäna på att David träffade en tjej som kunde slipa bort det hårda i honom. Men efter att tjejen så snabbt träffat en annan kille var väl risken stor att det skulle kunna göra honom ännu lite hårdare istället.

Elin ljög en hel del när hon beskrev den så kallade gubben hon träffat kvällen innan. Inte om att han var gubbig, för det var han. Utan om att hon tyckte att han var sliskig. Han hade visserligen varit väldigt speciell och ganska närgången. Men det starkaste intrycket han gjort på henne var att han så tydligt visat att han var attraherad av henne. Att han behandlat henne som en prinsessa. Något som ingen annan någonsin gjort. Elin var egentligen lockad av att träffa honom igen. Alldeles för lockad. Vilket skrämde henne. Både för att det skulle vara förskräckligt om han inte såg på henne på samma sätt igen. Men också för att hon inte visste var det skulle sluta om han gjorde det. Han var så annorlunda. En riktig gentleman. Själv var hon bara en vilsen själ. Knappt vuxen. Utan självförtroende.

"Händer det något obehagligt så går du därifrån. Eller ringer mig. Förstått?"

Elin vaknade upp ur sina tankar av att Gunvor tog i lite extra för att låta sträng. Hon tyckte att Elin tagit för stor risk igår när hon gett sig iväg för att leta efter Mikael. Hade hon kommit till parken tidigare hade det kunnat sluta illa även för henne.

"Det är du som gett mig det här jobbet, eller hur?" Elin blev irriterad trots att hon förstod Gunvors oro.

"Jo, men jag vill att du är försiktig. Jag…"

"Jag vet. Jag lovar att hålla kontakten." Elin klippte av Gunvors harang innan den ens börjat.

Sedan var det nog talat om det. Gunvor kände oro för Elin. Samtidigt hade Elin rätt. Det var faktiskt Gunvor som dragit in Elin i det här och hon behövde verkligen hennes hjälp. Så vem var hon att sitta här och förmana en, i alla fall till synes, vuxen kvinna?

Den här gången lät Gunvor Elin göra stora delar av sminkningen själv. Men under hennes ledsagning. Även Gunvor och Aidan piffade till sig rejält. Eftersom Mikael Franzén passerat Berns båda kvällarna som Gunvor spanade på honom hade de bestämt att det var bättre att de satt där än på en engelsk pub som Mikael troligtvis aldrig skulle sätta sin fot på. De kvällar de följt honom hade han letat på tre ställen och ikväll skulle de täcka upp alla dessa.

De släppte av ungdomarna på Norrmalmstorg och ställde sedan bilen i parkeringshuset under NK innan de strövade i sakta mak mot Berns.

"Tror du vi kommer att känna oss som "morsor och farsor på stan"? Gunvor hade ansträngt sig för att se ut som ett moget barlejon med höga klackar, svart klänning och mörkröda läppar.

"Det här är Stockholm. Här får man gå ut hur gammal man än är."

"Jo, det är väl lättare här än i övriga landet. Men jag tycker ändå att vi svenskar är rätt fast i ålderssegregation. I alla fall en hel det mer än på Kanarieöarna. Där är både familjens yngsta och äldsta med i alla lägen."

Men när de väl klev in på Berns kändes det okej. Gunvor hade inte varit här sedan tidigt 80-tal. Men då hängde hon å andra sidan här flera kvällar i veckan. Det var samma år som hon avslutat sin specialisttjänstgöring och påbörjat sin specialisering som kirurg. Efter att ha blivit introducerad till Röda Rummet av en kollega blev hon förälskad i stället. Det som drabbat henne var känslan av frihet och galenskap som hon tyckte sig ana hos de andra stammisarna där flera så småningom också blev författare, konstnärer eller skådespelare. På den tiden var originalitet en viktig ingrediens för att locka andras blickar till sig. Efter att ha ägnat år efter år i långa sjukhuskorridorer hade det varit befriande att hitta detta vattenhål. Det var både en lek- och spelplats. En plats att visa upp vem man egentligen var.

Hon log för sig själv över sina minnen och berättade för Aidan att man kunde få världens godaste pyttipanna här för dryga 30 år sedan. Aidan log artigt och Gunvor undrade för sig själv varför hon valde att berätta om just den delen. Aidan var vegetarian sedan många år. Dessutom reste han själv länge runt till halvvilda festivaler och rawe och hade säkert hellre hört om killen som bet servitrisen i benet. Eller om de tre jonglörerna som en gång hamnade vid samma bord och ägnade kvällen åt att utmana varandra om vem som kunde jonglera med flest tomma ölglas.

Gunvor kände igen sitt forna "röda rum" på de långa balkongerna en trappa upp och så klart på de stora speglarna längs väggarna. Möblerna var fortfarande röda men inte desamma som då. Istället för en sal full av unga människor, på väg in i ett liv som fortfarande tedde sig spännande, som var en blandning av estetisk vänster, hårdsminkade glamrockare och en och annan postpunkare var stället nu bara halvfullt av en mycket mer dämpad publik. Ingen spelade kula mellan borden, vinkade igenkännande till någon längre bort eller reciterade Strindberg. De flesta var i Gunvors egen ålder och satt i mindre sällskap och njöt den asiatiska menyn. Ett fåtal hängde i baren över en öl och verkade mer intresserad av sin mobil är att hitta ett sällskap att tränga sig in i.

När de en stund senare slagit sig ner, hon med en dry martini och han med en lättöl, kändes det riktigt bra. Gunvor spanade in alla i rummet, i tur och ordning, men såg ingen som liknade den blonda tjejen eller hennes kumpaner. När hon kollade mobilen hade hon fått ett meddelande som hon inte hört. Det var från Elin som hade uppsikt över en av dem som misshandlat Mikael. Gunvor log nöjt för sig själv och höjde drajjan till en skål.

20

Det var rätt mycket folk på Sturehof men Elin lyckades ändå hitta en plats vid bardisken. När hon beställde ett glas rosé fick hon syn på den snyggare av männen från kvällen innan. Han som antagligen misshandlade Mikael och helt säkert tog henne mellan benen. Han hängde vid bortre kortändan av baren, inbegripen i ett samtal med bartendern. Elin meddelade Gunvor och David via sms.

När Elin fått sitt glas gick hon över till den långa disken, ut mot Gallerians ingång. Därifrån kunde hon studera honom diskret medan hon drack stora klunkar av vinet. Förutom de 300 kronor till drinkar, som hon fått av Gunvor, hade hon med sig 200 kronor av sina egna. Även om hon blev för full igår så hade alkoholen gjort henne gott det mesta av kvällen. Visst hade hon druckit både vin och öl förut med igår hade njutningen tagit henne till nya höjder. Hon hade känt att det faktiskt stärkte hennes känsla av att vara attraktiv och sexig. Eller stärkte och stärkte. Känslan hade i stort sett varit obefintlig innan igår då hon plötsligt känt sig vacker. Så vacker att hon blivit bjuden på champagne. Och så intressant att hon faktiskt fick Mikael att lyssna på henne. Även om det mesta varit lögn hade ändå hennes fantasi fångat honom.

Det enda som varit sant med historien hon skapat för Mikael var att hon haft en äldre älskare när hon gick i gymnasiet. Han hade inte varit särskilt bra i sängen men väl gift. Hon var fortfarande inte säker på varför hon gett sig in i den relationen. Det var antagligen en blandning av vilja att bli av med oskulden, önskan att få lite erfarenhet och längtan av att var viktig för någon.

Det var hennes kemilärare. Han hade uppvaktat henne med smicker under ganska lång tid innan han till slut gjorde ett närmande. Närmandet kom som en tafatt klapp på kinden. Hon hade svarat med att le och ställa sig lite närmare honom. Kyssen hade smakat gammal tobak men ändå varit ganska behaglig. När han strax efter tagit henne på brösten hade det pirrat till i henne. Men resten hade passerat utan de stora känslorna.

Elin tömde sitt glas ganska snabbt och beställde påfyllning. Spänningen i henne började släppa och långsamt kände hon sig mer och mer bekväm igen. Tillräckligt bekväm för att se sig runt i baren. Hon njöt när hon märkte att flera av männen mötte hennes blick om än hastigt. Även mannen hon spanade på hade fått syn på henne. Hon anade ett igenkännande i hans blick och han log flirtigt mot henne. Hon besvarade hans leende innan hon vände blicken ner på mobilen för att verka upptagen. Trots det hade hon full uppmärksamhet på att han lämnat sin plats och närmade sig henne. Hon kände greppet om rumpan innan hon lyfte blicken och såg på honom. Han släppte taget men stod kvar med ett kaxigt leende på läpparna.

"Var det så beroendeframkallande?" Elin var nöjd med att hon fann sig så snabbt.

När han stod så här nära såg hon att han hade fina, blå ögon under de svarta, markanta ögonbrynen. Hans blick var mycket vänligare idag och gjorde hans i övrigt så hårda utseende lite mjukare. Den tajta, kortärmade, klarblå skjortan utan krage gjorde också sitt till att lyfta fram färgen på hans ögon.

Hon kunde tydligt se konturerna av hans bröstmuskler under det tunna tyget. När hon kastade ett öga på hans tatuerade överarmar var hennes första tanke att hon nog inte skulle nå runt dem även om hon så använde båda händerna.

"Ja, du har en härlig liten rumpa." Han tittade menande ner i Elins dekolletage. "Och det är inte det enda som verkar härligt på dig. Är du ny i stan? Jag har aldrig sett dig förut. Eller har du just blivit myndig?"

"Jag har pluggat i Paris ett par år."

Gunvor, Aidan, David och Elin hade snickrat ihop bakgrundshistorier till henne och David under eftermiddagen för att de skulle slippa improvisera vid situationer som denna. Tack och lov var Elin väldigt duktig på franska så hon skulle nog kunna lura vem som helst att hon faktiskt bott i Frankrike. Under sina år i högstadiet hade hon haft turen att ha en fransyska som lärare. Eftersom Elin visat både intresse och en särskild fallenhet för språket hade hennes mamma sett till att hon fått extra privatlektioner, av sin lärarinna, för att öva sig i flytande konversation. Trots att de satt i ett öde klassrum, på hårda trästolar och med svarta tavlan som fond, hade lektionerna fått hennes fantasi att flyta ut i världen. Till eleganta caféer och mörka nattklubbar i Paris. Till promenader längs Seine men någon oemotståndlig fransman.

”Får jag bjuda dig på något? Vin? Det passar väl dig om du pluggat i Paris.”

Han gjorde sitt bästa för att verka världsvan men Elin var helt säker på att han inte var född med silversked i mun. Han var alldeles för lik vissa killar i Fruängen.

”Gärna. Helst rosé.” Hon log och hoppades på att se förförisk ut.

Innan han beställde sträckte han fram handen.

”Christoffer Ståhl. Men alla kallar mig Chibbe.”

”Elin Canborn.”

De skakade hand och Elin kände sig nöjd med att ha ett så vackert efternamn, om så bara för en kväll. Som en del i hennes nya identitet hade hon varit mån om att lämna Svensson hemma i Fruängen.

Chibbe kysste henne gentlemannamässigt på handen men passade också på att snabbt slicka henne mellan pek- och långfingret. Elin kände sig kränkt, precis som när han stoppade handen mellan hennes ben. Men hon gjorde sitt bästa för att se ut som om hon gillade det. Ovansidan av hans hand var skrovlig mot hennes fingertoppar. När han inte släppte hennes hand lyfte hon den till sig och vred så hon kunde se hans hand.

”Vad har hänt? Har du gjort illa dig?”

Chibbes leende stelnade till för en sekund och en osäkerhet passerade i hans blick.

”Jag blev lite full igår och ramlade.”

”Stackars liten. Men lite vin hjälper säkert.”

Elin såg att han blev lättad innan han blinkade till henne och gick till baren för att beställa. När han återvänder med ett glas rosé och en stor stark passade han på att lägga armen om henne och tog ett fast grepp kring hennes smala midja. Eftersom hennes uppdrag var att hålla koll på honom kunde hon inte annat än låta det ske. Hon såg ingen annan framkomlig väg än att dricka stora mängder vin, inte känna efter så mycket och hålla öron och ögon öppna.

"Kom."

Efter att de tagit en första skål drog Chibbe med Elin till ett rum längre in. Det verkar vara en restaurangdel. Men eftersom bara två av borden var upptagna lät sig Elin dras ner på en stol. När en servitör strax efter dök upp och såg lite frågande på dem skakade Chibbe bara på huvudet.

"Man måste egentligen äta om man sitter här men det är okej så länge du är med mig."

Trots att det var bland det töntigaste som Elin någonsin hört nickade hon mot Chibbe och kämpade för att åstadkomma ett leende. Ett leende som snart falnade när hon insåg att hon var fast i ett antal ointressanta samtalsämnen som styrketräning och kampsport. Chibbe var uppenbarligen på gott humör och Elin försökte hänga med trots att det var svårt för henne med den påtvingade situationen och närheten till en människa som var både extremt korkad och skrämmande.

Båda drack snabbt så deras glas var snart tomma. Innan Chibbe gick för att fixa påfyllning krävde han en kyss. Elin gav med sig efter visst, passande, motstånd. Efter en snabb överläggning med sig själv bestämde hon sig för att åka med så gott det gick för att se vad det kunde leda till. Så när Chibbes läppar närmade sig hennes, öppnade hon sin mun och tänkte att hon inte skulle känna efter så jävla mycket.

Då hände något fullständigt oväntat. När deras läppar möttes var det som när man fyller på ved i en öppen spis just när lågan håller på att gå ut. Fyller den med ved och sedan blåser på den. Blåser tills elden tar fart och plötsligt slickar veden med heta lågor. För några sekunder glömde Elin vem hon kysste och lät sig svepas med. Elin lät lust och passion bubbla upp till ytan. Det flammade till rejält mellan dem. Det som var tänkt som en flyktig puss utvecklade sig till en lång och djup kyss. Chibbe såg både förvånad och omskakad ut när deras läppar till slut skiljdes åt.

"Jag tror det drar ihop sig till att ta in på hotell." Han klämde hårt om hennes lår innanför den korta kjolen.

Elin var minst sagt chockad över sina egna känslor och gjorde allt för att skärpa sig. Men när det kom mer vin på bordet kunde hon inte säga nej. Vare sig till vinet eller till Chibbe. Hon försökte intala sig att det bara var för jobbets skull. Men innerst inne visste hon att det till stor del handlade om ett uppblossat begär inom henne. Den rosa drycken fick henne att känna sig mer och mer behaglig till mods och Chibbes ivriga händer fick det att pirra i henne.

"Tjena Chibbe."

Plötsligt stod mannen, som hängt med Chibbe kvällen innan, vid deras bord.

"Tjena."

De båda männen skakade hand och Chibbe presenterade Lars Kronlund, eller Lacke som kan kallades, som en tränings- och arbetskompis.

"Skulle inte vi jobba?"

Elin såg Chibbe göra en diskret min för att tysta Lacke.

"Var är…?" Längre kom inte Lacke innan Chibbe avbröt honom.

"Vi tar det sen." Hans röst var hård och bestämd men i nästa sekund log han stort. "Vi ska väl inte tråka ut min lilla pärla med jobbsnack." Så tog han tag runt hennes nacke, drog henne till sig och pussade henne på munnen.

"Kan du hålla ställningarna här ett tag?" Chibbe gav Lacke en bedjande blick. "Jag kommer snart tillbaka."

"Är det så smart?" Lacke såg tveksam ut.

"Kom igen. Jag ska bara till kontoret en kortis."

"Men det är ju ingen där nu…" Lacke såg oförstående ut.

"Nej, precis." Chibbe blinkade menande till Lacke där polletten plötsligt trillade ner.

"Okej. Men skynda dig."

Chibbe reste sig, klappade Lacke på axeln och drog upp Elin.

”Kom.”

Elin försökte först spjärna emot men gav snabbt efter. Dels för att Chibbe hade ett hårt tag om hennes arm och dels för att hon faktiskt ville gå med. Kyssen hade satt igång något i henne som hon gärna ville ha en fortsättning på. Smart eller inte smart spelade inte någon roll.

När de kom ut på gatan tog Chibbe hennes hand och gick med snabba steg i riktning mot en port ett stenkast från Sturehof.

”Vart är vi på väg?”

”Det ska du snart få se.” Chibbe kysste henne innan han slog in en kod och öppnade dörren.

”Vad jobbar du och Lars med?” Elin försökte hålla kvar i sitt uppdrag trots att hon var nära att helt slukas upp av sina känslor.

”Lite allt möjligt.” Chibbe drog in henne genom porten och fram till hissen. Den var inte där så han tryckte på knappen och försökte kyssa henne igen. Men hon backade undan med ett leende.

”Stopp där. Nu vill jag faktiskt veta lite om den man som håller på att röva bort mig.”

”Okej. Fråga vad du vill. Du har 20 sekunder på dig.”

”Vad jobbar ni med?”

”Typ säkerhet.”

”Vad då? Är ni väktare?”

Chibbe skrattade till.

”Nej. Snarare livvakter. Men våra kunder är skygga så jag får egentligen inte prata om det.”

När hissen kom ner såg Elin plötsligt var hon befann sig och drog efter andan. Det fantastiskt vackra trapphuset såg ut som en balsal i en saga. Hon gissade att golv och väggar var av marmor och trapphuset lystes upp av en kristallkrona som spred ett gnistrande sken.

”Där tog dina 20 sekunder slut.”

När Chibbe kysste henne, i hissen på väg upp, glömde hon både det vackra trapphuset och uppdraget. Hon kände bara hans läppar, tunga och varma händer mot sin bara hud. Chibbes händer hann med att utforska en hel del av henne under den korta resan upp till tredje våningen. Elin rättade snabbt till klänningen när det var dags att kliva ut i det vackra trapphuset igen. Chibbe låste upp dörren närmast hissen och drog henne med sig in i vad som verkade vara ett kontor.

Snart var hon förlorad igen. Innan dörren slog igen bakom dem var hon i hans starka armar. Hans läppar och tunga släppte hennes inte när han drog av hennes kläder. Det var först när hon var helt naken som han sköt henne mild ifrån sig och såg på henne. Han knäppte själv upp skjortan och sina jeans innan han lyfte upp henne och bar in henne i ett angränsande rum. Det var högt i tak och med fantastiska stuckaturer. Hon hann också beundra de vinröda sammetsgardinerna och de flotta kontorsmöblerna när Chibbe la ner henne på ett av skrivborden. Men när han trängde in i henne glömde hon det vackra rummet och de älskade våldsamt.

21

David hade blivit lättad av att få Riche tilldelat sig och slippa Sturehof.
Precis när han klev in i baren isade det ändå till i magen när han såg ryggen på
en tjej som påminde om Linnea. Tack och lov så var det inte hon. Att träffa på
henne här ikväll skulle kännas riktigt obekvämt. Och sårande. För det skulle
betyda att även hon gått hit för att undvika honom. I den stunden bestämde han
sig för att om han nu skulle hänga på ställen som Riche och Sturehof måste han
anta attityden av att ha varit med förr. Att han var van med flirtande och vackra
kvinnor. Så van att han nästan blandade ihop dem med varandra och måste leta
i minnet för att komma ihåg deras namn.

Han köpte sig en öl och satte sig vid ett bord längst in i baren. På väggen
visades klipp från gamla filmer. En av dem som jobbade i baren bytte just musik
på dj-utrustningen för änden av baren. David tyckte det var märkligt med video
utan ljud till musik som uppenbarligen inte hade med filmen att göra. Han antog
att det var något trendigt. Något som bara funkade på Östermalm.

David tyckte att hela stället var märkligt med den skrikiga färgen och
sjöjungfrurna på väggarna. Men flera av tjejerna, som hängde i baren, var snygga
så han nöjde sig med det medan han lät tiden gå med ett barnsligt spel på
mobilen.

Det hade gått runt en timme när en av männen från kvällen innan dök upp.
Han gick fram till en annan man i baren som verkade sammanbiten. De
samtalade dämpat så David kunde inte höra vad de sa. Men de ursäktande
gesterna och minerna hos han som just kom in kände David väl igen. De var
både han själv och hans polare, hemma i Fruängen, experter på. Att förmedla
"det var inte mitt fel" var en självklarhet när det inte fanns bevis på att man var
skyldig.

David messade Gunvor och sedan Elin.

Den andra gangstern är här. Vad händer hos dig?

Det tog minst tio minuter innan han fick svar så David hann bli orolig.
Varför visste han inte riktigt. Men eftersom kvällen innan slutade så våldsamt,

och de inte visste varför det blivit så, kändes det som om vad som helst kunde hända.

Sorry. Svårt att messa innan. Pratade med den andra - Chibbe. Han gick nu. Den du ser kallas Lacke.

När David läste messet kände han sig fånig för att han känt sig orolig. Han blev också störd över att det åter igen var Elin som fått kontakt och kommit vidare i fallet. *Fan!*

Just då kom den så kallade Chibbe. Han gick fram till de två männen. Den äldre av dem verkade fortfarande vara rejält sur. Men det hade, till synes, inte samma påverkan på Chibbe. Han klappade den arge lite överseende på axeln och log innan han lämnade Riche i sällskap med Lacke.

En stund senare var de tillbaka i sällskap med den blonda kvinnan. David som just rapporterat till både Gunvor och Elin lyfte mobilen för att messa igen. Men när han såg att den blonda närmade sig honom slog han snabbt upp affärsvärldens hemsida och låtsades noga begrunda de obegripliga siffrorna och pilarna.

”Vad bjuder du på?” Den blonda satte sig vid hans sida och såg uppfodrande på honom.

”En Sapporo för att värma upp inför höstens träningsresa till Tokyo?”

Tills för några timmar sedan hade han inte haft en aning om vad Sapporo var. Ärligt talat hade han knappt vetat var Tokyo låg. Geografi hade aldrig, som så många andra skolämnen, varit hans starka sida. Att Sapporo dessutom var en ölsort var långt bortom hans kunskapsfront. Men Aidan hade dragit lite ölkunskap för honom som nu redan visat sig göra nytta.

”Vad är det för fel på champagne?” Den blonda lutade sig förföriskt närmare David tills han kände de fasta brösten mot sin arm. Av någon outgrundlig anledning blev han mer äcklad än tänd.

”För att det är sååå 2014.”

Den blonda skrattade till.

”Är inte Sapporo väldigt 70-tal?”

"Jo, men kultigt." Han blinkade med ena ögat och log sitt charmigaste leende. "Men ärligt talat tror jag inte att de har det här. Det här är inte riktigt stället för ölnördar."

"Så du är ölnörd? Det hade jag aldrig gissat."

"Nej, det är jag väl egentligen inte. Bara väldigt less på svensk öl."

Hennes mobil plingade till. Hon kollade den genast.

"Det får bli Sapporo en annan gång. Plikten kallar." Hon var på väg att försvinna lika fort som hon dök upp. David hann stoppa henne genom att ta tag i hennes arm. Hon såg frågande på honom.

"En dejt då, helt enkelt? Vad heter du?" Han lossade på greppet om hennes arm och lät handen glida långsamt hela vägen ner till hennes hand.

"Alice." Hon log och klämde hans hand snabbt innan hon reste sig och gick. Han tyckte sig ha anat en strimma av sorg i hennes ögon. Men han var inte helt säker. Ju mer han tänkte på det desto mer kändes det som ren inbillning så David bestämde sig för att inte säga något om det till de andra.

Ingen av männen var kvar på Riche. De måste försvunnit ut i all hast under den korta stund han var upptagen med Alice. Han messade och sedan fanns det inte mycket annat för David att göra än att beställa en ny öl och återuppta sitt spel.

22

Elin var åter på Sturehof och försökte få överblick över vad som just hänt. Hon hade beställt in en ramlösa då det snurrade lite väl mycket i hennes huvud. Om det sedan var på grund av alkohol eller passion visste hon inte. Men en sak var helt säker. Hon var rubbad i grunden. Allt var förändrat och skulle aldrig kunna bli som det varit. Inte för att det var något problem i sig. Hon hade längtat så länge efter förändring. Men när det nu kändes som om passionen visat sitt rätta ansikte var hon osäker på vad hon skulle göra med det. Hon hade ju ingen aning om huruvida Chibbe var nöjd med de få minuter de fått tillsammans eller om han också ville ha mer.

Chibbe hade i och för sig verkat lika tagen av stunden som hon. Sexet hade varit intensivt, närmast våldsamt, och över på bara några minuter. Efteråt hade de kyssts passionerat tills de blivit avbrutna av hans telefon. Han hade försvunnit in i ett annat rum på kontoret så hon hade inte lyckats höra något av samtalet. Men hon hade uppfattat att han låtit upprörd på rösten. När han kom ut till henne igen hade förtrollningen mellan dem varit bruten.

Medan han pratade i telefon hade hon låst in sig på toaletten för att tvätta av sig och fixa sig så gott det gick. Trots att hon var påtagligt rosig om kinderna och rufsigt i håren lyckades hon få någorlunda styr på det. När hon kom ut i kontoret igen stod Chibbe i hallen med handen på handtaget till ytterdörren.

"Jag måste dra."

Elin hade bara nickat och gått efter honom ut i trapphuset och in i hissen. Väl där hade han mjuknat lite igen och kysst henne ömt medan hissen långsamt förde dem neråt.

"Får jag din mobil?"

"Varför?"

Verkligheten hade drabbat Elin som ett slag i magen. Hon stod instängd i en hiss med en man som kvällen innan misshandlat en annan man. Det var inte omöjligt att detta bara var toppen på ett isberg av kriminalitet som Chibbe var inblandad i. Hon hann tänka att det var kört. Att han hela tiden vetat vem hon var och nu skulle avslöja henne genom att kolla hennes mejl.

”Ge mig bara.”

Hon stod som förlamad medan han själv tog upp telefonen ur hennes väska. Hon kämpade för att komma på en ursäkt eller förklaring och fick ännu mer panik när hon insåg att hon inte kunde komma på något vettigt. Då räckte han över telefonen till henne.

”Nu har du mitt nummer. Ring.”

Han kysste henne igen och de blev stående i hissen en stund trots att den stannat på bottenvåningen. Alltför snart gav han sig av med hastiga steg. När Elin klev ut ur porten såg hon honom passera Sturehof på väg neråt gatan.

Efter att ha svarat på Davids mess, och skickat ett till Gunvor också, var hon tillbaka på Sturehof och försökte smälta det som hänt och tänka ut en plan för att mörka att hon haft ihop det med Chibbe.

23

Gunvor och Aidan hade beställt Dim Sum och mer att dricka. Eftersom GT och asiatisk mat inte kändes som en alltför stilfull kombination hade Gunvor gått över till vitt vin.

Den blonda och hennes riddare gick just från Riche. Den blonda heter Alice och tog kontakt. Ska jag sitta kvar?

Gunvor funderade en stund innan hon svarade att han skulle stanna på Riche tills hon hörde av sig igen. Hon bad också Elin stanna på Sturehof. Det var trots allt inte särskilt sent. Kvällen kunde utan tvekan ha mer att bjuda på.

"Är inte det…" hann Aidan säga innan han avbröt sig och istället tittade lite väl intresserat på fatet med Dim Sum innan han valde en som han lyfte över till sin tallrik, doppar i sojan och stoppade i munnen.

"Ja, de är helt fantastiskt goda. Jag är egentligen inte så mycket för kryddsvag mat men det här var riktigt delikat."

Gunvor anade att någon passerade bakom henne så hon babblade på om oväsentligheter. När hon fick klartecken av Aidan, genom en svag nickning, vände hon sig om, som för att se efter kyparen. Hon såg ryggen på tre män och en kvinna som gick mot baren.

"Jag tror det var den där kvinnan."

Mycket riktigt. Gunvor kände genast igen Alice när hon såg profilen. Gunvor kände även igen de två männen som David lyckats få på bild kvällen innan. De ställde sig på varsin sida om Alice i baren. Den tredje mannen, som Gunvor inte kände igen, slog sig ner vid ett bord en bit längre bort. Gunvor drog slutsatsen att de inte hade med varandra att göra utan bara råkade komma samtidigt. Men hon bad ändå Aidan att hålla ett öga på honom också för säkerhets skull. För till Aidans stora glädje satt alla i hans synfält. Till Aidans förtret hände det dock inte så mycket till att börja med. Förutom att mannen vid bordet fick sällskap. Det var en annan man i 50-årsåldern, propert klädd i kostym och slips, som slog sig ner vid hans bord. De skakade hand och Aidan gjorde analysen att de inte verkade känna varandra. I alla fall inte särskilt väl.

Efter att ha beställt varsin drink diskuterade de något intensivt och lågmält. Aidan tycker att de, särskilt den mannen som kom senast, sneglade mot Alice. Om det sedan betydde att de pratade om henne, eller att det bara var så att hennes utseende fick män att stirra på henne i största allmänhet, lät han vara osagt.

Det gick minst en halvtimme utan att något särskilt hände. Aidan och Gunvor hade ätit upp sina Dim sum, varsin chokladtryffel och kaffe innan läget förändrades.

Gunvor såg hur Aidan plötsligt fryste till och spärrade upp ögonen.

"Aidan. Avslöja dig inte."

Gunvor lyfte sitt glas mot Aidan i en skål.

"Vad händer?"

Aidan fyllde sitt glas med det sista av lättölen och besvarade Gunvors skål.

"Mannen som kom sist tog precis fram ett kuvert och gav till den andra." Aidan tog en klunk och avslutade skålen innan han fortsatte.

"Och nu går kvinnan. Plötsligt händer allt på en gång." Aidans ögon glittrade av spänning. "Hennes sällskap står kvar."

"Och männen vid bordet? Sitter de kvar?"

"Han som kom sist reser sig nu. Det verkar som om han ska gå." Aidan försökte se ut som om han spanade efter servitören. "Ja, de skakar hand. And now he´s off."

"Och den andra?"

"Han vinkar till servitören. Det verkar som om han ska betala."

Gunvor funderade snabbt över hur de skulle fortsätta. Det som grämde henne var att hon faktiskt inte hade någon erfarenhet av att leda spaningsarbete. Hon skulle så klart ha tänkt på att någon skulle följa Alice. Det kunde inte bli David eftersom han haft kontakt med Alice och Elin var för långt borta.

"Förklara högt för mig varför du måste gå nu och tacka för middagen. Sedan följer du efter henne om du hinner."

Aidan såg förvånat på Gunvor.

”Vad synd att du redan måste gå men så är livet. Det var verkligen trevligt att träffa dig igen.” Gunvor talade högt och försökte se ut som hon menade vad hon sa.

”Ja, det var jättetrevligt. Tack så väldigt mycket för en fantastisk middag. Ursäkta att jag måste rusa men mitt tåg går strax.” Aidan föll tack och lov in i sin roll som den naturligaste saken i världen.

”Ja, spring du. Det skulle vara förargligt om du missade tåget.”

Aidan skakade hennes hand i all hast innan han lämnade restaurangen med snabba steg. Gunvor messade David och Elin innan hon bad om notan. Nog för att hon litade på att de skötte sitt jobb. Men hon ville ändå försäkra sig om att de höll extra uppsikt för att se om Alice passerade på Birger Jarlsgatan. Själv bestämde hon sig för att vänta en stund utanför Berns för att se om de två huliganerna skulle ha mer för sig ikväll. Hon var säker på att de skulle glömma att de någonsin sett henne i samma stund som hon lämnade lokalen. Om de ens lagt märke till henne.

Innan hon lämnade restaurangen besökte hon toaletten. Hon tog god tid på sig att lägga på nytt läppstift och smörja in sina torra händer, med handkrämen hon köpt på flyget, innan hon gick ut i den stora salen igen.

”Men vad fan…”

Männen var inte längre kvar i baren. Inte heller han vid bordet. Hon förbannade sig själv för att hon tagit det alltför lugnt och skyndade ut. I parken utanför var det är snudd på folktomt. Det par som stillsamt promenerade på den grusade gångvägen intresserade henne inte. Det var så klart rörelse ute på Hamngatan men inte heller där kände hon igen någon. Hon svor ännu mer för sig själv och gick tillbaka in där hon blev stående och väntade några minuter för att se så inte männen också varit på toaletten. Men den desperata förhoppningen grusades snart och det var bara för Gunvor att erkänna att hon tappat bort dem. Moloket gick hon ut igen samtidigt som Aidan kom gåendes genom Berzeliiparken. Han drog upp axlarna och förde ut armarna i en gest som visade att han inte hade en aning om vart Alice tagit vägen.

”Faaan.”

”Sorry.” Aidan såg lite skamsen ut.

”Nej, förlåt. Jag menade inte så. Det är jag som klantat till det. Dålig planering.” Gunvor kände sig fullständigt inkompetent och misslyckad. Hon hade dragit in tre andra personer, som litade på att hon hade styr på situationen, och så kraschade hon det fullständigt.

”Men det är väl ingen fara. Vi hittar henne en annan kväll igen. Hon verkar vara ute en hel del. Vi kan väl koncentrera oss på de andra ikväll.” Aidan nickade mot Berns.

”Jag tappade dem.” Det gjorde ont i Gunvor men hon var tvungen att erkänna det.

”Oh.” Det var allt som kom från Aidan. Gunvor hade hört honom säga det miljontals gånger och visste att det kunde betyda allt från ”hoppsan” till ”vad fan”.

Gunvor kollade på klockan som hunnit bli halv tio.

”Kanske dags att dra tillbaka trupperna och bege sig hemåt. Om inte någon av dem dyker upp på Riche eller Sturehof, vill säga.”

Aidan och Gunvor satte sig på en bänk i parken och kontaktade David och Elin igen. När det gått ytterligare en halvtimme, och ingen sett röken av Alice med vänner mötte de upp ungdomarna och begav sig i gemensam tropp till bilen för att åka hem.

Jag är så nära och ändå kan du inte se mig.

Men jag ser dig. Ser din besvikelse. Ditt misslyckande.

Du är visst inte så duktig som du tror. Som du så gärna vill vara.

Tänk dig noga för. Vilka risker du tar.

Reta mig inte.

För jag gillar inte att bli retad.

Men jag ska retas med dig.

Leka lite.

Kommer du att upptäcka mig?

Innan det är för sent?

Gamla fröken detektiv.

De klarade av den klena rapporteringen i bilen på vägen tillbaka till Fruängen. Elin lyckades tona ner sin story och fick de andra att tycka att hon gjort ett bra arbete. Att Chibbe flirtat med henne och dessutom gett henne sitt telefonnummer gav goda förutsättningar för att både kolla upp honom och eventuellt klämma honom på information så småningom.

Alla var också positiva till att David fått kontakt med blondinen Alice. De andra var mer översvallande än David väntat sig. Så när han släpptes av på Kata Dalströms gata kände han sig riktigt nöjd.

Elin var också nöjd med att hon lyckats slingra sig ur att berätta om allt hon haft för sig. Samtidigt kände hon oro inför hur hon skulle kunna sköta detta från nu och framåt. Men hon släppte det med en något vag tanke om att det fick ordna sig.

Aidan och Gunvor kände sig mindre lyckade men bestämde sig för att sova på saken innan de pratade vidare. Planen var att träffas tidigt nästa morgon och göra en karta över de personer de misstänkte kunde vara inblandade och närmare studera deras förehavande. Med det sa de god natt och försvann var och en in till sig.

Det enda de visste riktigt säkert var att Mikael Franzén blivit misshandlad av bland annat Christoffer Ståhl alias Chibbe. Han i sin tur hade haft lite klammeri med polisen tidigare. Men inte av det grövre slaget. Dels en misstanke om misshandel, som slutade med att han blev friad. Dels en fällande dom om olaga hot där han blivit dömd till böter.

Lars Kronlund alias Lacke hittade de inte på vare sig på nätet eller i brottsregistret. Alice kände de bara till förnamnet. De visste inte om den tredje mannen var inblandad över huvud taget eller om han bara råkat gå in i restaurangen samtidigt som de andra. Han stämde visserligen överens med den man som David sett skälla på de andra på Riche. Men i ärlighetens namn så var Davids beskrivning så vag att den kunde stämma in på nästan vem som helst. Men om han hade med dem att göra var det förstås intressant eftersom han uppenbarligen gjort någon typ av affär på Berns restaurang. Gunvor menade att det med största sannolikhet var en ljusskygg business eftersom det överräcktes ett kuvert, och därmed troligtvis kontanter, på en allmän plats. Kanske var det betalningen av misshandeln de bevittnade. Då var det av högsta intresse att ta reda på vem köparen var och varför han ville få Mikael misshandlad. Å andra sidan kunde det röra sig om precis vad som helst från utpressningsmaterial till frimärkssamling eller teaterbiljetter. Verksamheter som Blocket hade utan tvekan fått fart på handeln, privatpersoner emellan, de senaste åren. Det hade också kunnat röra sig om två gamla kompisar som egentligen inte hade så mycket att tala om när de väl träffades. Där kvällens höjdpunkt var att den ena kopierat och överräckte sina bilder från lumpen eller någon oförglömlig resa i ungdomen. Något den andra stoppat i fickan och sparat tills han kunde se på bilderna och minnas i ensamhet.

Hur de än vred och vände på det så kom de fram till att de borde fråga Mikael Franzén direkt. Om inte annat för att se hur han reagerade. Att han visste om att de spanat på honom tog de för givet. Annars skulle Nadja aldrig dragit tillbaka uppdraget.

"Han kanske inte säger ett pip. Men bara att se hans reaktion kan säga oss ganska mycket."

"Kan det inte bli problem? De vill ju inte att vi jobbar med det längre." Aidan kände en viss oro trots att han visste att det här fallet var viktigt för dem alla.

"Blir de arga beror det på att de är pressade. Det är ju helt klart något lurt med det här. Men vi ger oss inte. Får vi ingen info fortsätter vi skugga Mikael."

Aidan släppte frågan trots att han fortfarande inte var helt övertygad om att det var en bra idé. Gunvor kände sig inte heller helt säker på att det inte skulle ta hus i helvete om hon närmade sig Mikael Franzén. Men ju mer hon tänkte på det desto mer övertygad blev hon om att det ändå var värt risken. De måste få veta vad det var för spöke de jagade. Hur skulle de annars kunna fånga det?

Gunvor tyckte inte att de hade mer tid att förlora så hon bestämde sig för att hinna med ett besök på Södersjukhuset innan det var dags att tömma plånboken på mer kläder till hennes unga medarbetare. Hon gjorde en rövare och ringde en av kirurgavdelningarna där hon uppgav sig vara en faster till Mikael Franzén. När hon kunde rabbla personnumret korrekt fick hon veta att han låg på Ortopedavdelning 34.

Det var inte utan att hon fick lite ont i magen av att ljuga sig in på sjukhuset. Dels för att hon lurat en, troligtvis, hårt arbetande sjuksköterska som gjorde sitt bästa för att försvara patienters integritet. Men också för att Gunvor riskerade att träffa på Nadja. Hade hon turen att inte göra det var Gunvor ändå oroad för vad Nadja skulle kunna göra när hon fick reda på att Gunvor varit där. För det var hon övertygad om att hon skulle få. Förr eller senare. Men det tillhörde de bekymmer hon fick ta itu med allt eftersom de dök upp.

Snart satt hon i Aidans bil på väg in mot Söder. Gunvor visste att Aidan hade en hel del att stå i inför sin resa till Manchester. Men eftersom han varit så bestämd när det gällde att skjutsa henne så hade hon inte förmått sig att säga emot. Hon var tacksam för att hon slapp åka kommunalt med tanke på att klockan redan var efter lunch och hon hade en tid att passa.

De sa inte mycket under färden in mot staden. Gunvor var djupt försjunken i sina tankar. Hennes blick gled över ytterstaden som badade i sensommarens lätt vemodiga solstrålar. Hon såg på den lilla strömmen människor till och från Coop Forum i Västberga att det var några grader svalare idag. För bara någon vecka sedan hade folk travat runt i bara t-shirt. Men nu verkade både jackor och sjalar ha plockats fram ur garderoberna.

När de åkte ut över Liljeholmsbron letade sig hennes blick ut över vattnet och hon log lite för sig själv. Tankarna gick via bryggan, utanför Mikaels och Nadjas lägenhet, till dygnet med Kjell på Kanarieöarna. Hon skickade honom ett kort men kärleksfullt sms och tänkte att hon snart måste ringa honom.

Färden gick vidare över Hornsgatan och in på Ringvägen. När Aidan svängt höger igen, uppför den lilla backan till SÖS, stannade han bilen en bit från huvudingången. Han vände sig om och såg allvarligt på Gunvor innan hon klev ur bilen.

”Vill du att jag följer med?”

”Jag är väldigt tacksam för din hjälp, Aidan. Men kom ihåg att det är jag som jobbar som privatdetektiv. Jag har valt detta av egen fri vilja. Det är jag som har dragit in er andra i det här och borde vara den som bekymrar mig för er.”

”Okej. Men lova att du hör av dig om det blir jobbigt.”

”Jag lovar. Om du lovar att åka direkt hem och fixa det du behöver fixa inför din resa så jag slipper ha dåligt samvete för att jag saboterar din karriär.” Aidan flinade till och nickade.

”Okej, okej I promise.”

Gunvor vinkade efter bilen och gick mot stora entrén. Det var länge sedan hon varit här. Men minnena dök upp som små, bitande styng i henne. Tack och lov hade hon inte jobbat några längre perioder på Södersjukhuset. Bara några år i början av karriären. När hon många år senare lämnade Huddinge sjukhus gjorde hon det för sista gången. Hon hade lovat sig själv, dyrt och heligt, att aldrig mer sätta sin fot på vare sig Huddinge eller Karolinska. I alla fall inte av egen fri vilja. Även om hon visste att aldrig är en fruktansvärt lång tid var hon fortfarande beredd att stå fast vid det beslutet. Hade ambulansen kört Mikael Franzén till något av universitetssjukhusen hade han inte fått besök av Gunvor.

När Gunvor hade ringt Nadja, direkt efter misshandeln, hade hon blivit fruktansvärt orolig men samtidigt tacksam för att Gunvor hade ringt. Nadja hade också messat lite senare på kvällen för att berätta att läkarna konstaterat en kraftig hjärnskakning. Gunvor hade till sin lättnad också fått veta att det mesta av blodet kommit från näsan som var krossad. Så klart inte så kul. Men heller inte så farligt som andra huvudskador.

Efter det hade Gunvor inte hört något mer från Nadja. Men Manuel hade berättat att han, trots att hon ringt honom för att avbryta uppdraget, hade lyckats få Nadja att berätta att SÖS ville behålla Mikael några dagar för att utreda varför han upplevde svårighet med att andas.

När Gunvor gav sig in i korridoren mot avdelning 34 ökade hennes känsla av obehag. Hon mådde faktiskt i det närmaste fysiskt illa. Det var alltför välbekant. Även om det så klart såg olika ut på olika sjukhus var de långa korridorerna ändå så lika. Likt vägen till Golgata mot besked om ett dystert öde eller en befriande diagnos. Det satt i väggarna. Lager på lager. För Gunvor kändes väggarna också tapetserade med hennes eget misslyckande. Det plumpa slutet på en lysande karriär. En karriär hon nu helst varken pratade om eller tänkte på för att det fortfarande var för smärtsamt.

Även om Gunvor var nervös inför att besöka Mikael var hon ändå lättad när hon väl var framme utanför avdelningen. Det kändes bättre att få möjligheten att göra något än att vara utlämnad till de smärtsamma minnena som väckts till liv. Hon hade egentligen ingen plan utan förlitade sig på år av erfarenhet av att prata förtroligt med patienter.

Hon öppnade dörren in till avdelningen så tyst hon bara kunde. En lättnadens suck slapp ur henne då korridoren var just så öde som hon hoppats på. Det var tid för personalens lunch och syrrornas rapportering. Om det fortfarande var som på hennes tid i sjukhusvärlden skulle det vara lugnt i cirka en kvart till om bara inte någon av patienterna tyckte sig behöver hjälp. Det kändes som om turen var fortsatt på hennes sida när hon fick syn på Mikael i det andra enkelrummet på höger sida.

Hon blev stående i dörröppningen. Mikael Franzén var vaken. Han halvlåg i sängen, som var uppfälld bakom hans rygg, och tittade mot fönstret. Men han verkade inte se på något särskilt utan snarare vara långt bort i sina tankar. Ansiktet var svullet och han hade lila blåmärken under ögonen. Munnen var öppen vilket intygade att han hade svårt att andas genom den svullna näsan.

Han såg henne inte förrän hon tog ett steg in i rummet. Han ryckte förskräckt till och stirrade på henne. Det rädda uttrycket övergick till ett frågande.

"Vem är du?"

Gunvor bestämde sig snabbt för att vara helt ärlig.

"Jag vet inte om Nadja har berättat för dig."

Hon gjorde en liten konstpaus för att se om det hände något med Mikaels ansiktsuttryck. Även om han dolde det väl så såg hon att han förstod.

"Jag är privatdetektiv."

Mikael nickade med sa ingenting.

"Jag var på plats när du blivit misshandlad."

"Jag ramlade." Mikael var snabb att avbryta henne.

Gunvor gick tyst fram till fönstret. Därifrån kunde hon se både en del av helikopterplattan precis utanför och Mälarens glittrande vattenyta bortom skogsdungen.

"Fram till för cirka ett år sedan arbetade jag som kirurg. Jag har arbetat inom sjukvården i över trettio år. Under den tiden har jag sett många skador."

Gunvor vände sig om och såg Mikael i ögonen.

"Det finns ingen tvekan om att du blev misshandlad."

Mikael blev den första att vända bort blicken.

"Jag är här för att hjälpa dig."

"Du har inte längre något uppdrag, eller hur? Jag vill att du går nu."

"Mikael. Jag vet inte vad du är inblandad i. Men det mesta brukar gå att lösa. Du verkar vara en bra man."

"Vad fan vet du om det?" Mikael stirrade på henne igen och Gunvor kunde nästan se hur det blixtrade till i hans ögon.

"Du känner inte mig."

"Jag har träffat din fru som har varit väldigt orolig. För hennes skull..."

"För hennes skull håller jag käften." Mikael fräste av henne igen. "Gå härifrån. Fattar du inte att du förstör allting?"

"Vad menar du?"

"Gå!" Mikael sträckte sig efter ringklockan och tryckte demonstrativt på den.

Gunvor fattade ett snabbt beslut och gav sig av innan någon av sjukvårdspersonalen hann se henne. När hon skyndade bort genom korridorerna förföljdes hon av Mikaels ord. Hon försökte få ordning på tankarna men det lät sig inte göras. Rädslan för att hon på något sätt förvärrat situationen för Nadja eller Mikael hade satt igång något i henne. Det påminde om den fruktansvärda period hon gått igenom efter att hon varit tvungen att låta en annan läkare ta över hennes operation. När hon nästan tagit livet av en patient för att hon vägrat se sina egna tillkortakommanden. Att hon låtit sitt eget behov av att vara en duktig kirurg gå före alla tecken på att hon borde sluta.

Är jag på väg att göra samma misstag igen? Handlar allt det här egentligen bara om mig? Om min desperata längtan efter upprättelse? Jag inbillar mig att jag gör alla en stor tjänst. Men kanske förstör jag bara för dem. Ger dem falska förhoppningar. Riskerar deras säkerhet.

Det kändes som om korridorerna aldrig tog slut. Hon ökade på stegen trots att det kändes som om någon stuckit en kniv i hennes knä. Hennes blick var riktad ner i golvet för att slippa möte människors blickar. När hon äntligen var ute hulkade hon till. Hon skyndade på stegen ytterligare, livrädd för att bryta ihop mitt på trottoaren. Tårarna steg i hennes ögon trots att hon försökte andas lugnt och koncentrerat. Hur hon än försökte kom hon inte undan den inre, hårda rösten, som varit tyst i flera månader nu. Den malde på om hennes oduglighet. Om hur hon bara tänkte på sig själv och sket i andra. Om hur hon utnyttjade ungdomarna för att få små tjänare som lydde minsta vink. Att hon lät dem tro att hon var en begåvad spanare. När sanningen var att hon ledde dem alla mot misslyckande. Hon var den som skulle komma att krascha allas drömmar.

Paniken hade nu ett fast grepp om hennes hals och det började bli svårt att andas. Hennes synfält hade smalnat av och hon hade svårt att uppfatta omgivningen över huvud taget. Men hon lyckades få syn på en bänk och ta sig fram till den. När hon kände det svala träet genom klänningens tunna tyg kom hon ihåg metoden som tidigare hjälpt henne ur det här tillståndet. Så hon gjorde vad hon lärt sig för att komma tillbaka till nuet. För att få demonerna från det förgångna att släppa taget om henne. Hon strök med handen längs den skrovliga bänken och sa lite tyst för sig själv;

"Jag känner bänken."

Så lyfte hon upp ett torkat löv från marken.

"Jag känner lövet."

Hon nöp sig själv lite lätt i armen.

"Jag känner armen."

Så blev hon sittande en bra stund tills panikångesten långsamt gav vika.

Den envetna damen tror visst att hon kan överlista mig. Om hon förstod hur många
människors liv hon sätter på spel skulle hon inte tordas fortsätta.

Men hon vet inte.

Inte än.

Leken har ju bara börjat.

Den ska få ta sin tid och njutning.

Hon ser trött ut. Nästan utmattad.

Hon ser mig inte. Inte nu heller.

Hon är inne i sina tankar. Fast i sitt helvete.

När hon passerat går jag tillbaka i hennes fotspår.

Jag har varit där innan.

Gjort klart vad som gäller.

Att jag tröttnat på hans attityd.

Smakar det så kostar det.

Även för honom.

Så fort han ser mig börjar hans ovärdiga självömkan:

"Jag har inte sagt något. Jag lovar. Jag bad henne gå och ringde på syster. Hon var bara här i
någon minut och jag sa att jag ramlat och sen sa jag att jag inte ville prata med henne."

"Glöm aldrig att jag ser allt du gör. En enda misstanke om att du förråder mig och du är
borta."

Jag ställer mig vid fönstret och låtsas titta ut medan mina fingrar känner sig fram längs
gardinfållen där jag diskret fäster det senaste, och mest underbara, inom avlyssning. En liten,
liten trotjänare som hör allt som sägs inom tio meter.

"Jag vet. Och jag lovar."

Jag vänder och går ut. Bevärdigar honom inte med en blick.

26

Elin hade gått ut på Gunvors balkong och dragit igen dörren bakom sig. Om Chibbe ringde ville hon kunna prata ostört. Dels för att han inte skulle höra att hon hade sällskap. Men framför allt för att de andra inte skulle förstå hur intima de varit. Hon var i och för sig inte säker på att han var intresserad av att träffa henne igen. Men om han ringde måste hon vara beredd att kliva in i den roll hon hade igår och fortsätta där det slutade då. Eller roll och roll. På ett sätt kändes det som om hon aldrig varit så sann som just då. Där på kontoret.

Elin satte sig på balkongstolen och strök frånvarande med handen över den nyinköpta kjolens blanka yta. Det var röd skinnimitation och hon hade sett den redan första gången de var på River Island. Men då hade den känts alldeles för iögonfallande. Så här två dagar senare hade det varit ett självklart val tillsammans med en vit, silkig topp och vita sandaletter med höga klackar. David hade nöjt sig med en tajt, gråmönstrad t-shirt. Han trivdes så bra i sina nya jeans att han bestämt sig för att de fick duga ikväll med.

När de handlat klart hade Gunvor bjudit på en latte på caféet utanför i Gallerian. Först då berättade hon om sitt besök hos Mikael. Elin hade tyckt att Gunvor nästan lät darrig på rösten. Det hade också varit ett annorlunda allvar över Gunvor när hon sedan frågat om de verkligen ville fortsätta. För som hon sa, om Mikael Franzén var livrädd kanske de också borde vara det. Men både Elin och David hade varit överens om att de ville ta reda på vad som försiggick. Och så blev det. Eftersom både David och Elin redan fått kontakt bestämde de sig för att köra vidare på det. David skulle röra sig mellan de tre ställena och leta efter Alice medan Elins uppdrag var att stämma träff med Chibbe.

Det tog inte många minuter innan hon fick svar på sitt mess.

Så klart att jag vill träffas. Vid svampen om en timme?

Det pirrade till i magen. Hon längtade verkligen efter att vara i hans famn igen samtidigt som hon försökte fokusera på att hon faktiskt hade ett jobb att utföra. Det var av största vikt att hon luskade så mycket det bara gick. Hur det skulle gå till visste hon inte än. Hon lämnade det problemet till senare när hon

gick in för att berätta för det andra att hon hade en dejt.

27

David uppskattade verkligen den vändning som livet tagit sedan han börjat jobba för Gunvor. Men det hade också fört med sig insikter. Och dåligt samvete. Så när han och Elin gick före till Gunvors bil tog han tillfället i akt. Det hade suttit hårt inne men när orden väl for över hans läppar kändes det bättre än han hade kunnat föreställa sig.

"Förlåt om jag var jobbig mot dig förut."

Elin blev förvånad men också väldigt glad så hon sträckte ut sin hand och tog tag i hans arm.

"Det är okej. Det där ligger bakom oss. Och jag är jätteglad för att vi gör det här tillsammans. Varför vet jag inte riktigt. Men nu känns det som om vi är kompisar och jag bara gillar det."

"Jag med."

De sa inget mer om saken. Men båda var glada och lättade för att det blivit sagt. Nu var det, som Elin sa, bakom dem. Både Elin och David visste sedan någon dag tillbaka att David skulle gör vad som helst för att skydda Elin.

Det började bli en vana att bli avsläppta på Norrmalmstorg. När de gick över torget pratade de om hur de skulle hålla kontakt under kvällen. Utan att avslöja att det berodde på att han var orolig ville David att de skulle bestämma exakta klockslag. Men Elin var tydlig med att hon tänkte stänga av ljudet på telefonen eftersom hon skulle på date med Chibbe. Om hon skulle kunna fånga hans förtroende kunde hon inte sitta och messa oavbrutet. Chibbe måste vaggas in i en trygghet där han fick hennes fulla uppmärksamhet. David hade inte problem att förstå det men rådde henne att gå på toaletten regelbundet så hon kunde kolla ostört och också ha tid på sig att ringa om det skulle behövas. Elin tyckte att det kändes som en kontrollerande storebrors förmaningar. Hur misstänkt skulle det inte vara om hon sprang på långa toalettbesök stup i ett? Men hon lät det vara osagt.

När de skiljdes åt, och Elin gick den sista biten till Svampen, pirrade det i henne. Chibbe var bara några steg bort men hon längtade ändå helt gränslöst efter honom. Hon hade fortfaraden ingen plan för hur hon skulle pumpa Chibbe på information. Hittills hade han varit väldigt tydlig med att han inte ville prata om sitt så kallade jobb. Trots det kände Elin att det låg på henne att ta reda på vad som egentligen hänt Mikael och varför. Men de sista stegen fram till Chibbe, som stod med ryggen till och inte såg henne komma, slog de trånande känslorna bort allt annat. När hon la handen på hans rygg svängde han snabbt runt och drog in henne i sin famn. Känslan av lycka var total när hon förstod att han längtat lika mycket som hon. Hans armar runt henne var varma och starka. Det kändes som om han aldrig mer skulle släppa henne.

"Ska vi ta ett glas på East?" Han väntade inte på svar utan drog med Elin över gatan. Elin som förberett ett tal om att hon inte dricker på vardagar. Att hon hellre ville ha en tranbärsjuice så hon kunde hålla ordning på både tankar och känslor. Men det tog inte många minuter innan ett glas rosé stod framför henne. Ja, faktiskt en hel flaska i en ishink.

"Har du vaktat någon idag då?" Elin log och försöker låta som hon bara konverserade i största allmänhet.

"Nja, idag har det varit rätt lugnt. Och så har jag ju viktigare saker för mig." Chibbe log menande mot Elin.

"Var det ert kontor vi var på igår? Vad fint det var förresten."

"Jag är en del på kontoret men det är inte mitt. De är några kompisar som äger det. Eller kompisar och kompisar. Jag jobbar med dom."

"Är det honom du är livvakt åt?" Elin tindrade med ögonen så gott hon kunde för att få Chibbe att känna sig speciell och fortsätta prata.

"Typ. Bland annat. Men det är inget jag kan prata om. Som jag redan sagt."

Chibbe var fortfarande mjuk och vänlig på rösten med det framgick med största tydlighet att han inte tänkte berätta något mer om sina affärer.

"Men jag har ju kommit på vad man kan använda kontoret till. Och det pratar jag gärna om. Vi kanske kan dra dit en stund sen?" Chibbe såg förhoppningsfullt på Elin.

”Kan vi inte gå hem till dig istället? Känns det inte lite konstigt att vara på någon annans kontor?”

”Men dom är ju inte där.”

”Men varför kan vi inte åka hem till dig?”

Chibbe såg besvärad ut och sa ingenting på en stund. Men så verkade han bestämma sig.

”Jag bor med min mamma eftersom hon har svårt att klara sig helt själv. Hon skulle inte låta oss vara ifred ifall vi gick hem. Tyvärr.” Chibbe hade plötsligt fått något skyggt och osäkert över sig.

”Vad fin du är. Så snäll.”

Chibbe tinade upp igen när Elin överöste honom med beröm och passade på att ge honom en flyktig puss också.

Hon bestämde sig för att inte fråga mer just nu utan bara ägna sig åt att hålla Chibbe på gott humör och långt ifrån misstankar. Vilket verkade lyckas. När han frågade om henne svarar hon ärligt att hon inte var någon fin Östermalstjej. Att hon var uppvuxen i Fruängen och fortfarande bodde hemma med mamma. Hon berättade också att hon inte haft någon som helst kontakt med sin pappa sedan han flyttade ut. Att han hade velat men att hon hade vägrat. Efter att ha sett honom slå mamman alltför många gånger ville hon inte ha med honom att göra.

”Jag har inte sett min pappa på flera år heller. Han drog när mamma blev sjuk och så fick jag ta över ansvaret.”

”Vad tungt.” Elin kunde inte låta bli att smeka honom över nacken. Hela situationen var underbar och samtidigt helt overklig. Kvällen innan hade hon både varit rädd för Chibbe och tyckt att han var töntig och ointressant. Tjugofyra timmar senare satt hon här och lämnade ut sitt innersta till honom och kände både ömhet och passion. Och inte lite heller.

”Ja. Till råga på allt så har vi alltid bott på Östermalm men aldrig tillhört de välbärgade. Så länge jag kan minnas har vårt hem varit en ostädad tvåa på

Fältöversten. I skolan var man ingenting om man inte hade Canada Goose-jacka och annat skit med både fyra och fem siffror på prislappen."

"Jag förstår. I Fruängen gällde det att spela förortsgangster. Och det är väl ungefär så långt från mig som något kan bli." Elin log lite sorgset.

"Nej, du är ju världens finaste."

Han strök henne ömt över kinden innan han fortsatte med ett stort flin på läpparna.

"Men jag hade nog passat rätt bra."

"Kan tänka mig det. Men för mig var det svårt. Jag passade inte in. Och det var tydligt att de flesta andra på skolan inte heller tyckte det."

Elin blev överraskad av de starka olustkänslorna som fick fatt i henne när hon nämnde tiden i grundskolan. Trots att hon försökte ha alla tentakler ute för att få information så kände hon sig helt blottat inför Chibbe. Det bottnade så klart i hennes känslor för honom. Deras ärliga samtal kröp så nära inpå. Dels kunde hon inte värja sig mot förälskelsens demoner och dels insåg hon att hon nog aldrig satt ord på den plågsamma skoltiden. Inte för att hon gett den så många ord nu heller. Men det var ändå som om en fördämning långsamt gav vika i henne och känslorna stod på rad för att falla fritt. När hon såg på Chibbe hade hon glans i blicken. Han såg det och förstod. Inom honom vällde en ömhet upp som han aldrig någonsin i varit kontakt med innan. Hans hand darrade lite när den fattade tag om hennes.

"Då måste dina klasspolare ha varit helt dumma i huvudet. För du är bland de vackraste jag någonsin sett."

Chibbe lutade sig fram och kysste Elin. Sedan fyllde han på deras glas.

"Drick upp nu så vi kan få en favorit i repris." Sekunden efter att han sagt det ångrade han sig.

"Eller jag menar… vi behöver inte gå dit om du inte vill… jag bara menade… du är så fin… men om du inte vill..."

Mer kom han inte på att säga. Har förbannade sig själv, rädd för att ha förstört det magiska ögonblicket. Rädd för att det bara var han som kände magin. Men när han mötte hennes blick kunde han andas igen. Plötsligt var hennes ögon åter glada och hennes hand letade sig innanför hans t-shirt vid ryggslutet.

"Så klart vi ska gå."

28

När David kom in i baren fick han genast syn på Lacke. Han låtsades få ett meddelande som han svarade på medan han sakta gick längs bardisken och satte sig på platsen bredvid. Han gav inte Lacke en endaste blick utan fixade klart med sin telefon innan han beställde en öl. Den här gången reflekterade han inte ens över om han skulle beställa in något dyrt blask på flaska utan beställde fatöl. När han tagit några klunkar såg han upp och låtsades känna igen Lacke.

”Hej. Är inte du kompis med stans snyggaste brud?”

Lacke såg forskande på honom. David fick en obehaglig känsla av att vara avslöjad. Att Lacke visste precis vem han var och vad han höll på med.

”Jo, det stämmer. Är du sugen?” Lacke log menande.

”Självklart. Hur kan man inte vara sugen på henne?”

”Det beror ju helt på vad man har för smak. Alice är inte som vilken brud som helst.”

”Det är ju det jag säger. Snyggast i stan.”

”Hmm.” Lacke verkade överväga något men sa inget.

”Kommer hon hit ikväll? Jag är skyldig henne en drink.”

”Jag vet faktiskt inte. Har inte pratat med henne idag.”

”Är ni tajta? Polare? Eller något annat?”

David höjde insinuerande på ögonbrynen. Lacke nickade men dröjde en stund med svaret.

”Inget annat.”

”Är det säkert det? Måste vara jobbigt att ha en så het kompis.”

David flinade retsamt och hoppades att Lacke inte tyckte att han var för påträngande.

”Nej.” Lacke tog en klunk öl innan han fortsatte. ”Hon spelar i en helt annan liga.”

”Jag förstår. Hon är ju så jävla fräsch. Men ni är ju kompisar i alla fall. Känt varandra länge?”

”Hon är barndomskompis med min polare. Jag jobbar åt henne kan man säga.”

”Jaha. Vad har ni för business ihop?”

Lacke såg forskande på David innan han fortsatte.

”Hon gillar hårda tag. Riktigt hårda tag.”

”Aha.” David kom helt av sig. Det var mer än oväntat. Vad det hade för betydelse var inte heller helt solklart.

”Intresserad?”

”Vad då? Kostar det menar du?” David hade svårt att dölja sin förvåning. Men i honom började bitarna långsamt falla på plats. Så Mikael var en sån snubbe. Som gillade att spöa på men ändå hade stil nog att inte ge sig på frugan.

”Självklart. Smakar det så kostar det.”

”Hmm.” David visste inte vad han skulle svara men förstod att det hängde på honom nu. Det här var kanske den enda chansen de fick. Det skulle inte rentvå Mikael. Tvärtom. Men det var ju faktiskt inte Mikael utan hans fru som kontaktat dem. Och var hon gift med en gris var det väl lika bra att hon fick veta det. Fast för Davids gäng handlade det inte längre om Mikael och Nadja. Det handlade om att lösa brottet. Och tydligen var brottet prostitution.

Lacke såg förväntansfullt och lite uppmanande på David som tog en klunk innan han svarade. Ett svar som förhoppningsvis skulle leda David vidare in i stormens öga utan att avslöja honom eller sätta honom i knipa.

”Jag är väl mer en som gärna tittar på. Bara man vet att ingen kommer till skada mot sin vilja.” I samma stund som han sa det började han må lite illa över sig själv. Han lyckades ändå prestera något som kändes som ett menande leende.

”Aha. En fluktare alltså.” Lacke flinade till. ”Ja, jag ska erkänna att jag faktiskt också gillar det. Och jag har det rätt bra med tanke på att jag övervakar det hela.”

”Vad då övervakar? När hon har sex, eller?”

”Precis. Någon måste ju kolla så det inte går överstyr. Det finns ju alltid en risk att någon tar i för hårt. Du vet, en del har ju väntat hela livet på att leva ut sin dröm.”

”Jag förstår. Men spöa på brudar är inte min grej. Vad har du att erbjuda en fluktare?”

Nu tvekade inte Lacke längre. David kände sig både nöjd med att ha lyckats övertyga Lacke och samtidigt extremt obekväm med att det faktiskt gjorde att Lacke tog honom för ett pervo.

”Alice är vild, som sagt. Hon gillar att män tar kontroll över henne och läxar upp henne lite. Men hon har regler. Det är som ett spel. Och tro mig, det är många som vill vara med och leka.”

Lacke flinade, tog de sista klunkarna av sin öl och höjde sedan det tomma glaset i en menande gest mot bartendern innan han fortsatte.

”Hon gillar också att andra män tittar på. Hon har helt enkelt stora behov. Men behov som passar bra med andras drömmar. Dina till exempel.”

Lacke skrattade till och klappade David på axeln.

”Det är ett möte på gång som du skulle kunna vara publik till. Intresserad?”

David nickade.

”Absolut. När, var och hur?”

”Det får du veta när du bestämt dig och betalat. Tio lax.”

”Men när är det?”

”Jag säger inget mer förrän du betalat. Och om du inte betalar har du aldrig hört mig berätta om det här.”

Lacke tog några klunkar av sin nya öl som bartendern just ställt framför honom på bardisken. Han verkade fundera på något innan han vände sig mot David igen.

”Du vet, det är ju lite riskabelt för henne. Dels för att hon är så läcker och dels för att hon förverkligar många mäns drömmar. Det kan göra att en del blir lite väl besatta av henne.” Lacke ryckte på axlarna. ”Vi har ju olika begär, vi människor.”

Innan David kom på något mer att säga ringde Lackes telefon. David började fibbla med sin egen men hade full uppmärksamhet på Lacke.

"Jag är på Riche och tar en öl."

David kunde inte höra vad rösten i telefonen sa hur mycket han än ansträngde sig.

"Nej, han har annat för sig ikväll."

David lyssnade. Lacke fortsatte.

"Han lär väl dra till kontoret igen förr eller senare, den kåta jäveln. Det enda han kan tänka på just nu är att sätta på den där bruden igen."

Lacke skrattade år sin plumpa kommentar och David suckade lite för sig själv åt detsamma. Han hade hoppats få höra något mer intressant. Men Lacke var väl inte så dum att han skulle säga något som inte fick nå Davids öron när han satt precis bredvid.

När Lacke avslutat samtalet skrev han ner ett telefonnummer på en servett.

"Messa det här numret när du bestämd dig och har pengarna." Han klappade David på axeln innan han gick bort till två tjejer som just satt sig vid ett bord.

29

Det tog inte lång tid innan de var på väg upp till kontoret. Passionen släpptes lös, som sist, redan i hissen. De kysste varandra och deras händer letade sig in till bar hud. Elin var helt uppslukad av Chibbe. Men hon lyckades ändå registrera namnet på dörren sekunden innan han ställde sig i vägen för att låsa upp. Innan kläderna slets av tvingade sig Elin ur Chibbes grepp med ett ursäktande leende och låste in sig på den lilla toaletten.

Hon skrev ett snabbt mess till Gunvor och hoppades att hon skulle förstå vad det betydde. Hon spolade i toaletten och tog av kjol och topp för att Chibbe skulle glömma att hon låst in sig och inte misstänka något. När hon gick ut hade hon bara på sig det totalsexiga setet från Victoria´s Secret som hon köpt i ett svagt ögonblick för ett halvår sedan och sedan inte tordats använda. Chibbe drog efter andan och höll henne ifrån sig när hon ville krypa in i hans famn. Men det var inte för att han inte ville ha henne. För det ville han mer än något annat. Hans ögon ville bara se sig mätt på henne först. Vilket var en omöjlighet när synen av henne gjorde honom allt hungrigare. Hon var både vacker och sexig i en helt oslagbar kombination. Chibbe hade alltid tyckt att Alice var bland de snyggaste han sett. Men hon kunde inte mäta sig med Elin. Alice blick var hård och utmanande medan Elins var en blandning av skygg och längtande. Den var levande och oskuldsfull och fylld av värme. Det fanns inte ett uns av ont i henne. Det i kombination med fantastiska former och sexiga underkläder gav Chibbe tunnelseende.

Han hade inte sett sig mätt på henne på långa vägar. Men han kunde inte hålla sig ifrån henne längre. Han la henne på skrivbordet och kysste henne längs insidan på låren. Egentligen vill han inget annat än tränga in i henne. Men då skulle han komma direkt och han ville dra ut på njutningen.

Förra gången hade Chibbe tagit henne med storm. Elin hade aldrig varit i närheten av så stark njutning innan. När hans läppar vandrade uppför hennes ben kändes det som om hon skulle svimma av välbehag. När han trängde in i henne drog han hennes fötter mot sina axlar. De stönade båda högt i takt till hans stötar. Elin, som blundat en lång stund, såg upp på Chibbe. Då tyckte hon sig se en rörelse i ögonvrån. Hon tittade genast bort mot det angränsande rummet. Allt låg stilla. Men något var annorlunda. Var inte dörren mer igendragen alldeles nyss?

Chibbe var helt inne i sin njutning och märkte inget av Elins distraktion. Trots att hon gjorde sitt bästa för att åter njuta av Chibbe kunde hon inte låta bli att snegla mot det angränsande rummet.

När ytterdörren plötsligt slog igen ryckte båda till och Elin skrek av förskräckelse. Chibbe drog sig snabbt ur Elin och vände sig om. Men de kunde inte se ytterdörren från där de befann sig.

"Hallå?" Chibbe gick ut i hallen, fortfarande med jeansen neddragna, och kände på dörren. När han konstaterat att den var låst gick han igenom det angränsande rummet på väg tillbaka till Elin.

Elin satt som förstenad på skrivbordet.

"Ingen här. Det var nog bara någon som ryckte i dörren."

"Men jag tyckte att jag såg någon i det här rummet."

"Va? Vem?"

Elin gick in i rummet och insåg att om någon stått här så hade denna någon kunnat försvinna ut genom ytterdörren osedd. Det här arbetsrummet angränsade nämligen också till hallen.

"Jag såg det bara som en rörelse i utkanten av mitt synfält. När jag tittade dit var det borta. Jag kan i och för sig ha inbillat mig. Men sen smällde ju dörren strax efteråt."

"Men vad fan. Han sa ju att de skulle till herrgården…" Chibbe såg bekymrad ut.

"Chibbe? Vem pratar du om?" Elin blev plötsligt rädd.

"Ingen. Lugna dig." Chibbe gick tillbaka till ytterdörren och hakade i säkerhetskedjan. "Titta här. Nu kan ingen komma in."

Chibbe drog, försiktigt men bestämt, ner Elin från skrivbordet och vände henne om. Hon var först motsträvig på grund av sin oro. Men när han trängde in i henne igen glömde hon snart resten av världen.

30

Juristbyrå D och A Hamrin.

Gunvor satt på balkongen inlindad i en filt som skydd mot den insmygande höstkylan. Hon hade suttit själv en stund, visserligen i sällskap av ett välfyllt glas rödvin, medan Aidan varit uppe hos sig. Han kom ner lite då och då för att hålla henne sällskap en stund innan han återvände till sin lägenhet för att hänga tvätt, packa, vattna blommor och städa lägenheten inför resan till Manchester.

När messet kom från Elin googlade hon genast på företaget. Men hon hittade märkligt nog inte så mycket. Normalt skulle hennes nästa steg vara att skriva upp alla namn som börjar på D och A sitt block. Det var en simpel teknik hon brukade använda för att komma vidare i tankarna. Annars var det lätt att samma namn snurrade runt i ens huvud. Men Gunvor satt alldeles för bekvämt och hennes kropp kändes både trött och gammal så hon blev sittande och lät tankarna snurra.

Då slog det ner som en blixt från en klar himmel. Alice. Så klart. I samma andetag var tröttheten i den gamla kroppen som bortblåst och Gunvor gick in i vardagsrummet för att hämta sin dator. Nu när hon fått reda på Alice efternamn ville hon göra en rejäl sökning och alltför mycket läsande på telefonen blev slitsamt för hennes åldrande ögon.

Hon hoppades av hela sitt hjärta att det skulle gå lätt. Hon ville så gärna få lite medvind efter sina förgörande tvivel. Det sista dygnet hade hon funderat på att lägga ner. Det var inget hon pratat om med de andra. Inte ens Aidan. Hon hade grunnat hela kvällen på om hon skulle involvera honom i sina tveksamheter eller om hon bara skulle meddela honom att de släppt fallet när han landat i sitt andra liv i Manchester.

Gunvor virade in sig i filten och satte sig åter igen på balkongen. Innan hon gav sig ut i cyberrymden vinklade hon ner skärmen, tog en stor klunk vin och såg ut över gården som låg i mörker. Att de nu hade namn att gå på var ett stort framsteg. Skulle turen vända nu? Var resultat inom räckhåll? Hon kände att hoppet försiktigt återvända till henne.

Till sin stora belåtenhet hittade hon massor av information om Alice Hamrin och nu också om företaget. Uppvuxen på Östermalm med rika föräldrar och en bror, Daniel Hamrin. Så ett familjeföretag, alltså. Daniel var den som var utbildad jurist, vad Gunvor kunde se. Vad Alice gjorde framgick inte mer än att hon var delägare. Det var något bekant över Daniel. Men Gunvor kunde inte sätta fingret på var hon i så fall skulle ha sett honom. Han såg trots allt ganska alldaglig ut. Det var obegripligt att tänka sig att han var bror till den vackra Alice och ännu mer obegripligt att han bara var två år äldre. Gunvor gissade att Alice var runt 30. Men enligt de bilder hon sett på Daniel liknade han mer någon i 45-årsåldern.

Företaget hade inga anmärkningar eller skandaler i sin historia. Men inte heller den stora omsättningen man skulle kunna förvänta sig av en juristbyrå på Östermalm. När hon grävde lite djupare såg hon att varken Daniel eller Alice taxerade särskilt höga årslöner trots att de båda var skrivna på Strandvägen.

En timme passerade när hon letade efter ledtrådar på nätet och byggde upp sin egen bild av både Alice och Daniel. Aidan kom ner lite då och då för att kolla vad hon hittat men försvann lika snabbt upp till sig igen för att fortsätta med sina bestyr.

Det började bli riktigt kyligt men hon njöt ändå av att kunna sitta ute. När hon tömt de sista dropparna i glaset, som Aidan fyllt på mer än en gång, såg hon ut över den öde gården igen. Hon var långt inne i sina egna tankar om att det var hög tid för några vin-fria dagar, eller till och med veckor, när hon fick syn på något där ute i mörkret. Först kändes det nästan som en synvilla. Hon hade stirrat länge på skärmen så det var svårt att ställa om fokus. Men ju mer hon tittade desto tydligare framträdde det.

Men vad fan?

Även om det var en bit bort, på gångvägen mellan husen på andra sidan gården, såg hon en person som verkade stirra upp mot henne. På kroppsbyggnaden såg det ut som en man. Hur mycket hon än försökte skärpa blicken var det omöjligt att se några detaljer i den skumma belysningen. Inte ens färgen på hans kläder.

Lika plötsligt som han dök upp var han borta. Varelsen tog några steg och var sedan som uppslukad av mörkret. Som om det aldrig hänt. Men ändå med en besk eftersmak. En känsla av obehag knöt sig i hennes mage.

Ser du att jag ser?

Eller tror du fortfarande att du är osynlig?

Vem är det som jagar vem nu?

Känner du rädsla?

Känner du det annalkande?

Det oundvikliga…

Din undergång…

31

När Elin började landa i verkligheten igen, efter den passionerade stunden, ville hon ut från kontoret så snabbt som möjligt. Känslan av obehag gjorde sig genast påmind när hon tänkte på vad hon tyckte sig ha sett. Fantasin och rädslan tog över och förvred hennes minnesbilder. Till slut visste hon inte vad som var fantasi och vad som var verkligt. Chibbe verkade också vilja komma därifrån för han föreslog att de skulle gå till något café för en fika. När de drog på sig kläderna och gjorde sig redo att gå upptäckte Elin att hennes plånbok låg överst i väskan och var uppslagen. Hon vek snabbt ihop den och la ner den samtidigt som hon kastade en orolig blick på Chibbe. Antingen spelade han väldigt bra eller så hade han inte sett att hon inte hade det efternamn hon påstått sig ha. Att någon hade grävt i hennes väska var det i alla fall ingen tvekan om. Frågan var bara vem. Och varför. Men det var inget hon kunde ta upp med Chibbe. För om det inte var han så trodde han fortfarande att hon heter Canborn och inte Svensson som hennes leg visade. Och om det inte var Chibbe så måste det ha varit någon annan på kontoret. Någon som ville veta vem hon var. Elin ryste till av obehag när hon upptäckte ytterligare en sak som i det närmaste bevisade att de inte varit ensamma.

”Men vad är det som händer? Min sjal är borta.”

Elin var riktigt skärrad nu. Chibbe la en hand på hennes axel och försökte verka lugn trots att Elin kunde se oron i hans ögon.

”Men gumman. Det är klart att ingen var här. Det var bara någon som ryckte i dörren. Och sjalen glömde du säkert på East. Vi går dig och kollar.”

”Men jag såg ju…”

Han avbröt henne, plötsligt lite brysk.

”Sluta nu. Det var ingen här, säger jag.”

Efter det var stämningen förstörd mellan dem trots att de båda låtsades att den inte var det. Hennes sjal fanns inte på East men de pratade ändå inte mer om saken. De stannade på restaurangen för en kopp kaffe men satt mest tysta eller talade om oväsentligheter.

"Jag måste dra hemåt snart." Elin tog initiativet som det känts att båda väntat på.

"Mmm. Jag med. Ska jag följa dig någonstans?"

"Nej, jag klarar mig. Jag går till centralen."

Innan de skiljdes åt drog han in henne i sin famn.

"Förlåt om jag fräste förut. Jag blev lite störd av tanken att någon var inne på kontoret samtidigt som oss."

"Det är okej. Jag blev väl också lite väl stirrig kanske." Elin var glad att han bad om ursäkt men såg också en möjlighet att snoka. "Vilka är det som äger kontoret då? Tror du det var någon av dem som var där?"

"Vi tar det en annan gång. Men så du vet så känner jag dem sedan länge. De kan vara rätt knepiga. Om det var någon av dem så ska du veta att det är det mig de jävlas med. De kör alltid något konstigt spel som jag aldrig har begripit mig på. Främst dem emellan. Men mellan varven drar de med sig andra också. Till exempel mig. Hur det än är så handlar det om dem i slutändan. Dom två och deras enorma behov av uppmärksamhet. Men strunt i det."

Chibbe böjde sig ner och kysste Elin. Hon kysste tillbaka och hennes armar letade sig in under hans jacka. De blev stående så en lång stund innan de förmådde sig att skiljas.

32

Gunvor och Aidan var inne på sin andra kopp kaffe, för att nyktra till ordentligt, när Elin och David dök upp på gården. När Elin messat att hon var på väg hemåt hade Gunvor gjort upp med David att han också skulle bege sig mot Fruängen. Gunvor kastade ner portnycklarna och snart satt de i köket vid det dukade bordet. Alla tog för sig av mackor och något att dricka innan Gunvor tog kommandot för att strukturera samtalet.

"Jag föreslår att vi inför en ny rutin. Vi går igenom kvällens händelser i kronologisk ordning. Jag vill ha alla detaljer. Var ni varit, vem ni pratat med, vad ni sett och så vidare. Berätta allt ni minns. Även minsta detalj. För även om det kan verka obetydligt för er kan det göra skillnad för att förstå det här fallet."

Elin bestämde sig för att säga sanningen. Dels för att det skulle bli för krångligt att ljuga. Men framför allt för att hon var rädd efter det som hänt på kontoret. Hon behövde de andras tankar om det. Hon ville höra om de tyckte att hon behövde vara orolig eller inte. För hon visste inte själv. De senaste dagarna hade det hänt mer än under det mesta av hennes liv. Hon hade ingen aning om hur hon skulle reagera. Hennes brist på erfarenhet sa inget om huruvida det var vanligt eller inte att någon tjuvkikade när man hade sex på ett skrivbord på ett kontor. Det kunde ju ha varit en stackare där inne som blev rädd när de kom infarande och levde om. Personen i fråga kunde ju ha känt sig hotat och tjuvkikat för att se så ingen blev skadad. Personen kunde också ha kollat vem hon var för att ringa polisen och anmäla dem. Personen kanske tänkte smyga ut men så blev det något oväntat drag som gjorde att dörren smällde igen.

Gunvor gjorde sig redo med block och penna för att skriva ner alla detaljer. Elin försökte bli den första att redogöra för kvällen för att bli av med det som kändes som en börda. Med Gunvor lät David börja. Han var väldigt nöjd med sin kväll och kontakten med Lacke.

"Om vi bara kan hosta upp pengarna så går jag dit och sedan är det klart. Har jag bara mickar och skit på mig så är det bara att nita Lacke och Alice för prostitution. Solklart fall! Och antagligen har de pressat Mikael på pengar. Eller så blev han besatt av Alice som den där Lacke sa. Att snygga kvinnor kan göra män galna är ju inget nytt."

"Bra jobbat David. Men vi väntar lite med att dra slutsatser. Elin?"

Elin tog ett djupt andetag, innan hon började, som för att ta sats. Hon hade ingen aning om hur de andra skulle reagera på det hon hade att berätta.

"Jag måste erkänna en sak först. Hoppas ni inte blir för arga."

David som just skulle ta en tugga av sin macka kom av sig och stannade till, fortfarande med gapande mun.

"Jag var med Chibbe på ett kontor. Gunvor vet."

Gunvor nickade bekräftande.

"Men jag har inte berättat vad jag gjorde där. Och jag har inte heller berättat att jag faktiskt varit där en gång innan."

Både David, Gunvor och Aidan såg förvånade ut. Elin skyndade sig att få resten sagt innan hon ångrade sig.

"Vi hamnade där redan igår. Jag hade druckit för mycket. Igen. Men det är något mer. Hur jävla kriminell han än är så har jag fallit för honom."

Elin såg på de andra som verkade ha svårt att förstå vad hon menade. Alla stirrade, stumma av förvåning, tillbaka på henne.

"Ja, jag har inte avslöjat mig på något sätt. Inte vad jag vet i alla fall. Men…"

"Men?" Gunvor upprepade Elins sista ord men fick det att låta som en fråga.

"Men vi har gjort det. Där på kontoret. Både igår och idag."

"Men vad fan…" David visste inte vad han skulle tro. Elin verkade vara allt annat än han trodde henne vara.

"Inga anklagelser nu, David. Vi är ett team." Gunvor gav honom en sträng blick.

"Nej. Jag menade inte så. Blev bara förvånad."

”Jag kunde ju inte säga något på tunnelbanan eftersom vi inte ska sitta tillsammans.” Av någon anledning var Elin mest orolig för att David skulle bli arg på henne.

”Nej, okej.”

”Och det ni antagligen inte vet är att kontoret du var på tillhör Alice och hennes bror.”

Gunvors kommentar fick Elin att rycka till.

”Bror? Vem är det?”

”Det vet vi inte än. Men jag håller på med efterforskning. Ska kolla med Manuel också när jag kommit lite längre.”

”Det var en sak till.” När hon nu avslöjat sanningen kom hon ihåg det som egentligen var det viktigaste. ”Jag tyckte att jag såg någon på kontoret. När vi…” Trots att Elin inte avslutade meningen hade de andra inte svårt att förstå vad hon menade.

”Såg du vem det var?” Gunvor hade fått en bekymrad rynka i pannan.

”Jag såg inte ens om det var någon. Bara som en rörelse i ytterkanten av mitt synfält. När jag tittade dit var det borta. Men så plötsligt smällde ytterdörren igen.”

”Oh shit! Vad vidrigt!” David ryste av obehag.

”Och när jag skulle gå var min sjal borta.”

Plötsligt kom Elin att tänka på något.

”Chibbe sa något om att de typ brukar jävlas med varandra eller något i den stilen. Men jag fattade inte vad han menade.”

”Kan du komma ihåg exakt hur han sa det?” Gunvor kände instinktivt att detta var viktigt.

Elin tänkte en lång stund innan hon svarade.

”Det verkade som om han ville lugna mig. Han sa att han kände dem sedan de var små och att de hade något slags spel för sig. Att om det var någon av dem som var på kontoret så var det för att jävlas med honom.”

Gunvor hade för länge sedan bestämt sig för att inte berätta om personen som hade stått på gården och sett på henne. Ju mer hon tänkt på det desto mer sannolikt kändes det som att personen i fråga varit ute med sin hund och bara stått och väntat en stund medan den bökade runt i skogspartiet på andra sidan gångvägen.

"Okej. Jag tycker att vi kör på Davids linje. Jag fixar pengar imorgon. När jag gjort det kan du kontakta den där Lacke-personen. Du, Elin, får ligga lågt ett tag ifall det nu var någon som spionerade på er. Det känns inte bra att det hände på de här syskonens kontor. Om Alice är inblandad i prostitution har hennes bror med största sannolikhet också med saken att göra. Det viktiga nu är att vi lyckas avslöja dem. Så utmana inte ödet."

Nästa morgon låg Gunvor fortfarande och drog sig i sängen när telefonen plingade till. Hon log för sig själv för hon utgick ifrån att det var en kärleksfull hälsning från Kjell.

Det har hänt något hemskt. Jag måste prata med dig. Café Umbrella på Sjöviksvägen klockan 10?

Meddelandet var från Nadja. Gunvor höjde förvånat på ögonbrynen. Hon hade varit helt säker på att den informationskanalen var stängt för alltid. Det måste ha hänt något riktigt obehagligt om Nadja vände sig till henne igen. Något hon inte kunde, eller i alla fall inte ville, ta med polisen.

Mobilen visade att klockan var kvart över nio. Så hon messade ett "OK" till Nadja och skyndade sig upp. Nu var det bråttom. Frukosten fick vänta tills caféet men en snabb dusch hann hon med. På väg ut ur lägenheten såg hon att hon fått ett nytt meddelande.

Låtsas att du är min moster. Vi har inte setts på ett tag och det är din födelsedag.

Gunvor skickade ett nytt ok och skyndade sig sedan iväg.

Hon tog bilen för att hinna i tid. Men också för att garantera att hon var rörlig ifall det skulle visa sig behövas. Hon hade både hunnit hitta en parkeringsplats på Sjövikstorget och en plats vid fönstret på Cafe Umbrella när hon såg Nadja närma sig. Hon rörde sig fort och såg nervös ut. Faktiskt på gränsen till rädd. Den stilfulla och kontrollerade kvinna som Gunvor hade uppfattat henne som, första gången de möttes, var som bortblåst. När hon klev in på caféet och fick syn på Gunvor försökte Nadja sig i alla fall på ett leende.

"Moster! Älskade moster!" Hon formligen kastade sig i Gunvors famn. Gunvor i sin tur kramade tillbaka och gjorde allt för att leva sig in i rollen som en kärleksfull moster. När de släppte taget om varandra klappade hon Nadja på kinden.

"Vad härligt att se sig igen. Det var så länge sedan, lilla gumman. Vilken härlig födelsedagspresent."

Det hela kändes väldigt märkligt för ingen annan i caféet verkade bry sig om dem och Gunvor hade inte kunnat se att någon följt efter Nadja. Men hon väntade med att fråga tills Nadja köpt sig en kopp bryggkaffe och satt sig ner vid bordet utom höravstånd från de andra cafégästerna.

”Vad har hänt?”

Nadja såg sig runt, med flackande blick, innan hon började berätta.

”Jag var på sjukhuset igår.” Mer behövdes inte för att tårarna skulle stiga i hennes ögon. Gunvor sköt diskret över en servett.

”Försök samla ihop dig först. Om du vill att andra ska tro att du är glad att se din gamla moster är det nog bra att du inte börjar gråta.”

Nadja nickade och tog en klunk av kaffet medan Gunvor började prata högt om en påhittad bilresa till England i somras där hon och några väninnor åkt runt för att se på trädgårdar. Allt för att upprätthålla stämningen av en glad moster som träffat sin systerdotter. Efter en stund hade Nadja lugnat sig och kunde till och med le lite vagt åt den fantasirika historien. Då försökte Gunvor sig på en övergång till det som de egentligen var här för att tala om.

”Nå? Vad hände? Tror du att du orkar dig på ett nytt försök att berätta?”

Nadja såg sig om igen. Men nu med en något lugnare blick som först spanade ut över gatan och sedan in i caféet.

”Mikael berättade något så vedervärdigt.”

Gunvor visste vad som skulle komma. Men hon lät ändå Nadja berätta det själv.

”Något som Mikael själv gjort?”

Nadja nickade tyst.

”Man tror att man känner någon. Han har för fan varit min stora kärlek sedan jag såg honom för första gången. Men nu… Efter det här… Jag har ingen aning om vem jag är gift med. Vem Mikael egentligen är. Det är bland det sjukaste jag hört.”

”Berätta för mig.”

Hon såg hur Nadja tvekade. Om det var skam eller äckel eller bara naturlig oförmåga att förstå att detta faktiskt var sant gick inte att utläsa. Antagligen var det lite av varje. Till slut verkade Nadja ändå bestämma sig för att ta orden i sin mun.

"Han har våldtagit en kvinna."

Nadja såg på Gunvor och verkade vänta på en reaktion.

"Men det var uppgjort? Inte sant?"

"Du vet?"

"Jag misstänkte. Men bara sedan sent igår kväll. Och jag vet fortfarande inte hur det hänger ihop med Mikaels beteende. Men jag gissar att han blivit pressad på pengar?"

Nadja nickade igen.

"Det finns en film."

"Ah." Plötsligt föll bitarna på plats. Om Mikael betalat för att ta i med hårdhandskarna på Alice så var hon väl inte dummare än att hon filmade det hela. Antagligen gillade hon pengarna lika mycket, eller till och med mer, som att bli skenvåldtagen. Det kanske inte var hennes sexuella behov som styrde henne i den utsträckning som Lacke beskrivit det för David.

"När Mikael berättat sa han att jag måste resa bort. Gömma mig. Att det är farliga personer som är efter oss. Men jag vägrade och hotade med att gå till polisen. Då började han gråta hysteriskt. Han fick svårt att andas så sjuksköterskorna kom springande och gav honom något lugnande."

Nadja satt tyst en lång stund igen och Gunvor ägnade stunden åt att fundera över det som Nadja just berättat. Det var så klart tungt för Nadja att få veta den hemska sanningen som Mikael burit på. Men det förklarade inte hennes nervösa beteende.

"Har du blivit hotad?"

Nadja ryckte till som om Gunvor slagit henne.

"Om du blivit hotad så är det bäst att du berättar. Om jag ska kunna hjälpa dig måste jag få all information. Det förstår du väl?"

Trots att Nadja utstrålade rädsla på gränsen till skräck var hon inte svår att övertala. Gunvor kände sig både tacksam och rörd över det förtroende Nadja uppenbarligen kände för henne.

”Det ringde på dörren nu i morse. Jag väntade ett bud så jag öppnade utan att kolla i dörrögat.” Tårarna steg i Nadjas ögon igen och rösten darrade.

”Allt gick så fort. Plötsligt hade en man trängt sig in i lägenheten och tryckt ner mig på golvet.”

Gunvor sträckte diskret över sin sista rena servett till Nadja.

”Ta all den tid du behöver. Om någon spanar på dig nu är det väldigt viktigt att den personen inte ser dig gråta. Då kommer hotbilden mot både dig och mig att öka avsevärt.”

Gunvor tog över konversationen igen och berättade med yviga gester en dråplig historia från ett restaurangbesök under fantasiresan till England. Nadja gjorde sitt bästa för att blinka bort tårarna och skratta åt Gunvors historia.

”Han hade en pistol.”

Nadjas röst var väldigt dämpad när hon till slut avbröt Gunvors monolog.

”Vad gjorde han? Jag förstår att det är jobbigt men det kommer kännas bättre när du släppt ut det.”

”Han satt en lång stund på mig. Jag kunde inte röra mig och det var svårt att andas eftersom han var tung.”

Hennes underläpp började darra så hon lyfte sin kaffekopp och tog en klunk under tiden som Gunvor pratade om vilket fantastiskt väder de hade trots att det redan var en bra bit in i september.

”Han förde pistolen fram och tillbaka över min kropp.”

Nadja viskade när hon väl samlat sig tillräckligt för att fortsätta sitt vittnesmål.

”När han till slut reste sig och drog upp mig i håret tänkte jag att han skulle döda mig.”

”Men det gjorde han inte. Du sitter ju här nu. Eller hur?” Gunvor gjorde ett försök att trösta och lugna.

”Han slet in mig i köket och tryckte ner mig över bordet. Sedan drog upp min kjol och slet ner mina trosor. Plötsligt kände jag något hårt i mitt underliv. Jag tänkte först att det var han. Men så förstod jag att det var pistolen.”

Gunvor kunde inte hejda sin reaktion utan ryste till.

”Kära barn. Har han skadat dig?”

”Nej. Så här efteråt inser jag att han ändå var väldigt försiktig. Det var bara känslan av att ha en pistol på väg in i min kropp som gjorde mig totalt panikslagen. I det läget hade jag ju ingen aning om hur det skulle sluta. Men han bara viskade och så var han plötsligt borta.”

”Vad sa han?”

”Nästa gång gör jag det på riktigt. Ni gör bäst i att hålla tyst.”

”Du såg förstås inte vem det var?”

”Han hade någon slags luva över ansiktet och jag hade inte sinnesnärvaro att komma ihåg några som helst detaljer om kläder eller annat. Jag har verkligen försökt tänka efter.”

”Okej Nadja. Jag är verkligen glad att du berättar det här för mig. Du ska veta att vi är dem på spåren. Vi har en plan. Och går allt som det ska så kan vi sätta dit dem utan att blanda in dig och Mikael. Håll dig bara borta något dygn så är det förhoppningsvis ordnat sedan.”

Med det avslutade de samtalet. Gunvor gjorde Nadja sällskap ut på gatan och pratade om hur trevligt det var att träffa Nadja på sin födelsedag. Hon tackade stort för den middag på restaurang i Waxholm som hon låtsades att Nadja gett henne i födelsedagspresent. Gunvor tog Nadja under armen och promenerade med henne ner till kajen. Under promenaden såg hon inget iögonfallande. Inte för att en bra spanare var iögonfallande. Men hon tyckte sig ändå ha ett bra öga för det. It takes one to know one, som hon brukade säga.

När de var mitt uppe i att ta ett översvallande farväl såg hon ett bekant ansikte. Det var Fredde som kom promenerande förbi. Han verkade inte se dem och hon lät det förbli så. Det fanns ingen anledning till att han visste mer än han redan gjorde. Hon undrade om han bodde i krokarna eller bara var ute

145

på långpromenad innan jobbet. Inte för att hon hade med det att göra. Det viktiga var att han fanns om hon behövde mer hjälp. Men med största sannolikhet behöver de inte hjälp med span på Sturehof igen heller. Inte nu när de hade en så bra plan. Hon skulle bara stämma av med Manuel innan de drog igång.

34

Elin satt och stirrade på telefonen i sin hand. Efter deras date igår kväll hade hon fått flera gulliga sms från Chibbe. Hon hade så klart svarat lika gulligt tillbaka. Sedan morgonen hade han frågat om de kunde träffas igen. Hon hade svarat att hon var i skolan trots att hon sjukskrivit sig. Hon hade klivit upp som vanligt och ätit frukost med sin mamma som kommit hem från nattskiftet. När mamman lagt sig hade Elin bestämt sig för att ägna dagen åt att vila och tänka över allt som hänt de senaste dagarna.

Tack och lov hade hennes mamma inte verkat bekymrad över att Elin hängt ute sent på kvällarna. Av mammans frågor förstod Elin att hon bara var glad över att Elin uppfört sig mer som en normal tonåring de senaste dagarna. För trots att mamman alltid varit ganska sträng visste Elin att hon också oroade sig för henne. Även om Elin var myndig, och sedan länge kapabel att ta hand om sig själv, så hade mamman dåligt samvete för att Elin så ofta var ensam. Både när hon själv var på jobbet på nätterna och när hon sedan måste sova på dagarna. Men oron handlade nog mest om att Elin inte haft så många kompisar genom åren. Att hon oftast spenderat sin fritid helt själv. Instängd på sitt rum för att undvika mammans och pappans bråk. Mamman hade mer än en gång bett om ursäkt för att hon förstört Elins liv. För att hon inte skiljt sig tidigare. För att hon utsatt Elin för år av bråk, fylla och misshandel. Visst hade det påverkat Elin. Faktiskt format hennes person. Gjort henne reserverad inför andra människor. Men det hade hon aldrig sagt till mamman.

Elin tyckte det var riktigt skönt att mamman verkade glad å hennes vägnar. Hon frågade till och med om Elin träffat någon trevlig kavaljer. Elin svarade först bara med ett leende. Mamman fick gärna veta att hon hade, en så kallad, kavaljer även om det inte var det första ordet som dök upp när hon tänkte på Chibbe. Men några detaljer ville Elin inte dela med sig av. Inte än i alla fall.

När mamman fortsatte titta förväntansfullt på henne bestämde hon sig för att berätta lite, men bara väldigt lite, om Chibbe. Det som var viktigast för mamman att få veta.

”Han är väldigt snäll.”

Att han uppenbarligen inte var världens mest hederliga person lät hon vara osagt. Mamman verkade nöjd med svaret och klappade Elin på kinden innan hon gick och lade sig.

”Det är du värd, lilla gumman.”

När mamman försvann in på sitt sovrum tog Elin en påtår och hämtade mobilen, som varit på ljudlöst, för att se om hon fått några meddelanden. Vilket hon hade. Trots att hon redan svarat flera gånger att hon måste plugga till ett prov hade Chibbe skickat ytterligare fem meddelanden där han tjatade om att träffas. Han föreslog att de kunde sitta på café medan hon pluggade. Bara han fick sitta bredvid henne. Att han kunde förhöra henne. Hon ville inget hellre än att träffa honom. Men i det här läget var det svårt. Dels för att hon lovat Gunvor och de andra att inte träffa honom och dels för att hon i så fall ville träffa honom som den hon var. Utan hemlighetsmakeri.

Hon funderade på att stämma träff med honom och berätta vem hon egentligen var. Eller snarare vad hon egentligen höll på med. Varför hon tagit kontakt med honom till att börja med. Be honom berätta allt han visste. Hon kunde bara inte tro att Chibbe var inblandad i den där sexhistorien. Var han, mot alla odds, det så kunde hon kanske få honom att erkänna och sätta stopp för det. Så ingen mer kom till skada.

Men hon tvekade. Risken att hon förstörde Gunvors plan var för stor. Tänk om Chibbe var inblandad trots allt. Om han egentligen var en iskallt beräknande kille. Att han bara träffade henne för sexet. Att hans solidaritet låg hos dem som gjorde det där vidriga. Att han skulle varna dem om han fick veta att Elin hjälpte Gunvor att söka efter sanningen om vad som hänt Mikael Franzén.

Flera olika scenarier spelades upp i hennes tankar. I det värsta av dem var Chibbe direkt farlig för henne och de andra. Så till slut skickade hon ett mess om att hon var på väg in på en franskalektion och inte kunde svara på ett bra tag. Men det stoppade inte de trånande messen att fortsätta regna in i hennes mobil.

35

Jag är med. Hur gör jag med betalningen?

Det var sen eftermiddag och alla satt samlade runt Gunvors matbord igen. Om några få timmar skulle Aidan börja sin resa mot Arlanda och Manchester. Men trots det ville han på inga villkor missa detta möte. Han hade redan separationsångest och ville egentligen inte alls skiljas från vare sig det nya gänget eller de senaste dagarnas dramatiska händelser. Trots att han var både stolt och väldigt begeistrad över sin nya karriär i Manchester kändes det svårt att lämna Stockholm i detta skede.

Efter morgonens känslomässiga möte med Nadja hade Gunvor kört över till kontoret för ett möte med Manuel. Där hade hon fått vädra alla frågor och tankar hon behövde diskutera med sin mentor. Manuels intresse och känsla för konspirationer hade vaknat till liv. Trots att de egentligen hade en helt annan uppgörelse ville han nu göra allt han kunde för att hjälpa till. Deras muntliga avtal om arvode kvarstod. Men Manuel ville fortsättningsvis ha regelbundna uppdateringar och även vara med att ta beslut om hur de skulle agera. Dessutom hade han hunnit med att göra personkontroll av både Alice och Daniel Hamrin.

Enligt Manuels efterforskningar dog Alice och Daniels föräldrar när Alice var sjutton och Daniel nitton. Föräldrarna hade hittats på pappans kontor av en granne. Enligt artiklarna, som Manuel hittat på nätet, hade dörren stått på glänt. Grannen hade gått in för att kolla att allt var som det skulle. Vilket det absolut inte hade varit. Pappan hade suttit i sin kontorsstol och mamman hade legat på golvet. Rummet hade varit täckt med blod och både mamman och pappan hade djupa jack efter en kniv. Det var ett brutalt mord som det skrivits en hel del om. Men trots spekulationer om pappans klienter, som den brottmålsadvokat han var, hittade man aldrig mördaren. Eller mördarna.

Då Alice bara varit några månader från att bli myndig hade hon fått bo kvar med sin bror i den stora lägenheten på Strandvägen som de ärvt av föräldrarna.

Vad Manuel kunde se bodde de fortfarande kvar i samma lägenhet. De hade också ärvt en herrgård och en hel del pengar. Herrgården verkade inte längre vara i deras ägo och saldot på deras konto minskade avsevärt från år till år.

Det tog inte många minuter innan David fick svar på sitt sms. Det bestod bara av ett bankkontonummer. De messade numret till Manuel som förde över tiotusen kronor direkt. Efter att han vädrat framgång hade Manuel snabbt gjort klart att det skulle betalas av byrån. Vilket löste ett stort problem. Byrån hade nämligen ett hemligt konto att skicka pengarna från. Det hade inte varit så lyckat att skicka från Gunvors privata. Och att gå in med så mycket kontanter på en bank brukade generera både misstänksamhet och frågor från personalen.

Det var en nervös och rastlös stämning över den lilla gruppen när de väntade på vad som skulle hända härnäst.

"Bara de inte blåser oss nu." David gav röst åt allas oro.

Det tog bortåt tio minuter innan svaret kom. Tio minuter som kändes som en evighet. Tio minuter där flera av dem gjorde försök till att småprata. Med det kändes som om alla försök föll platt till marken och lämnades där utan svar.

Clarion Sign Hotel på Norra Bantorget kl. 22.00. Kom ensam.

Gunvor andades ut. Hon hade varit rädd för att David skulle vara tvungen att vara hemma hos någon gangster. Vilket hade gjort hela operationen mycket mer riskabel. Hon visste i och för sig ännu inte om det var på hotellet de skulle vara eller inte. Men i samma sekund som David läste messet högt för henne fick hon en bild av det hela. Det var faktiskt genialiskt. De som skulle titta på övergreppet checkades antagligen in på varsitt hotellrum, omedvetna om hur många andra som också kollade. Ett gäng karlar, och kanske också fruntimmer, som satt i sin ensamhet och såg på det förbjudna. Gunvor försökte klura ut hur de skulle lösa det rent tekniskt. Genom privat visning på hotellrummets TV eller en dator på rummet som öppnar upp en länk till kvällens liveshow? Där den som sände sedan släckte ner möjligheterna att spåra inspelningen? Inte för att hon trodde att de som ville se på var intresserade av sådana uppgifter. De var väl antagligen ytterst medvetna om att de själva tillhörde en skara som säkert både polis och andra ville sätta bakom lås och bom. Kanske var detta den enda gången i deras liv som de fick möjlighet att leva ut sin dröm. För att sedan lämna detta bakom sig, nöjd med att få ha upplevt det, eller drömma sig tillbaka nu och då. Eller kanske till och med hoppas på att få återuppleva det igen. Vad de än bar med sig efter denna kväll så var det troligtvis inte att försöka sätta dit dem som gjort deras dröm genomförbar.

Gunvor delade med sig av sina tankar och sedan diskuterade de möjliga scenarion. I den värsta av världar var detta så bra iscensatt att de inte skulle kunna hitta några som helst ledtrådar till de som organiserar det. Men de visste i alla fall att Alice Hamrin och Lacke var med. *So far so good*. Gunvor ville också gärna veta Chibbes och Daniels roll i det hela innan de vände sig till polisen.

När det kändes som om de var tillräckligt förberedda för kvällen gick David för att ta byta om. Aidan hjälpte honom att fästa avlyssningsapparaturen på kroppen medan Elin följde Gunvor till garderoben som smakråd. När Aidan gjort sin del gick han upp till sin lägenhet för att kolla att alla fönster var stängda och hämta väskorna. Om en halvtimme var det dags för honom att åka till Arlanda. Men han hade lovat, eller snarare tvingat sig till, att skjutsa Gunvor till Clarion på vägen. Så hon kunde sitta, med en kaffe och laptop, och se ut som en affärsresande medan hon spanade på aktiviteterna i lobbyn.

Innan Gunvor och Aidan gav sig av hade de testat avlyssningen med Manuel som satt hemma i sin lägenhet, redo att spela in allt. Gunvor kunde inte låta bli att ge David en kram.

”Manuel och jag kommer att höra dig hela tiden. Säg bara rakt ut om du behöver hjälp.”

”Jag vet. Du har sagt det flera gånger.” David log lite överseende men han såg ändå ut som om han gillade omsorgen.

Innan hon gick sträckte Gunvor ut sina extranycklar mot ungdomarna. Elin tog dem.

”Jag håller honom sällskap tills det är dags för honom att gå.”

”Och sedan håller du dig borta från allt vad Chibbe heter hur mycket du än tänker på honom.”

Elin svarade inte. Gunvor blev inte klok på hur hon skulle tolka hennes blick. Men hon hade inte tid att tänka mer på det nu. Var Chibbe inblandad skulle han ändå inte kunna träffa henne ikväll. Gunvor var också helt övertygad om att Elin inte var så dum att hon avslöjade dem.

Aidan var exalterad över att de kanske skulle komma i mål med fallet redan samma kväll. Samtidigt var han orolig för att något skulle gå fel. Det kändes inte bra för honom att han skulle sitta i ett flygplan i två och en halv timme och inte veta om det gick bra eller åt fanders. Det var också stressande för honom att han snart skulle vara utom räckhåll för att hjälpa till. I alla fall inte med något rent handgripligt.

Gunvor ville inte säga, som hon sagt tidigare, att det faktiskt var hon som var detektiven. Hon ville inte dämpa hans engagemang eller känsla av att hans insats var viktig. För det var den verkligen. Gunvor skulle sakna möjligheten att stöta och blöta sina tankar med Aidan den närmaste veckan. Det sa hon också till Aidan i samma andetag som hon lovade att messa honom regelbundet.

Det kändes lite ensamt när Gunvor klev ur bilen och vinkade hej då. Hon var medveten om att hon själv bar det mesta av ansvaret för den här operationen. Men eftersom Aidan var så angelägen om att dela det så hade det också känts just så. Vilket gjorde att det kändes lite kymigt att stå själv. I och för sig var Manuel med i arbetsgruppen nu och följde David via avlyssning hela kvällen. Men han var inte hennes nära vän på samma sätt.

När Gunvor gick till lobbybaren slog det henne att hon var superspionen i Aidans ögon medan hon var nybörjartanten i Manuels värld. Kanske var det framför allt Aidans enorma tilltro som hon saknade i kväll. Någon som på riktigt trodde att hon var den bästa att leda dem rätt. Själv hade hon ett gnagande tvivel och hon undrade fortfarande om det verkligen var rätt av henne att utsätta ungdomarna för de stora riskerna som hon faktiskt gjorde. Men hon slog undan tankarna och försökte fokusera på kvällens uppdrag när hon slog sig

ner i en av lobbyns trendiga Arne Jacobsen-stolar i sällskap av en alkoholfri
drink och sin bärbara dator.

Till en början tyckte Elin att det kändes märkligt att sitta själv med David. Visst hade de varit ensamma korta stunder de här dagarna. Men tillfällena hade inte varit vare sig långa eller många. Nu började det med en lite halvt besvärlig tystnad i några minuter. David satt och fixade med något spel på sin mobil medan Elin bara satt tyst och såg på sina händer. När David reste sig och gick fram till kylskåpet tittade hon nyfiket upp. Han öppnade och kikade in ett ögonblick innan han visade upp en flaska vitt vin.

"Det är säkert okej för Gunvor. Vill du ha ett glas?"

"Ja, tack. Man har ju vant sig med Östermalmsstilen nu och det börjar dra ihop sig till eftermiddagsdrinken." Elin log nöjt åt sitt eget skämt och David stämde in.

"Ja. Skönt att det är skillnad på folk och folk. Här i Frunken hade man lätt blivit kallad alkis om man drack vin varje dag. Hur fint det än är."

"Förutom av alla de som faktiskt dricker varje dag. T.ex. alla dina polare på Karlavagnen." Elin menade det som ett skämt men kände att det kommer ut lite väl bitigt.

"Det heter faktiskt Parma nu. Men du har rätt."

"Jag menade inte att…" Elin visste inte hur hon skulle fortsätta med David räddade henne.

"Det är lugnt. Jag har liksom börjat fatta en massa saker de senaste dagarna. Ja, sedan det här började."

David gjorde en diffus gest omkring sig men Elin förstod vad han menade.

"Jag vet. Samma här." Elin letade efter ord innan hon fortsatte. "Plötsligt ser man att världen inte är så liten. Inte ens för mig. Eller snarare att den inte behöver vara liten. Man måste bara ge sig ut. Eller hur tänker du?"

"Typ så. Det känns helt sjukt att jag sitter här med avlyssningsgrejer på mig. Som värsta James Bond, liksom. Tänk att kunna säga till polarna att jag egentligen är privatspanare." David log stort och såg lite drömmande ut.

”Ja, du är faktiskt supermodig. Jag har varit så rädd ibland, de här dagarna, så det känts som om jag ska dö. Men just därför känner jag mig också modig.”

David nickade eftertänksamt och tog en klunk vin innan han tordes fråga.

”Den här snubben då? Chibbe? Gillar du honom på riktigt?”

Elin nickade.

”Gunvor verkar jävligt orolig för dig. Och kanske har hon rätt. Man vet aldrig med snubbar. En del är hur tuffa som helst med polarna och så världens mesar med sina tjejer. Medan andra är tvärtom. Det är ju kanske onödigt att ta risken i det här läget.”

”Mmm.”

Plötsligt kom Elin på en sak.

”Men om. Jag säger bara om, jag ringer honom nu och han kan träffas, då har han ju inget med det här att göra.”

När David såg hur Elins ögon glittrade förväntansfullt blev han lite rädd. Varför visste han inte riktigt. Men plötsligt kändes det som om att det kunde gå käpprätt åt helvete. Att Elin inte kunde se faran när den flåsade henne i nacken. Samtidigt insåg han att hon troligtvis hade rätt.

”Jag tycker nog att du ska ta det lugnt ändå.”

”Men om jag stämmer träff med honom men inte åker dit så vet jag ju att han inte är på hotellet i alla fall. Eller så kan jag bara prata med honom på telefon i timmar.”

”Eller så kan du bara låta bli. Om han är inblandad och anar något så kanske de lägger ner kvällens grej. Och då blir allt förstört.”

Elins leende dog ut men tanken fanns kvar hos henne.

”Jag vill verkligen inte vara taskig, Elin. Men vi borde göra som Gunvor säger eftersom det är hon som gett oss jobbet. Om vi fixar det här kan vi kanske få mer jobb. Och erkänn att det är coolt. Om den där Chibbe inte har med det här att göra så kan du ju bara träffa honom sen. Men det ser kanske inte så bra ut att du är med honom mer om han nu är inblandad. Det kan ju vara farligt också.”

”Okej, okej. Jag tänkte ju bara.”

Trots att de inte ville låtsas om det så kände båda att stämningen blivit lite ansträngd. Till deras undsättning ringde Davids telefon. Det var Manuel som ville testa avlyssningen igen så Elin och David fick sitta och prata nonsens en stund tills inställningarna var som de skulle. Sedan var det dags för David att ge sig av.

När dörren slog igen efter David gick Elin tillbaka till köket. Hon hade inte bråttom hem och det fanns över en halv flaska vin kvar. Nog för att det skulle leda till ett förmanande samtal med Gunvor om hon drack upp resten själv. Men det kunde det vara värt. Telefonen ringde just som hon fyllt glaset till bredden igen. Den här gången svarade hon.

”Äntligen svarar du.”

”Men jag har ju sagt varför jag inte kunde svara förut.”

”Jag vet. Sorry. Har bara längtat så efter att prata med dig.”

”Jag med.”

”Vad gör du?”

”Pluggar. Det har jag väl sagt typ tusen gånger nu. Vad gör du?”

”Längtar efter dig.”

”Jobbar du inte?” Elin bestämde sig för att göra ett litet försök att luska i alla fall.

”Kanske sen.”

”Vad då sen? Ikväll?” Det isade i Elins magen. Fan, det fick inte vara sant.

”Kanske. Det är inte klart.”

”Hur kan du inte veta det? Det är ju redan kväll.” Elin ville så gärna att han inte skulle ha med det att göra så hon pressade honom.

”Jag har ju sagt att jag inte kan prata om mitt jobb. Men det är så här ibland. Jag hörde tidigare i veckan att jag behövdes ikväll. Men jag har inte hört något mer.”

Elin försökte desperat tänka ut hur hon skulle göra samtidigt som hon pratade med Chibbe.

”Vem skulle du jobba för då?”

”Det är värst vad du är nyfiken. Låt det vara. Jag vill ju inte prata om det.” Chibbe höjde rösten en aning.

”Förlåt, jag menade inte att tjata. Jag bara tänkte att du kanske bör kolla med den personen först innan du ger dig iväg för att träffa mig. Så inte jag bara blir lämnad om du plötsligt ska jobba.”

”Så du kan träffa mig?” Chibbe lät glad igen.

”Ja om du kan så. Men först klockan tio då mamma gått till jobbet.”

Orden for ur henne innan hon kunde stoppa dem. Det var först när hon sagt det som hon insåg att det kanske inte var världens bästa idé att visa en eventuell brottsling var hon bodde. Men hon ville så gärna vara nära honom och hon ville absolut inte gå tillbaka till kontoret igen.

”Vad nice. Klockan är ju redan rätt mycket. Var ska vi träffas?”

Elin var en blandning av euforisk och livrädd när hon la på. Snart, snart skulle hon vara i Chibbes famn igen. Och han skulle inte vara på Clarion och bli inspelad och avslöjad.

37

Klockan hade hunnit bli två minuter över tio när hon såg David genom hotellets stora fönster. När han närmade sig entrén lät Gunvor blicken glida vidare ut över den lilla parken på Norra Bantorget. Inte för att det skulle vara något konstigt med att hon tittade på honom. Att sitta och glo på folk som passerar måste ses som ett allmänt folknöje. Även om ingen skulle kunna dra några slutsatser om hon tittade särskilt på honom vill hon ändå inte att någon skulle kunna följa hennes blick fram till David. Folk kunde minnas de allra märkligaste detaljer om läget blev skarpt. Just nu hade det ingen betydelse. Men eftersom de inte visste vad som skulle hända tog hon det säkra före det osäkra. Det kunde ju också befinna sig andra personer här i lobbyn som var involverade i kvällens begivenhet.

Innan David nådde fram till entrén vände hon sig och såg mot receptionen samtidigt som hon sneglade på klockan så att de som eventuellt studerade henne skulle tro att hon väntade på någon. Hon såg i ögonvrån hur David långsamt gick fram till en soffgrupp på andra sidan receptionen och slog sig ner i en ledig fåtölj. Det var inte många meter mellan honom och Gunvor men han såg inte åt hennes håll överhuvudtaget. När en man, som Gunvor identifierade som Lacke, strax efter klev ut ur hissen och gick mot David reste han sig.

Plötsligt knastrade det till i örsnäckan. Hon visste att Manuel lyssnat den senaste halvtimmen. Tack och lov hade han besparat henne ljudet av Davids andning, röster på tunnelbanan och annat oljud. Nu hörde hon plötsligt röster så tydligt som om de stod bredvid henne och pratade.

”Här är din rumsnyckel. Du är inskriven som Lars Larsson och notan är betald såvida du inte ger dig på minibaren. Det får du stå för själv. Men betala med cash i så fall så de inte behöver se din legitimation. Det står en dator på skrivbordet. Tryck på länken. Den leder till kvällens direktsända show. Det kan ta en stund innan det börjar. Messa det här numret när du går så checkar jag ut dig. Ha en bra kväll.”

”Hej.”

Medan hon lyssnade hade Gunvor långsamt snurrat stolen så hon kom att sitta med ryggen till mot de båda männen. Därför såg hon inte vart Lacke tog vägen. Men hon såg honom inte utanför så hon antog att han försvunnit upp i hotellet. Davids röst hördes i örsnäckan igen.

"Okej. Som Gunvor säkert såg så var det Lacke. Nu är jag ensam i hissen på väg till rum 809. Resten hörde ni. Gunvor, jag gissar att du tar notan för minibaren." David väntade en stund innan han fortsatte. "Jag tolkar din tystnad som ett ja. Nej, skojar bara."

Så plingade hissen till igen och Gunvor förstod att han var uppe. Och mycket riktigt hörde hon hans steg som var något dämpade av vad hon gissade var en heltäckningsmatta. Efter en kort promenad hördes ett annat bekant, pipande ljud.

"Strax inne. Slutar prata nu."

Gunvor hade gärna gjort David sällskap på rummet. Men Manuel hade sagt att arrangörerna med största sannolikhet hade David under uppsikt. Det vore konstigt om säkerheten inte var hög med tanke på att de skulle filma en skenvåldtäkt utan att bli upptäckta. Därför hade också David fått instruktioner om att inte prata om det inte föll sig naturligt att han kunde låtsas prata för sig själv.

"Okej, då ska vi se. Vad sa han nu? Sätt på datorn."

Gunvor var imponerad av Davids introverta och släpiga, men väldigt informativa, mumlande.

"Ja, titta där. Tryck. Hm."

Gunvor väntade ivrigt under tystnad och insåg att hon glömt bort att hålla sin fasad utåt. Hon kunde ju inte sitta här och stirra koncentrerat framför sig utan rimlig anledning. Hon kunde inte heller fibbla med mobilen, som annars var ett bra trick, eftersom hon måste hålla utkik över lobbyn. Det var viktigt att hon hade koll på om Lacke syntes till igen och om han i så fall pratade med andra som köpt plats till kvällens vidriga föreställning.

38

När rumsdörren slog igen bakom David tog han av sig jackan och satte sig vid skrivbordet. Datorn vaknade till när han rörde på musen. Han ställde in skärmen, genom att långsamt vinkla den fram och tillbaka, tills Manuel sa stopp i hans öra. För förutom avlyssningsutrustning hade han också en liten kamera fäst på sin skjorta, dold under ett emblem i form av en vapensköld i guld och blått. David hoppade innerligt att den dolde kameran väl ifall han nu själv var bevakad.

Han blev sittande en halvtimme och glodde på skärmen som visade en tom gata någonstans. Det påminde mest om ett industriområde. Röda tegelbyggnader utan fönster och inte en enda människa i sikte. När en katt plötsligt uppenbarade sig på gatan ryckte David förskräckt till och kunde sedan inte låta bli att skratta till åt sin egen reaktion. Han struntade i att kommentera det när han inte kom på något naturligt sätt att säga det på. Manuel och Gunvor fick tro vad de ville.

Tanken om att ge sig på minibaren ändå var inte långt borta men han höll sig. Han var helt på det klara med att det inte var en bra idé att visa sig i receptionen. Det bästa var om han kunde lämna hotellet som om han bara hängt i baren på top floor eller hälsat på någon annan på hotellet.

Hade någon sagt till honom för en vecka sedan att han snart skulle vara på ett uppdrag med både dold kamera och avlyssningsutrustning hade han skrattat gott. Men det mest omvälvande, vilket han höll för sig själv, var att plötsligt tillhöra "the good guys". Hur mycket han än kämpat för att hålla sig överst i hackordningen, och lyckats med det, hade han ändå alltid känt sig som en förlorare. För att det känts som om han aldrig skulle få en chans att ta sig utanför Fruängen. Att det inte ens var någon idé att försöka. Men de sista dagarna hade han börjat tro på att han faktiskt inte var vare sig särskilt ond eller pantad.

David ryckte till när någon plötsligt dök upp på skärmen. En kvinna kom långsamt gående mot kameran på den öde gatan. Redan på det här avståndet syntes det att hon ansträngde sig för att gå sexigt. Hon hade kort kjol och höga klackar. När hon närmade sig kameran såg han tydligt att det var Alice. Han såg också att jackan var öppen och blottade den tunna blusen som var väldigt urringad och nästan genomskinlig i ljuset av den ensamma gatlyktan.

Plötsligt fick David syn på ytterligare en person en bit bakom Alice. Han antog att det var mannen som köpt hennes tjänster. Eller kanske snarare betalat för Alice äventyr. Medan den mörkklädda personen långsamt följde efter henne passerade Alice under kameran. Hon stannade till, lyfte blicken och log. Det kändes som om hon såg rakt på David när hon blinkade med ena ögat och gjorde samma gest som utanför Sturehof. Hon sög på sitt finger samtidigt som hon slöt sina ögon för ett kort ögonblick. Stunden var strax över och hon försvann ur bild.

David undrade om det var en grej hon körde med eller om hon visste att det var just han som tittade. Han ryste till när han tänkte att det antagligen satt andra män, i andra rum, på det här hotellet som också funderade över om det var just dem Alice gjort den här gesten till.

Det flimrade till på skärmen och plötsligt såg man Alice från en annan kamera. Hon befann sig inne i en slags portgång som i ärlighetens namn såg ut att tillhöra en byggbarack. Hon gick fram till en dörr och verkade tillsynes leta efter nycklarna. Det tog en liten stund för henne. När hon till slut hittade dem, låste hon upp och steg långsamt in i hallen. Då hände det. Trots att David visste vad han gett sig in på blev han chockad när personen som följt efter Alice plötsligt, och med kraft, trängde sig in i lägenheten efter henne. Även om mannen nu var närmare kameran, än ute på gatan, kunde man ändå inte se så mycket mer av honom. För att det var en man var David ganska säker på. Men så mycket mer gick inte att se eftersom han hade en mask över ansiktet och bylsiga kläder. Alice skrek till men inte särskilt högt. Det var bra ljudupptagning i lägenheten så David kunde med lätthet höra att Alice bad mannen att inte skada henne. David uppfattade också att hon inte lät särskilt rädd på rösten. Snarare mån om att låta sexig.

Det var tydligt att allt var noga riggat. Lägenheten var lagom upplyst med smålampor. Det var halvmörkt men ändå tillräckligt ljust för att man tydligt kunde se allt som hände. När dörren smällde igen efter dem byttes det till ännu en annan kamera inne i lägenheten. David undrade om det var Lacke som bytte kamera, utifrån bästa vinkel, som på direktsända shower och sportevenemang.

Det var ett enkelt rum med en soffa, en fåtölj och ett skrivbord. Väggarna kändes kala trots att det hängde en stor spegel på ena väggen och några massproducerade tavlor från IKEA på de andra. Knappast Alice hem. Det såg snarare ut som en ungkarlslya. Förutom spegeln då möjligen.

Det såg inte ut som om förövaren tog i speciellt hårt. Han hade ett grepp om henne bakifrån med armen runt hennes hals. Alice stod passivt och verkade vänta på vad som skulle hända. Mannen tog ett steg in i vardagsrummet, med Alice framför sig, och riktade sig mot kameran. Först såg det nästan ut som att han gjorde det medvetet. Men när det slog över till ny kameravinkel för några sekunder såg man att han ställt sig framför spegeln. Snart skiftade det igen till en kamera som verkade sitta ovanför spegeln.

Fortfarande med handskarna på drog den maskerade mannen långsamt upp Alice blus och tvingade in ena handen under hennes röda spets-bh. När han fattade tag om hennes bröst riste det till i Alice som om hon njöt. Han släppte strax taget igen och drog långsamt av hennes jacka. Från ingenstans hade han plötsligt en kniv som han smekte längs hennes hals. Alice lutade huvudet tillbaka och särade på läpparna. Antingen hade kniven gjort henne extra upphetsad eller så var hon väldigt bra på att spela. Han stoppade kniven innanför hennes blus och pressade eggen genom det tunna tyget. Det verkade inte behövas någon större kraft. När kniven var igenom gled tyget ner mot hennes sidor och blottar bh:n och hennes vältränade mage. Det verkade krävas lite mer kraft för att ta sig igenom hennes bh. Men det var ändå snart gjort. Hennes bröst var stora och fasta och det var tydligt att hon solat utan topp. Mannen lät kniven glida över hennes mage innan han med lätthet skar sönder även kjol och trosor.

Det såg ut som om Alice betraktade sig själv i spegeln när hon särade på benen och svankade så brösten putade lite mer. Mannens hand gled över kroppen och ner mot hennes rakade skrev. Alice stönade högt och började, med rytmiska rörelser, möta den handskbeklädda handen som gnuggade hennes underliv allt snabbare.

Mannens andra hand höll kniven mot hennes strupe. Alice verkade mer än bekväm. Hon fattade tag om sina bröst och smekte dem sensuellt medan hon såg på sig själv och mannen i spegeln.

Plötsligt viskade mannen något i Alice öra. Det gick inte att höra vad han sa med det syntes tydligt att det fick Alice att rycka till. Det såg ut som om hon försökte ta sig ur hans grepp och vända sig om.

"Vad fan gör du…?"

Mannen tog ett fastare grepp om hennes hals med ena handen. Alice såg ut som om hon försökte skrika med det kom inte ett ljud ur henne. David greps av ett starkt obehag när han såg henne kämpa för att komma loss. Hon lyckades inte. David försökte intala sig själv att det var just det här som det gick ut på. Det skulle ju föreställa en våldtäkt. Han tyckte att Alice verkade rädd på riktigt nu. Men han kämpade för att hålla fast vid övertygelsen om att det var en del av spelet. Han gissade att män som vill låtsas våldta kvinnor inte vill att kvinnan njuter så mycket som Alice gjorde nyss. David tänkte att våldtäkt till stor del nog handlade om makt. Så en våldtäkt där kvinnan njöt sexuellt räknades säkert som misslyckad. Särskilt om man betalat för det.

Det var när han skar henne över kinden som David förstod att något gått åt helvete. Den skräck han såg i Alice ögon var äkta. Det var inte längre någon tvekan om att hon kämpade för sitt liv. Eftersom mannen hade en hand runt hennes hals och höll kniven i den andra hade Alice fria händer. Hon drog först i förövarens ena arm för att få bort kniven. Men snart drog hon desperat, med båda händerna, i den hand som hade tag om hennes hals. Det framgick med smärtsam tydlighet att Alice inte fick luft. Hennes försvarsrörelser blev allt svagare. Men hon kämpade fortfarande för att lossa greppet om strupen när mannen drog kniven ner över hennes bröstkorg. Den lämnade en röd linje från hennes vänstra nyckelben till mitten av bröstkorgen. Blod sipprade från snittet ner över hennes bröst. Mannen höll kniven stilla innan han tog sats och tryckte kniven djupt in i hennes bröstkorg.

"Hjälp. Kom hit. Det går åt helvete." David skrek rakt ut.

På skärmen höll mannen fortfarande fast Alice. Hennes kropp ryckte häftigt och blodet pumpade ur hennes bröstkorg. När kroppen stillnat lät mannen den sakta glida ner mot golvet. Han höll upp henne i håret en kort stund. Det lät som om han mumlade något innan han kastade kroppen mot golvet med något som David tolkade som raseri.

Strax efter var mannen ute ur bild. Alice låg på golvet. Hennes ögon var vidöppna. David tyckte det såg ut som om hon tittade rakt in i kameran. Blicken full av panik. Men han förstod att hon var död. Blodet sprutade inte längre. Men blodpölen runt hennes kropp blev allt större. Då spydde David rakt ut.

39

Elin stod i tunnelbanans vänthall. Ett tåg gled just in på perrongen. Hon hoppades att Chibbe var med men hon hade sina tvivel. Han borde egentligen ha varit här för länge sedan. Först hade han ringt och sagt att han skulle bli lite sen. Han hade tydligen lovat att fixa en grej till en polare. Vad det var för grej som var så viktig den här tiden på kvällen ville han inte svara på. Men han hade sagt att det inte skulle ta lång tid. Så Elin hade satt allt hopp till att det verkligen bara var en grej. En helt annan grej än det David var inblandad i. Att Chibbe skulle komma snart. Att han skulle komma i god tid så han inte kunde misstänkas för att ha med Alice affärer att göra.

Klockan var nästan elva och enligt Chibbes sista meddelande skulle han ha kommit med förra tåget. Elin såg hur dörrarna öppnas. Det var inte de stora massorna som klev av den här tiden på kvällen så hon såg ganska snabbt att han inte var med på det här tåget heller. En uppgiven suck undslapp henne och känslan av obehag blev starkare. Då ringde telefonen.

"Hallå."

"Det är jag. Sorry. Jag är på väg till sjukhuset. De ringde om min mamma. Jag vet inte vad som har hänt. Jag ringer dig sen. Puss."

"Men vart ska du? Ska jag komma?"

Men det var för sent. Chibbe hade redan lagt på. Det var bara för henne att bege sig hemåt ensam. Hennes plan hade gått om intet. Vilket inte var så bra eftersom hon faktiskt gjort tvärtom vad både Gunvor och David uppmanat henne till. Hon ville så gärna bevisa Chibbes oskuld. Men det var klart. Om han nu var på sjukhuset med sin mamma så kunde han bli friad från misstankar ändå.

Hon fick lite dåligt samvete inför Chibbe också. Här gick hon och tyckte synd om sig själv. Hon som både snokat och förställt sig för honom. Hon hoppade att det inte var för illa med hans mamma. På ett sätt kunde det kanske bli bra för både Chibbe och hans mamma om sjukvården nu såg att hon behövde hjälp. Chibbe hade faktiskt också rätt att skapa sig ett eget liv. En vuxen man kunde inte alltid vara mamman till hands. Elin messade att hon hoppades att det skulle gå bra och att hon tänkte på honom.

När Elin var hemma igen gick hennes tankar till David och Gunvor. Hon hoppades att David fick vara hjälte ikväll. Att alla trådar nystades upp så de kunde avsluta fallet. Att de fick klarhet i vad det rörde sig om och kunde ge det vidare till polisen. Så hon själv fick tid och ork att ägna sig åt skolan igen och kanske träffa Chibbe under mer normala omständigheter.

40

När Gunvor hörde David skrika tvekade hon inte utan gav sig direkt av till hotellrummet. Hon förbannade sig själv för att hon inte förberett sig på detta. För även om hon inte visste vad som hänt så förstod hon att något hade gått riktigt åt helvete. Först nu när det hände insåg hon att de inte hade någon som helst backup-plan. David och hon var ensamma i city. Manuel följde visserligen vad som hände David. Men han satt hemma i sin lägenhet i Årsta. Och Aidan befann sig strax på sitt plan. På väg bort. Hon visste inte om Lacke var kvar på hotellet men just nu struntade hon i vilket. Hon visste bara att hon måste hjälpa David.

Tack och lov stod en ledig hiss på bottenvåningen som hon tog till åttonde våningen. Hon insåg vilken tur det var, eller kanske välplanerat av Lacke, att det var just på åttonde våningen som David har sitt rum. Det var samma våning som hotellets spa och bar och därmed den enda våningen man kunde åka till utan att visa rumskortet i hissen. Samtidigt som hon var tacksam för turen kände hon ännu ett styng av misslyckande eftersom det inte ens slagit henne att kolla upp det innan.

Sekunderna kändes som evigheter när hissen åkte uppåt. Till råga på allt stannade den till på våning två där ett något överförfriskat par inte kunde bestämma sig för om de skulle åka upp till baren på taket eller ner till lobbybaren. När Gunvor till slut påpekade att hon hade bråttom lät de henne åka efter en spydig kommentar om vilken surkärring hon var. Det gjorde riktigt ont i henne eftersom det kändes alltför sant. Och inte blev det bättre av att hennes inre, stränga rösten malde på om att hon inte borde ha förtur till ett så krävande jobb om hon inte ens orkade springa upp för några trappor.

Det var tydligt skyltat så Gunvor hittade snabbt fram till Davids rum. Dörren stod på glänt. Hon kikade försiktigt in. När hon såg att David var ensam klev hon in och stängde bakom sig.

"Vad händer?"

På bordet stod datorn som hon hört Lacke berätta om tidigare. Den var påslagen men man såg inte annat än en bakgrundsbild med skogsmotiv. Inga filer eller mappar på skrivbordet vad Gunvor kunde se. David satt på sängen och stirrade ner i golvet. Det luktade för jävligt. När Gunvor tog några steg in i rummet såg hon att David har kräkts i papperskorgen. Instinktivt tog hon med den ut i badrummet och sköljde snabbt av den i duschen. Det slog henne att det nog fanns viktigare saker att göra just nu. Så hon gick tillbaka ut till rummet igen, satte sig på sängen bredvid David och la handen på hans axel. Då tittade han upp på henne med tårfyllda ögon.

"Han mördade henne."

Gunvor kunde inte annat än stirra på David som återigen såg ner i golvet. Hennes tankar kastades fram och tillbaka mellan *Vad har jag dragit in honom i?* och *Vad fan ska jag göra?* Det var först när telefonen ringde som hon kom ur det. Det var Manuel.

"Jag hörde. Nu är det bråttom. Är länken kvar på datorn?"

"Nej." Hon vände sig mot David. "Vad hände med länken?"

"Den försvann innan du kom. Jag såg inte hur det gick till."

"Okej. Jag hörde. Torka av allt ni tagit i och gå därifrån. Det är viktigt att ni är lugna. Låtsas vara mamma och son. Lämna hotellet som om ni ska ta en promenad eller gå och ta en drink. Skynda er. Jag hänger kvar i telefonen medan ni städar."

Gunvor tog upp två tygservetter, som hon alltid hade med sig, och gav den ena till David.

"Torka av allt du tagit i."

Till sin förvåning gjorde han genast som hon sa. Han såg nästen lite manisk ut när han torkade av datorn. Tygservetterna hade hängt med Gunvor sedan hon började jobba på byrån, just av anledningar som denna. Hon försökte tänka efter vad hon tagit i och gick sedan till badrummet för att hämta papperskorgen och torka av duschhandtaget. När de var klara lyfte Gunvor luren till öret igen.

”Vi är klara.”

”Okej. Får jag prata med David innan ni går?”

Gunvor räckte över telefonen till David utan ett ljud. Han nickade och hummade som svar till vad Manuel nu än sa. När samtalet var avslutat räckte David över telefonen och såg allvarligt på Gunvor.

”Nu går vi. Jag är din yngsta son och vi har bara varit här och tagit en drink för att fira att jag äntligen fått ett jobb. Nu är vi på gott humör och på väg hem. Jag vore tacksam om du kan stötta mig. Det känns som om jag ska svimma.”

Gunvor nickade och fattade David under armen, la tygservetten på handtaget och öppnade dörren. Innan de gick mot hissarna torkade hon handtaget på utsidan. Hon var tacksam över sin förmåga att kunna prata om vad som helst. När hon drog igång en harang om för- och nackdelar med att bygga ut bastun hoppades hon att Davids stela min kunde tolkas som en ung människa som just nått gränsen för vad han orkade med att höra på vad gällde mammas prat.

41

”Varför ringde vi inte bara polisen?” När de tittat på filmen tre gånger fick David äntligen tillfälle att ställa den fråga som gnagt inom honom sedan han bevittnade det fruktansvärda. Hela vägen under promenaden till Centralstationen och sedan i taxin på väg till hem till Manuel hade den snurrat i Davids huvud.

”För att vi är lite väl ute i gråzonen. Vi borde helt enkelt ha pratat med polisen innan. Men vi ville alla, även du vad jag kan komma ihåg, lösa fallet själva för att vi alla hade något att vinna på det. Eller hur?”

David nickade till svar men förstod ändå inte riktigt.

”Men det är väl bara att säga som det är. Hade vi ringt från hotellet hade de kanske kunnat få tag på mördaren?”

”Hur då? Vi vet ju inte var det utspelade sig. Eller hur? Vi har kollat på filmen flera gånger nu men vet fortfarande inte vart det är.” Manuel försökte att inte låta anklagande på rösten. Men han var angelägen om att visa att han menade allvar.

”Och du har, i allra högsta grad, haft fingrarna i den förbjudna syltburken. Du är ju varken diplomerad eller ens ordentligt anställd som privatdeckare. I polisens ögon skulle du bara vara en ung slyngel som betalat för att se ett övergrepp. Vem skulle kunna bevisa att du faktiskt inte betalat för att se en snuff movie i realtid?”

David blev helt skärrad när han förstod vad Manuel sa. Gunvor skyndade sig att ta vid för att lugna honom lite.

”Polisen kommer inte att kunna koppla dig till det här om vi inte säger något. De som arrangerat det kommer knappast att bry sig om dig mer. De har ju fått dina pengar. Och de antar väl att du vill ligga lika lågt om det här. Eller vad tror du, Manuel?”

”Vi vet ju inte ens om det finns någon mer bakom det här än Lacke. Chibbe är troligen inblandad men det har vi inga bevis på. Bara indicier.”

”Vad då indicier?” David hängde inte riktigt med.

"Vi är ju så gott som säkra på att han är medskyldig till misshandeln på Mikael. Men vi har inga bevis för det eftersom Mikael vägrar prata. Vad gäller Alice speciella sexliv är det bara Lacke du pratat med.

Manuel såg fundersam ut.

"Vi borde kanske prata med Mikael igen. Han vet ju faktiskt något som inte vi vet. Och kanske påverkar Alice död hans villighet att prata."

"Tror inte det är något idé att jag pratar med honom igen. Han var väldigt övertygande när han bad mig gå. Kanske ska du ge det en chans? Bara inte den här tiden på dygnet." Gunvor tittade på klockan som var en bra bit över midnatt.

"Undrar hur hon har det?"

Manuel och Gunvor glömde bort vad de pratade om och såg bekymrat på David.

"Hon har det bra där hon är nu." Gunvors tröstande försök med religiösa övertoner lät inte alls särskilt övertygande.

"Jag har inte hört något på polisradion än. Märkligt."

Manuel hade en hörsnäcka i ena örat där han avlyssnat polisradion ända sedan han hörde David ropa på hjälp.

"Lacke, eller vem det nu än är, kanske ville ta bort kamerorna först. Eller så gör han allt han kan för att sopa igen spåren efter sig och lämnar till någon annan att upptäcka vad som hänt. Någon stackars granne."

"Nu." Manuel spetsade öronen. "Nu har polisen fått ett larm om en 24:a."

Gunvor förklarade tyst för David att det var polisens rapporteringskod för mord eller dråp. Manuel såg förbryllad ut.

"Jag vet fan inte. Vänta…"

David och Gunvor såg på Manuel medan han lyssnade intensivt.

"Konstigt." Manuel tittade upp på dem. "Det stämmer precis med ert span. Kvinna i 30-årsåldern som blivit knivstucken i hjärtat."

"Vad är det för konstigt med det?" Gunvor undrade vad Manuel hade för sig.

171

Manuel satt tyst en stund, och lyssnade på radion, innan han svarade.

"Hon hittades utomhus. På en parkeringsplats nära Hägerstenhamnen."

"Det måste vara någon annan." Gunvor kunde inte tro att någon ensam gärningsman släpat iväg med en blodig kvinna.

"Vänta." Manuel höjde handen och lyssnade intensivt.

"Det brinner i ett industrihus någonstans i Örnsberg. Det är i samma område."

"Det såg ju ut som ett industriområde på filmen," bröt David in.

"Då är det hon." Manuel var säker på sin sak.

"Men borde vi inte kolla så att det säkert är så?"

"Jo, så klart. Jag lyssnar vidare på radion. Det kommer nog ta en stund. Med tanke på att hon blev mördad kommer de att göra en teknisk undersökning på plats först. Sedan får jag förhoppningsvis höra något om vad de gör med kroppen. Ni kan väl ta en macka och lägga er och vila tills det händer något. Jag följer utvecklingen så länge."

Gunvor nickade tacksamt mot Manuel men både hon och David blev sittande i vardagsrummet ytterligare en stund. Var och en i sina egna tankar. Manuel släppte helt fokus på dem och ägnade sig helhjärtat åt att avlyssna polisradion.

Gunvor hade svårt att få bort bilden, av det ögonblick då någon stack kniven i Alice hjärta, från näthinnan. Trots att hon själv, som kirurg, satt kniven i ett otal människor så var den här bilden värre än något hon någonsin upplevt. När hon själv skurit i människor hade det varit med uppsåtet att rädda liv. Det hon nyss bevittnad hade handlat om det motsatta. Att kallblodigt, med ett snabbt och precist hugg, ta livet av någon. Av Alice.

Med tanke på hur hårt Gunvor drabbades, som ändå sett en hel del i sitt liv, förstod hon att David befann sig ännu längre in i mörkret. Det måste ha varit förfärligt för honom. Att se det när det hände. Utan att kunna stoppa det. Utan att kunna hjälpa. Utan att kunna göra något som helst. Gunvor såg på David och en moderlig ömhet välde upp inom henne. En längtan efter att kunna bespara honom allt detta hemska. En längtan efter att kunna trösta. På riktigt. Men just nu klarade hon inte så mycket mer än att sträcka ut handen och stryka honom över armen.

”Kom.” Gunvor ville dra upp både David och sig själv ur det hopplösa, inre landskapen dit de förvirrat sig. Men det enda hon orkade med var att fösa in honom i köket och ge honom något att äta. På något sätt brukade det kännas tryggt att äta när känslorna var utom kontroll.

Trots att Manuel fortfarande var ungkarl bodde han i en rymlig trea. Kylskåpet visade sig, mot Gunvors förutfattade mening, vara förvånansvärt fullt. Så hon drog ut en stol till David och plockade fram smör, en vällagrad Svecia och rökt skinka. Hon dukade också fram två olika sorters juicer och en mjölktetra. Glas, fat och knivar var lätta att hitta. Sist men inte minst hittade Gunvor en nästan orörd baguette som hon la på en skärbräda av trä.

De åt snabbt och under tystnad. Sedan lade de sig, sida vid sida, i den stora dubbelsängen. Även om tankarna till en början snurrade i bådas huvuden somnade båda inom några minuter. Det sista Gunvor tänkte innan hon somnade var att hon borde ha ringt Elin även om det var sent.

42

Elin hade svårt att sova. Hon funderade igen på om hon skulle ringa, eller i alla fall messa, till Gunvor eller David. Hon hade en orolig känsla i magen, även vad gällde dem, och hon hade en längtan att få veta att allt var okej. Men hon bestämde sig ändå för att invänta att de tog kontakt. Det var ju så de bestämt. Om inte tidigare skulle Gunvor ringa halv åtta imorgon bitti och rapporterar om läget innan Elins mamma kom hem.

Elin ville så klart också känna sig helt säker på att Chibbe inte var inblandad i Alice mörka affärer. Att hon skulle falla så totalt för Chibbe hade hon aldrig kunnat tro. En man som tog sig rätten att kränka en okänd kvinna genom att ta henne mellan benen. Och inte bara en gång. Ända tills de kysstes för första gången hade hon bara sett honom som en ganska så vidrig looser. Men det var ändå inte bara sexuell attraktion hon kände för honom nu, några få dagar senare. Bakom den starkt blossande passionen kände hon både ömhet och värme.

Det var klart att hon förstod att han var inblandad i misshandeln av Mikael och hon hade ju sett med egna ögon att han kände den där Alice. Men hon hoppades ändå att det fanns en bra förklaring på allting.

När hon träffat honom kvällen innan, för andra gången, hade oron över att han inte skulle vara seriöst intresserad sakta börjat blåsa bort. Efter att han nu tjatat hela dagen om att få träffa henne kände hon sig helt säker på hennes känslor var besvarade. Så mitt i all oro för att han skulle vara inblandad i de dåliga affärerna kände hon ändå stråk av både lycka och hopp. Hon som alltid känt sig som den mest osäkra personen i hela världen. Hennes svaga tillit till män var i och för sig inte så märklig med tanke på att hon sett sin pappa misshandla mamman. Inte sönder och samman. Men en hel del knuffar och örfilar och framför allt en ständig oro för att trigga igång hans dåliga humör. Chibbe var stor och drog sig uppenbarligen inte för att använda knytnävarna. Men när hon upplevt hans lite blyga ärlighet mot henne kunde hon inte tro att han någonsin mer skulle vare sig kränka eller höja sin hand mot henne.

Även om han inte svarat på hennes tidigare mess under den senare kvällen så bestämde hon sig för att skicka ett nytt innan hon förhoppningsvis lyckade somna. Några sekunder efter att meddelandet gått iväg ringde telefonen. Det var Chibbe.

"Hej. Jag tänkte ringa förut men visste inte om du sov."

"Jag kan inte sova. Hur går det med din mamma? Är hon väldigt sjuk?"

"Nej, det är så jävla konstigt."

"Vad då?"

"Någon ringde och sa att det hänt en olycka och att jag skulle skynda mig till akuten. Men när jag kom dit var hon inte där. Jag blev skitskraj och tänkte att hon kanske hade dött. Så jag tjatade en del på dem där på sjukhuset. Till slut kom en vakt som började dra i mig. Men han var schysst också och fick mig att börja tänka. Han sa att jag skulle ringa mamma och kolla innan jag bråkade något mer. Det hade ju inte slagit mig eftersom jag var hundra på att hon var där på sjukhuset."

"Fick du tag på henne?"

"Ja. Hon var hemma. Inget hade hänt. Förutom att hon blev sur som fan för att jag väckte henne."

"Det låter ju helt sjukt. Vem gör en sån grej?"

"Precis. Och varför?"

Elin försökte tänka hur Gunvor skulle ha sett på den här situationen. Hon skulle säkert ha misstänkt Chibbe för att ljuga. Att han försökte dölja vad han egentligen hade gjort ikväll. Men Elin bara visste att han inte ljög.

"Vill du komma hit? Men i så fall måste du gå innan halv åtta i morgon."

"Så klart jag vill. Jag tar en taxi."

Elin fick fjärilar i magen. Hon skulle snart få känna hans hud mot sin. Trots att hon hade svårt att koncentrera sig på annat försökte hon ändå ägna några minuter åt att förstå varför någon skulle iscensätta det där med hans mamma. Men hur hon än vred och vände på det kom hon inte fram till något självklart svar. Hon hade heller inte kommit fram till hur hon skulle berätta för Gunvor att hon träffat Chibbe trots alla förmaningar.

När Chibbe messade igen sprang hon ner för att öppna porten och var noga med att ställa deras egen på vid gavel så Chibbe inte skulle se vad det stod för efternamn på dörren. Inte för att hon trodde att han skulle ägna det någon som helst uppmärksamhet. Men hon ville hur som helst inte riskera att han skulle upptäcka att hon ljugit om sitt namn. Det gjorde han inte heller. Tjugo minuter senare låg hon och Chibbe i den smala sängen i det som fortfarande hade stora drag av ett flickrum. Till skillnad från deras tidigare möten låg de och höll om varandra en lång stund, pussandes och pratandes om det som hänt, innan lusten tog över.

43

Klockan var strax efter fem när Manuel försiktigt väckte Gunvor. Han var mån om att låta David få sova vidare så han vinkade till henne att kliva upp och komma ut i vardagsrummet. Gunvor gick på toa först och passade samtidigt på att skölja ansiktet i kallt vatten. Hon hade sovit oroligt, och bara få timmar, men hon kände sig någorlunda beredd att arbeta. I vardagsrummet stod en rykande färsk latte och en bit baguette, med både ost och skinka, på soffbordet. Manuel pekade på den framdukade frukosten.

"Åh, tack."

"Varsågod. Det var det lilla."

"Hur går det?" Gunvor satte sig i soffan och tog genast en stor klunk av latten innan hon gav sig på mackan.

"Kroppen har skickats till SÖS."

"Okej. Till akuten, eller?"

"Nja, det finns väl inget akut man kan göra för henne längre. Men de har en obduktionsavdelning så vitt jag vet. Hon ligger kanske på akuten tills anhöriga blivit kontaktade och sett henne. Eller vad fan… de måste väl snygga till henne innan hon går att visa upp. Jag vet ärligt talat inte. Jag har aldrig haft med mord att göra innan." Manuel såg både trött och uppgiven ut. Hans annars så välkammade, svarta hår stretade åt all håll och han var mörk under ögonen.

"Jag kan ringa om jag bara vet vart."

"Ja, jag vet inte mer än dig. Det är ju du som jobbat på sjukhus och vet hur det fungerar."

"Jag har inte jobbat så mycket med våldsbrott och har faktiskt dålig koll på hur det hanteras. De fall där jag varit inblandad har de ju levt och kommit in för akut operation. När de redan avlidit är det ju obducenten som kallas in."

Gunvor gjorde sitt bästa för att minnas allt hon hört om saken när hon fortfarande var i tjänst. Men det var inte mycket som dök upp. Antagligen hade hon inte varit särskilt uppmärksam eller så lade hon bara inte informationen på minnet. Hon hade många gånger erkänt att hon tillhör typen som visste otroligt mycket om det som intresserade henne och i det närmaste ingenting om saker som hon inte hade någon nytta av. Inte för att hon inte hade tillgång till informationen. Utan för att hon inte lyssnade tillräckligt noga och snabbt glömde sådant som hon inte tyckte bekom henne. Eller det var i alla fall så när hon arbetade som läkare. Som spanare visste man aldrig vad som var viktigt. Så numera hade hon lärt sig att lägga märke till, och minnas, de mest ovidkommande detaljer. Men det hjälpte inte i det här läget.

"Det är ju inte ens säkert att de har identifierat henne. Den som gjorde det här kanske brände upp allt för att sopa igen spåren efter sig."

"Sant. Men vi måste försöka. Jag ringer akuten. Syrrorna där brukar ha koll. Hade hon legitimation på sig så finns hon ju i databasen. Nog för att hon i det närmaste var naken när hon dog. Men mördaren kanske vill att hon ska identifieras." Gunvor reste sig med latten i handen. "Är det okej att jag går ut på din balkong?"

"Absolut. Men är det inte lite väl friskt så här tidigt på morgonen?"

"Säkert. Men jag behöver piggna till."

Gunvor funderade någon minut innan hon letade upp numret till kirurgakuten på SÖS och ringde. Det var fortfarande obehagligt för henne att ha med sjukhus att göra och hon gillade verkligen inte att ljuga för en kår som hon hade så enorm respekt för. Så när någon till slut svarade i andra änden hörde hon hur hennes egen röst darrade. Gunvor tröstade sig med att det bara var till hennes fördel eftersom hon faktiskt skulle låta orolig. Det normala var väl troligen att ringa polisen när något i den här storleksordningen hänt. Men hon hoppades kunna undvika alltför stor uppmärksamhet från ordningsmakten genom att kontakta sjukhuset direkt.

"Kirurgakuten, det är syster Anna."

Rösten i andra änden kändes både trevlig och lite stressad.

"Hej. Jag vet inte om jag ringer helt fel men jag är så orolig för en väninna. Vi skulle ha ätit middag igår. Men hon dök aldrig upp och hon har inte svarat i telefon på hela kvällen. Ja, det kanske verkar dumt att ringa sjukhuset så här men hon har inte mått så bra på sistone. Varit ganska ledsen faktiskt."

"Har hon någon vän eller partner som du kan ringa? Det brukar vara det bästa sättet."

"Hon har ingen man och jag känner ingen av hennes vänner eller familj. Vi lärde känna varandra genom en AA-grupp och har pratat ganska mycket. Bara hon och jag."

"Du kanske ska ringa polisen."

"Du kan inte svara mig på om ni fått i en kvinna född -86 då? Alice Hamrin."

Tystnaden, i andra änden av luren, var talande även om den bara pågick i några sekunder.

"Om du kommer hit kan vi prata om det. Vet du hur du hittar till kirurgakuten?"

"Så hon är där?" Gunvor insåg själv hur skärrad hon faktiskt var på riktigt när hon hörde sin gälla röst.

"Det vore väldigt bra om du kunde komma hit."

Gunvor avbröt samtalet. Hon hade fått veta det hon behövde. Det fanns ingen anledning för henne att åka till sjukhuset och bli intrasslad i samtal med vårdpersonal och polis. Hon hade redan spridit lögn nog om den stackars döda kvinnan.

Hon mötte Manuels blick genom balkongfönstret och nickade. Så slog hon Elins nummer. Elin svarade först efter en lång stund och lät sömndrucken vilket inte var så konstigt med tanke på att klockan bara var runt halv sex.

"Jag trodde vi skulle höras halv åtta. Har det hänt något?"

Gunvor tyckte att hon hörde en mansröst mumla i bakgrunden.

"Vem är där?"

"Vänta."

Gunvor hörde Elin viska. Men det var uppenbart att det inte var till Gunvor. Sedan hördes mjuka steg och en dörr som försiktigt stängdes.

”Vem är där?”

”Ingen särskild.” Elin viskade sitt svar.

”Det var nog det dummaste svar jag någonsin hört. Har du någon, lite bara vem som helst, i ditt sovrum halv sex på morgonen. Jag gissar att du är för nyvaken för att komma på en bra lögn. Vem är det?”

”Det är inte som du tror.”

”Hur exakt är det då?”

”Kan vi inte ta det här sedan?”

”Så det är Chibbe?”

Elins tystnad talade för sig själv. Gunvor blev både arg och rädd. I värsta fall hade Elin delat säng med en mördare. Gunvor kunde inte berätta vad som hänt under natten. Inte över telefon. Inte när Elin var ensam med Chibbe. Om han anade att Elin visste något skulle hon kunna befinna sig i stor fara.

”Vi måste träffas. Det har hänt något som jag inte kan berätta på telefon. Jag är i Årsta nu men vi ses hos mig om en timme.”

Gunvor la på för att göra tydligt att det inte fanns utrymme att förhandla om tidpunkten för mötet. Hon gick in till Manuel och berättade att Elin var med Chibbe.

”Jag tar med mig David hem till mig. Vi pratar igenom alla detaljer med Elin så kan vi höras senare.”

”Det blir bra. Jag sover några timmar och sedan finns jag på kontoret.”

Manuel ringde en taxi medan Gunvor skakade liv i David. Han såg plågad ut men sa inget om det utan satt tyst det mesta av bilfärden till Elsa Beskows gata. Väl i Gunvors lägenhet la han sig, på Gunvors uppmaning, i hennes säng med en filt över sig.

Ute i köket gjorde Gunvor sig en påtår. Hon suckade uppgivet när hon fick syn på den tomma vinflaskan.

”Jag har fan inte dragit in goda saker i Elins liv.” Hon mumlade för sig själv. Det dåliga samvetet slog till med full kraft igen. Gunvor kunde inte ducka för att hon utsatt en ganska så oskuldsfull och oerfaren tjej för situationer som hon uppenbarligen inte kunde hantera. Det ledde ingen vart att vara sträng och krävande mot henne. Det var dags att plocka fram tålamodet och förklara läget, så tydligt som bara möjligt.

44

Gunvor hade precis satt sig på balkongen för att, så gott det gick med tanke på situationen, försöka njuta sin latte och gryningssolen när telefonen ringde.

"De har hämtat Mikael. Jag vet inte vad jag ska ta mig till." Nadja lät helt förkrossad.

Gunvor blev livrädd. Enligt hennes beräkningar skulle Nadja ha gjort sig onåbar sedan igår och Mikael vara någorlunda skyddad på sjukhuset.

"Vem? Samma personer som misshandlade honom?"

"Nej. Polisen."

Gunvor förstod ingenting. Hon kunde verkligen inte se varför polisen skulle hämta Mikael. Men hon fick snart svar av Nadja.

"Han ska förhöras för mord på någon kvinna. Hon hade anmält honom för trakasserier så sent som igår."

Gunvor ville så gärna kunna säga något klokt och lugnande till Nadja men inte ett ord kom över hennes läppar. Det var inte bara i telefonen det var tyst. Det var som om Gunvors tankar stannat upp. Som om det blivit ett stort vacuum i henne. Det fanns inte tillstymmelse till bitar som föll på plats. För det som hände nu var fullständigt obegripligt. Till slut kunde hon i alla fall samla sig till att fortsätta samtalet.

"Men Mikael är väl på sjukhuset?"

"Han skrevs ut igår. Strax efter att jag kom hem från fiket ringde han och sa att han var på väg. Så jag packade och väntade på honom."

"Var ni tillsammans sedan? I så fall är du hans vittne."

Nadja svarade inte men Gunvor hörde henne snyfta.

"Inte?"

"Så fort han kom hem berättade jag att jag pratat med dig och att du sagt åt mig att åka bort någon dag. Att jag tyckte att det var en bra idé men att jag ville vänta på honom. Han gick med på att sätta sig i bilen och åka till något hotell i en annan stad. Jag hade redan tagit ut kontanter till betalningen. Jag ville, som du, att vi skulle få vara ifred tills vi hörde från dig om att allt löst sig. Det kändes också bra att vi skulle få prata igenom allt på neutral mark utan att jobb och annat störde. Men då ringde hans telefon."

Nadja tystnade. Men sekunden efter hördes en kraftig snyftning.

"Vem vad det?" Gunvor hade full förståelse för att Nadja hade svårt att prata. Men eftersom det tydligen var krisläge måste Gunvor få ur henne informationen så snabbt som möjligt. Gunvor hörde Nadja ta ett djupt andetag och plötsligt var hon samlad igen.

"Jag vet inte. Men jag gissar att det har med den här skit-historien att göra för plötsligt ville han inte åka iväg med mig. Det var något om ett viktigt möte. Han propsade på att jag skulle resa iväg själv så då gjorde jag det. Men inte längre än till Grand Hotel. Där satt jag i baren det mesta av kvällen. Inte för att jag drack så mycket. Jag ville bara inte vara själv. När baren till slut stängde gick jag upp till rummet. Men jag var för orolig för att kunna somna så till slut tog jag en taxi hem. När jag kom hem satt Mikael uppe och drack whisky. Han var full och jag kunde se att han gråtit. Han svamlade något om att han varit inlåst. Jag tänkte att det var fyllesnack och försökte få honom att sova. Men han bara grät och grät. Och mitt i allt kom polisen för att hämta honom. Två poliser stannade kvar och frågade mig om var jag befunnit mig de senaste timmarna. Jag sade som det var. Först efter det fick jag veta vad det rörde sig om."

Gunvor var mållös. Antingen var allt som hänt märkliga sammanträffanden eller så hade de med en riktigt beräknande och resursstark psykopat att göra. Om inte Mikael var mördaren vill säga. Kanske hade han fler drömmar än våldtäkt som han ville förverkliga. Kanske hade det slagit slint i honom när han tagit ett steg ut i sina fantasier. Kanske kunde han inte få ro förrän han tagit livet av henne. För det var tydligt att mordet hade starka, sexuella undertoner.

Gunvor vinkade frånvarande till Elin som kom promenerande över gården.

"Vad ska jag göra?" Nadja lät ynklig på rösten.

"Har du någon väninna som kan komma och vara med dig? Just nu är det bara att avvakta. Jag tror att de som säljer de här så kallade våldtäkterna pressar folk på pengar. Mikael var med största sannolikhet bara en i raden av många.

Men det är upp till Mikael vad han vill berätta för polisen. För å ena sidan kan han kanske bli friad om de tror på honom och lyckas spåra dem som ligger bakom den här absurda affärsidén. Men å andra sidan har han väldigt mycket emot sig. ”

Nadja var tyst en lång stund.

”Hur kunde det bli så här?”

Gunvor hade inget bra svar på det så de avslutade samtalet efter att de bestämt att de skulle höras så fort de visste något mer.

45

Elin hade helt tappat fattningen när Gunvor ringde och väckte henne. Chibbe hade också vaknat till av signalen så hon gick ut i köket och stängde dörren efter sig. Elin hörde på Gunvors röst att något var fel. Och inte blev det bättre av att Gunvor avslöjade Elins kupp. Det var inte så här Elin hade planerat det. Tanken var att Chibbe skulle hinna få både frukost och lite kärlek innan det var dags att mota iväg honom kvart över sju. När hon smög tillbaka in i sovrummet satt Chibbe på sängkanten och såg yrvaken ut.

”Vad händer?”

”Mamma har blivit magsjuk och är på väg hem så du måste gå.”

”Kan jag inte få träffa henne då?” Chibbe såg hoppfull ut.

”Hon vet inte att vi har träffats och hon är magsjuk. Vi får nog hitta ett bättre tillfälle för att presentera er för varandra.”

”Okej. Jag fattar.” Chibbe såg moloken ut men började klä på sig.

”Jag är ledsen.”

”Det är lugnt. Kan vi ses efter ditt plugg idag?”

”Ska du inte jobba?”

”Jag vet inte. Har inte hört något. De är nog på herrgården. Men jag drar till kontoret och kollar när jag fått sova lite mer. Någon har ju hållit mig vaken i natt.” Chibbe reste sig och drog in henne i sin famn. Elin kunde inte motstå att stanna där en liten stund.

Det var först när dörren slagit igen efter Chibbe som det slog Elin att han sagt något som väckt upp ett minne. Det var det med herrgården. Det måste hon berätta för Gunvor.

När Elin kom in på gården såg hon Gunvor på balkongen. Hon vinkade men verkade ha det mesta av sitt fokus på ett telefonsamtal. Ytterdörren var låst men Elin ringde inte på utan väntade bara. Efter någon minut kom Gunvor och öppnade. När Elin stod ansikte mot ansikte med Gunvor var det inte längre någon tvekan om att det hänt något riktigt hemskt.

”Vad händer?”

”Kom in först.”

Elin gick in och stängde dörren bakom sig.

”Alice blev mördad igår kväll. David såg på när det hände. Polisen har just hämtat Mikael Franzén som misstänkt för mordet.”

Marken gungade under Elins fötter. Vad fan är det som händer? Allt skulle ju vara löst nu.

Gunvor ledde in henne i vardagsrummet och undrade självanklagande vad som hände med hennes intentioner om att ta det lugnt med Elin. Men hon tröstade sig med att hon i alla fall var tydlig.

De satt säkert en timme och pratade om det som hänt. Elin la korten på bordet och berättade allt om sin kväll. Hon såg att Gunvor fick en bekymrad rynka mellan ögonbrynen när hon berättade om att Chibbe fått ett samtal från sjukhuset. Hon förklarade inte varför och Elin orkade inte fråga. Medan Gunvor skrev ner allt på sin bärbara fixade Elin mer kaffe. På Gunvors uppmaning bryggde hon till dem alla tre och la ett gäng frysta croissants i ugnen. Då mindes hon.

”Det var en grej till.”

Gunvor tittade upp.

”Chibbe har flera gånger pratat om en herrgård som har med dem han jobbar att göra. Jag vet inte om det betyder något. Men jag ville berätta.”

”I vilket sammanhang har han pratat om det?”

”I går när jag frågade om han skulle jobba så sa han att han egentligen skulle det men sen inte hört något. Idag sa han igen att han inte hört något men att det antagligen berodde på att de var på herrgården. Det var då jag mindes att han sagt samma sak när jag tyckte att någon tittade på oss på kontoret. Han mumlade något om att de borde vara på herrgården.”

”Bra jobbat, Elin. Jag vet att Daniel och Alice ägde en gård för länge sedan men de verkar inte ha den kvar längre. Jag ska be Manuel kolla upp om de hyr något annat.”

Både Elin och Gunvor ryckte till när dörren till sovrummet öppnades. David var rufsig i håret och sömndrucken.

"Jag kände lukten av kaffe."

Gunvor uppmanade ungdomarna att äta frukost. Själv hade hon fått en idé. Det var visserligen väldigt tidigt men folk vaknade väl inte av ett mess. Hon beslutade sig för att skicka det nu så fick han svara när han kunde.

Hej. Såg du till Alice eller någon av hennes kumpaner på Sturehof igår? Det har hänt något fruktansvärt och jag behöver veta om de sågs i sällskap med någon man.

Svaret kom direkt.

Nope. Sjuk.

Gunvor blev konfunderad. Hon hade ju sett Fredde igår, till synes helt frisk och kry. Märkligt. Men kanske var han en sådan som sjukskrev sig lite som han hade lust när han inte iddes jobba. Kanske var det så folk gjorde. Det var inget hon någonsin ägnat en närmare tanke. Gunvor kunde inte minnas att hon sjukskrivit sig en enda dag i sitt liv. Men hon var också medveten om sin oförmåga att känna efter både nu och då. Under alla år som kirurg brukade hon säga att det var få sjukdomssymptom som inte kunde utplånas av en cocktail på panodil och ipren.

De blev sittandes länge vid frukostbordet. Elin ställde fråga efter fråga till David. Först blev Gunvor rädd för att han inte skulle klara det och var på väg att avbryta Elin. Men när hon såg att David liksom långsamt tinade upp på något vis lät hon det vara. Det var antagligen precis det här han behövde göra. Älta det om och om igen.

Trots att Gunvor ansträngde sig för att hålla sig neutral utstrålade hon ogillande när Elin berättade för David om Chibbe. Ungdomarna gjorde vad de kunde för att ignorera det. Gunvor, som hörde hur David och Elin snabbt fick tillbaka både energi, engagemang och drivkraft när de ventilerar händelserna med varandra, började plocka med disken för att hålla sig ur vägen en stund.

"Man borde kunna ta reda på vem som hyrde eller ägde lägenheten eller var det nu var som den där filmen spelades in. Vi borde åka dit och kolla den exakta adressen. Jag såg ju hur det såg ut eftersom en kamera filmade när de kom gående. Du har ju också sett, Gunvor." David verkade ha kommit hel ur sin chock och var redo att jobba igen.

"Men det lär ju vara avspärrat." Elin såg fundersam ut när hon strök ihop smulorna från sin croissant i en liten hög på köksbordet.

"Jo, men lite borde man kunna se om man går förbi på gatan. Det lär ju framgå vilken port det rör sig om."

"Bra idé, David. På nyheterna står det i alla fall vilken gata. Så det blir inte svårt att hitta. Men ät klart i lugn och ro först. Jag behöver en dusch."

Gunvor gick mot badrummet men stannade upp i dörröppningen.

"Jag måste också ringa Manuel och berätta vad som hänt Mikael Franzén och det Chibbe sa om herrgården. Och skypa Aidan."

46

Polisbilar blockerade vägen in till industriområdet så de vände, parkerade ett kvarter bort och promenerade sedan in på Instrumentvägen. Där vägen svängde, längre fram, stod flera polisbilar parkerade. Men så långt de kunde se var det inte avspärrat för gångtrafikanter. På grund av vägens krökning såg de ännu inte parkeringsplatsen där Alice hittades.

Vinden var ljum och solen ganska varm. Hade det inte varit för alla katastrofer hade det varit en underbar septemberdag. Trots det som hänt runt hörnet låg den här delen av gatan i förortssömnigt lugn. Gunvor slogs av tanken om lugnets bedräglighet. Om hur lätt allt kan slås i spillror från en sekund till en annan. Vis av egen erfarenhet hade hon de senaste åren haft svårt att tro på att det goda som dök upp i hennes liv var där för att stanna. Både känslor, människor och livsmönster förgås med lätthet hur hårt man än försöker hålla tag i dem. Som nu. På den stilla gatan som för bara ett halvt dygn sedan promenerades av en som nu var borta för att aldrig mer komma åter. Huruvida Alice var saknad var mer än Gunvor visste. Men Alice egna förhoppningar om vad livet hade kvar att ge henne var tagna från henne för evigt.

När de rundade kröken stannade David till för att få en överblick. Elin och Gunvor stannade också och tittade bort mot gatubilden längre fram. Polisens välkända avspärrningsband höll nyfikna på avstånd från den sista porten i den röda tegelbyggnaden. Bortom tegelhuset kunde de ana parkeringen.

"Det är här."

"Är du säker?" Gunvor såg på hans min att han var säker men kunde ändå inte låta bli att fråga.

"Jag är hundra. Jag känner igen de här husen. Och den breda gatan utan trottoar. Hon måste kommit gående härifrån, som oss."

"Vad tror du, David? Kan det ha varit vid den porten som kameran satt?"

"Absolut. Men jag kollar gärna lite närmare."

David och Gunvor gick mot avspärrningen medan Elin blev stående med sin mobil för att se om nyheterna uppdaterats sedan hon läste dem sist. När hon väl började gå hade hon fortfarande blicken på mobilen. Stegen var långsamma vilket gjorde att hon kom en bra bit efter de andra.

"Våra vägar möts igen. Vilken lycka. God förmiddag, vackra fröken."

Elin hajade till när det plötsligt stod en man framför henne. Han hade proper kostym och en hatt som han artigt lyfte när han hälsade på henne. Då såg hon att det var mannen som bjudit henne på champagne på Riche.

"Hej. Och tack för champagnen sist." Mer kom Elin inte på att säga. Det kändes både märkligt och väldigt otippat att träffa honom här.

"Mitt nöje, fröken. Bara mitt. Och tack för kyssen."

Elin rodnade när det slog henne hur mycket hans uppvaktning faktiskt betytt för henne där och då. Men så mycket hade hänt sedan dess. Men det fanns ingen anledning att berätta det för honom.

"Fuxen och jag väntar fortfarande."

Hon mindes hans fantasi och kunde inte låta bli att le. Trots att Chibbe upptog det mesta av hennes tankar kostade hon på sig att flirta lite milt med den oförarglige mannen som verkade så omåttligt förtjust i henne.

"Då får jag väl börja spara ut mitt hår då. Så det kan hänga långt ner på ryggen."

"Åh, vackra fröken. Det är redan perfekt. Helt, enastående perfekt."

Elin log mot mannen, stärkt av hans oförställda beundran. Så pekade hon efter Gunvor och David.

"Jag måste tyvärr gå."

"Mitt hjärta längtar till nästa gång. På återseende." Han bugade lätt och strosade sedan vidare.

Gunvor och David var redan framme i höjd med avspärrningen och spanade intensivt för att se eventuella spår efter en kamera på fasaden. Det stod en hel del nyfikna och hängde längs det blåvita plastbandet. Flera fönster var öppna på bottenvåningen och nu kändes också röklukten. Två poliser verkade ha i uppdrag att se till att ingen överträdelse skedde. De småpratade med varandra och tittade mot folkhopen medan andra poliser och civilklädda rörde sig både utanför och inne i huset.

Det var även full aktivitet vid parkeringsplatsen snett bakom byggnaden. Stora buskar växte tätt både längs fasaden och gångvägen som ledde till området där Alice hittades mördad. Gunvor förstod plötsligt mördarens val av väg. Efter midnatt var det garanterat inte många som rörde sig här och buskarna skymde sikten från de lägenheter som låg i närheten. Varför mördaren tog sig tid att släpa ut henne var dock fortfarande ett mysterium. Kanske ville han att hon skulle hittas snabbt. Eller kanske gillade han inte tanken på att hon skulle brännas. Att hans verk skulle förstöras. Eftersom personalen på sjukhuset kände till Alice namn måste det ha funnits något som identifierade henne. Mördaren ville tydligen att man skulle veta vem offret var.

På filmen hade mannen försvunnit innan inspelningen stoppades. Men han kanske inte gick längre bort än ur kameravinkeln. Väntade. Såg han när kameran slutade filma? Eller stoppade han inspelningen? Eller gick han bara för att hämta något som skulle skydda honom mot allt blod när han släpade ut henne? Eller var det Lacke som städat upp?

"Såg ni gubben?"

De andra tittade frågande på Elin.

"Han som vi mötte. Med kostym och hatt."

"Vi mötte ingen."

"Fan, vad märkligt. Det var han som försökte ragga upp mig på Riche första kvällen. Som gjorde att jag inte ville gå dit andra kvällen. Du minns väl, David?"

David mindes och nickade till svar.

"Ja, världen är bra liten ibland."

Elin kände sig stärkt av mötet men tyckte ändå att det var ett märkligt sammanträffande. Gunvor hade knappt lyssnat då hon i sina tankar iscensatte hur kroppen släpades ut ur byggnaden och bort till parkeringsplatsen.

David kände sig lättad över att få veta att Elin talat sanning om varför hon ville byta krog för spaning. Han kände sig samtidigt larvig som kände så. Men han erkände för sig själv att det var viktigt att Elin såg honom som professionell och inte trodde att han kärade ner sig i första, bästa tjej som log mot honom.

De blev stående en bra stund och tittade på aktiviteterna kring mord- och brandplatsen. Var och en i sina egna tankar. Gunvors handlade fortfarande om varför mördaren släpat ut Alice. Elins funderingar vandrade mest fram och tillbaka mellan det oväntade mötet nyss och Chibbe. David var mer praktiskt inriktad och det var också han som bröt tystnaden.

"Det är väl läge att leta på nätet efter vilka som har lägenhet eller lokal på den här adressen?"

"Bra där. Du börjar komma in i din nya roll på allvar." Gunvor kunde inte låta bli att le åt ivern som syntes så tydligt i Davids ansikte.

"Det står på nyheterna att det var en ledig lokal. Jag läste det när jag kom efter er. Men så glömde jag det när jag träffade den där mannen. Det spekuleras om att några kan ha ockuperat den i hemlighet."

"Ockuperat?"

David såg frågande ut och Elin undrade om han inte förstod ordets betydelse eller om han undrade vem som i så fall ockuperat. Hon utgick från det senare när hon svarade.

"De som spelade in filmen så klart. Lacke och gänget."

"Fan, då kommer vi inte vidare på den tråden heller. Om de inte hade kontrakt går de inte att bevisa att det var dom." David suckade tungt.

"Sant. Nu vet jag faktiskt inte vad vi ska göra." Gunvor var bekymrad.

"Det är ju för jäkligt. Vi vet en massa och samtidigt ingenting. Om vi inte gör något kanske Mikael hamnar i fängelse." David var frustrerad över att det kändes som om de inte tagit något som helst steg närmare en lösning trots att de jobbat så hårt.

"Såvida inte Mikael dödade Alice. Som en hämnd. Eller för att komma undan dem som pressade honom." Elin trodde egentligen inte själv på det. Men hon måste ändå prova att säga det. Se vad de andra tänkte om det. Det verkade i alla fall vara polisens teori.

”Ja, vad fan vet man. Nä hör ni, nu tar vi och vilar. Eller ni i alla fall. Det har varit en hård natt. Gå hem och umgås med era mammor och försök känna att livet är bra också. Så hör jag av mig när jag pratat mer med Manuel och eventuellt fått höra hur det utvecklat sig för Mikael Franzén.”

47

Elin beställde ett glas rosé trots sina föresvävningar att hålla sig nykter. Det var samma bartender som i lördags. Men han visade inga tecken på att känna igen henne. Vilket väl i och för sig inte var särskilt underligt med tanke på hur många gäster som passerade här per dygn. Efter att ha hällt upp hennes vin, tagit betalt och bjudit på en skål med rostade mandlar lutade han sig mot väggen och försjönk i sin mobil.

Elin satte sig vid bordet, nära uteserveringen, där hon suttit första kvällen med Mikael Franzén. De flesta andra gästerna satt utomhus men det var en jämn ström med folk som kom in för att handla i baren.

Elin hade inte hört av sig till Chibbe eftersom det fanns en chans att han redan skulle vara här. Eftersom han inte var det kunde Elin nu låtsas som om hon kom hit för att överraska honom. Om hon messat hemifrån och han svarat att han inte kunde träffas hade det antagligen förefallit märkligt om hon då gått hit ändå. Vilket inte varit till hennes fördel eftersom Elins alldeles egna planer byggde på att vara just på Sturehov. Dels för att träffa Chibbe men också för att leta efter Lacke. Om han varit där hade hon kunnat försöka tyda hans känsloläge. Kollat om det synts på honom att mordet gjort honom rädd eller om det verkade vara vardagsmat för honom. Försöka känna sig till om det var första gången något sådant hänt eller om mord stod på menyn i deras gäng. Men Lacke var inte där. Så hon väntade. Kvällen var ännu ung. Istället aktiverade hon sin andra plan.

Möt mig på Sturehof så fort du kan.

Chibbe svarade nästan genast.

Kul! Kommer! Åker från Karlaplan om 10 minuter.

Elin kollade på SLs hemsida för att beräkna ungefär när Chibbe skulle vara där. Hon knappade in ett telefonnummer som hon skulle ringa strax innan. Väntans minuter kändes som evigheter. Hon hann både gå på toaletten, beställa ett andra glas rosé och ringa innan Chibbe dök upp med ett leende på läpparna.

Han pussade henne och gick för att köpa en öl. Chibbe hälsade på bartendern genom att skaka hand och byta några ord.

När Chibbe till slut satt vid bordet sprutade orden ur Elin. Tyst, så ingen annan skulle kunna höra. Hon hade förberett sig flera timmar nu, vansinnigt rädd för vart samtalet skulle föra dem. Men samtidigt såg hon ingen annan utväg än att kasta sig ut. Snart fanns ingen återvändo.

"Jag måste bekänna en sak."

Chibbe såg på henne och visste inte om han skulle vara förväntansfull eller orolig.

"Eller jag måste faktiskt bekänna två saker." Elin försökte le mot Chibbe innan hon fortsatte. Men hon gissade att varken hon eller han blev lugnad av hennes ansträngda leende.

"Man kan säga att det är en god nyhet, hoppas jag i alla fall, och en lite sämre nyhet kanske."

Chibbe såg ännu osäkrare ut när hon sa det där med dålig nyhet.

"Jag har inte ljugit för dig men jag har undanhållit något."

"Du har redan en kille?"

Chibbes ansikte gick att läsa som en öppen bok. När Elin skakade på huvudet pustade han ut.

"Men du kanske blir arg på mig ändå. Det är nämligen så att jag har ett uppdrag som privatdetektiv."

"Driver du?"

Chibbe log stort och verkade tro att det var ett skämt. När han såg att Elin var allvarlig och långsamt skakade på huvudet falnade hans leende. Men han såg inte arg eller misstänksam ut som hon förväntat sig.

"Wow."

Elin blev förvirrad för hon tyckte faktiskt att Chibbe såg direkt imponerad ut.

"Mitt uppdrag var att spana på Mikael Franzén."

Det hände inget i Chibbes ansikte. Inte mer än att han fortfarande såg förväntansfullt på henne liksom ett barn som vill höra slutet på en spännande saga.

"Han som ni misshandlade."

Chibbe såg ut som ett levande frågetecken i några sekunder innan han förstod.

"Aha. Jag visste faktiskt inte vad han hette. Men Alice och Daniel berättade att han blivit besatt av Alice och förföljt henne. Det var därför jag hängde med henne lite extra ett tag. Ja, för att skydda henne mot den galningen. Varför spanar du på honom? Har han mer skit i bagaget?"

"Chibbe, jag vill gärna säga den andra grejen innan jag fortsätter."

"Okej. Kör. Den var ju bra sa du."

"Jag är kär i dig."

"Åh, gumman." Chibbe lutade sig fram för att kyssa henne. Hon gav honom en snabb puss och drog sig sedan undan igen.

"Jag måste fortsätta."

Chibbe såg ändå nöjd ut. Elin visste att det hon skulle säga nu kunde grusa allt mellan dem. Men då visste han i alla fall vad hon kände för honom. Själv var hon övertygad om att hon för alltid skulle minnas glittret i hans ögon i just detta ögonblick. Hur det är gick efter det här samtalet hade hon i alla fall ett minne med sig härifrån. Minnet av en som såg på henne med kärlek. Det var första gången hon upplevt det. Vilket gjorde det extra sorgligt att stunden troligtvis snart var över.

"Jag vet inte hur jag ska säga det här på ett bra sätt så jag bara kör." Elin tog ett djupt andetag, liksom för att lugna sig själv, innan hon fortsatte.

"Vi spanade på Mikael Franzén eftersom hans fru tyckte att han betedde sig konstigt. Det var så det kom sig att vi såg att ni misshandlade honom. Eller för att vara helt ärlig så var det jag som såg just det. Jag mötte er när ni var på väg därifrån."

Chibbe kom ihåg och nickade.

”När min kollega senare försökte prata med Mikael på sjukhuset var han livrädd. Det var ingen tvekan om att han kände sig hotad. Men vi förstod inte varför.” Elin pratade forcerat. Hon kände att det var nu eller aldrig. ”Men när en annan kollega blev erbjuden att ha sex med Alice föll plötsligt bitarna på plats.”

Elin stannade upp en kort stund. Chibbe sa inget utan såg bara på henne allvarliga ögon.

”Din så kallade polare Lacke erbjöd min kollega att ta Alice hårt och våldsamt. Det slutade med att han betalade tiotusen för att se på. Men när min kollega, på Lackes inbjudan, satt i ett rum på Clarion för att skaffa bildbevis på prostitutionen gick allt åt helvete.”

”Vad fan säger du? Vad då Clarion?” Chibbe reagerade med en förvåning som kändes väldigt äkta.

”I vad som i alla fall verkar vara direktsändning kan man se en man som följer efter Alice och attackerar henne när hon är på väg in i en lägenhet. Det pendlar mellan våld och sex tills mannen helt plötsligt hugger en kniv i henne. Min stackars kompis såg på. Utan att kunna göra något. För han visste inte var hon befann sig. Han vet inte heller vem hon var med. Mannen var maskerad. Snälla Chibbe, berätta allt du vet.”

”Stopp.” Chibbe förstod ingenting. Han försökte få grepp om situationen. Men det var omöjligt. Det hade för länge sedan runnit bort som sand mellan hans fingrar.

”Är Alice skakad?” Han såg med vilda ögon på Elin.

”Hon är död, Cibbe. Död.”

”Död?”

”Ja, jag är ledsen men det är sant. Har du inte läst nyheterna idag? Kvinna mördad Hägerstenshamnen.”

”Vad då? I lägenheten?”

”Du måste berätta om lägenheten. David såg henne bli mördad där. Det var först några timmar senare som hon hittades på en parkering i närheten.

Samtidigt brann det i lägenheten. Snälla Chibbe, berätta vad du vet innan du ställer fler frågor. Vad är det för lägenhet och vad gjorde Alice där?" Trots sina föresatser hade Elin svårt att hålla tårarna bort.

Chibbe satt tyst en stund och funderade på hur mycket han skulle säga. Eftersom han satt framför den som sedan några dygn kändes viktigare än allt annat i livet just nu så bestämde han sig för att säga som det var. Rösten var trött och uppgiven när han började berätta.

"Han säljer Alice. Som en slags sällskapsdam, som de kallar det. Men jag har hela tiden trott att det var till ensamma, snälla gubbar som aldrig kan få någon så vacker som Alice. Eller ens någon alls. Jag är inte dummare än jag förstår att hon ligger med dem. Även om det inte är uttalat. Men på ett sätt gör hon ju dem lite gladare och nöjdare så jag har inte sett något dåligt med det."

"Förutom att det är förbjudet?" Elin log lite mot honom för att visa att hon inte var fientligt inställd utan bara vill påpeka hur det egentligen låg till.

"Hmm. Jo." Chibbe såg skamsen ut.

"Du sa att han sålde henne. Vem är han?"

"Hennes brorsa."

"Så du menar att det är brorsan som styr?"

Elins tankar hann fladdra iväg till stunden när hon tyckte sig se någon på kontoret innan Chibbe avbröt dem.

"Ja, det har det alltid varit. Han har en jävla förmåga att få folk att göra som han vill. Även mig. Det är framför allt honom jag jobbar för. Och jag jobbar ju bland annat med att hålla henne trygg. Men jag är inte med på det där. Det har jag vägrat."

"Men hur kommer det sig att du jobbar med dem?" Elin undrade eftersom hon hittills inte hört honom säga ett enda gott ord om sin arbetsgivare. Vilket kanske inte var så ovanligt överlag. Men just Chibbes chef verkade både konstig och kriminell.

"Ibland känns det som om jag alltid har jobbat för honom. Jag har känt honom länge. Sedan vi var barn, typ."

Chibbe tystnade. Visste inte vad mer han skulle säga. Så Elin försökte hjälpa honom vidare.

"Berätta om dem. Berätta allt du kommer att tänka på. Även om du inte är inblandad själv har du kanske någon annan viktig ledtråd utan att veta om det. Vi vill ju gärna veta vad som hänt med Alice men också med Mikael. Vi tror nämligen inte att det är så enkelt som att han blev besatt att Alice. Vi vet att han blev pressad på pengar. Med en film från den så kallade lägenheten."

Chibbe såg inte ut att tro sina öron.

"Så du menar att…"

"Jag menar att någon har spelat in när han våldförde sig på Alice för att få mer pengar. Denna någon kan vara Lacke, Alice själv eller Alice bror. Eller alla tre. Men de har nu fått en överman. En som mördat Alice. Så nu är det i första hand den personen vi vill stoppa."

Chibbe såg påtagligt blek ut men började ändå berätta allt han kom att tänka på.

"Jag var klasskompis med Alice. Hon har alltid varit speciell. Rätt vild. Hennes bror Daniel är en tristare typ. Också speciell men på ett helt annat sätt. Som om han var vuxen redan som barn. Han lekte aldrig. Hade väl egentligen inga kompisar. Men verkade helt fixerad vid pengar trots att han hade hur mycket som helst. Han tog till och med betalt från killarna för att ta syrran på brösten. Men å andra sidan betalade han bra för att man gjorde grejer som han ville."

"Vad då för grejer?"

"Typ sno saker eller spöa någon som retat honom."

Elin ryste till. Vilken obehaglig människa.

"Vad är din roll i det här egentligen? Med dem menar jag. Vad jobbar du egentligen med?"

"Lite allt möjligt. Det har liksom bara fortsatt som när vi var små. Daniel har många, olika affärer igång. Men vad gäller Alice så är alltid jag och Lacke med när någon gubbe ska kolla in henne. För att liksom visa att vi finns om han skulle få för sig att hitta på något. Men det är också det närmaste jag kommer de där affärerna. Vilket väl i sig är alldeles för nära."

Chibbe sträckte sig försiktigt efter hennes hand över bordet. Hon lät honom ta den och försöker le lite uppmuntrande trots att tårarna trängde på. Det var så viktigt att han fortsatte berätta.

"Men då kanske du vet vem mördaren är. Det måste ju vara den man som senast bestämde sig för att köpa hennes tjänster."

"Jag såg honom på Berns. Jag vet inte mycket om honom. Inget alls faktiskt. Det är mest Lacke som fixar med det där. Jag är bara med och visar musklerna."

"Och Mikael Franzén?"

"Efter vad du berättat vet jag inte längre vad som stämmer. Men enligt Lacke blev han tydligen helt besatt av Alice. Han stalkade henne och var riktigt jobbig så till slut gav vi honom en varning."

"Vem av dem tror du det är som pressat Mikael på pengar? Om du skulle gissa utifrån hur de är som personer."

"Just nu känner jag mig inte säker på någonting. Lacke är ju jävligt pengakåt. Det är jag också i och för sig. Men Lacke kan nog gå längre än mig för att få det han vill. Både Alice och Daniel har alltid varit knepiga. Det är svårt att veta hur någon, som är så annorlunda en själv, tänker. Båda har gjort konstiga saker genom åren. Så där så man undrar vad det är för fel på dem. De har ju redan massa pengar som de strör omkring sig. Man förstår inte varför de skulle hitta på något sådant."

"Vad då? Är de typ superrika?" Elin blev förvånad för Gunvor hade sagt något om att de inte hade så mycket pengar. Elin hade visserligen inte lyssnat så noga på allt Gunvor sagt så hon kände sig osäker.

"Ja, fan. Och har alltid varit. Vilket är bra för mig. Daniel ger mig lätt 5 000 spänn för att hänga i baren med Alice en kväll. För att inte tala om vad jag fick för att spöa den där snubben. Det betalar både hyran och bira i många månader."

Samtidigt som hon kämpade för att se alla sammanhang och ställa de rätta frågorna blev Elin mer och mer lättad ju mer de pratade. Hon var nu övertygad om att Chibbe inte var inblandad i mordet. Men det som fortfarande störde henne var att hon inte hade bevis för att han inte var med på själva mordkvällen. Det skulle trots allt ha känts mycket bättre om han varit med henne istället för på sjukhuset. Men eftersom han blivit så arg borde de komma ihåg honom där.

Hon försökte komma på vad mer hon skulle fråga honom nu när han öppnat sig. Egentligen borde hon väl fokusera på mördaren. Men eftersom Chibbe inte verkade veta något om den senaste kunden ställde hon en fördjupande fråga som kanske kunde ge en tydligare bakgrundsbild till mordet. Antagligen ett långskott. Men å andra sidan kunde svaret ge henne större inblick i Chibbes bakgrund eftersom de andra varit hans vänner det mesta av livet.

"Kan du berätta mer om hur Daniel och Alice är egentligen? Eller var. Som personer, alltså."

"Hon har utseendet och han har hjärnan." Chibbe funderade en stund innan han fortsatte "… och girigheten. Han tänker mest bara på pengar. Jag tror aldrig han har haft en tjej. Eller kille för den delen. Men det är klart. Han är varken snygg, trevlig eller särskilt normal."

Elin såg på Chibbe med ömhet. Hon visste att han talade sanning. Hon kunde känna det i hjärtat och se det i hans olyckliga ögon.

"Jag måste ringa och kolla." Han hade redan börjat slå numret.

"Vem ringer du till?"

"Daniel och Lacke. Men jag både ringde och messade hela dagen igår utan att få något svar. Det är inte helt ovanligt att Daniel inte svarar. I alla fall inte när han är på gården. Dålig mottagning, typ. Men Lackes svar brukar jag aldrig behöva vänta på."

Chibbe lät signalerna gå fram med fick inget svar den här gången heller. Vare sig från Lacke eller Daniel. Han såg med ens förtvivlad ut igen.

"Jag förstår inte varför de inte svarar."

Chibbe fattade Elins hand och såg henne djupt i ögonen.

"Jag vet att jag är en jävla looser mellan varven. Jag är ingen rikemansunge och inte särskilt smart. Men man vill ju tjäna lite stålar ändå. Särskilt när man bor på Östermalm." Han försökte skratta till med det fastnade i halsen. "Jag har gjort många dumma grejer genom åren för att få pengar av Daniel. Han betalar för bra för att jag ska kunna låta bli. Jag har nog skrämt upp en hel del genom åren. Men det har alltid varit sådana som själv gett sig in i leken, så att säga. Jag har aldrig velat skada någon oskyldig. Den där snubben som jag spöade… jag var helt övertygad om att han varit på Alice. Och du. Du får vara polis eller galen politiker eller vad fan du vill… jag släpper dig inte ändå. Inte om du inte släpper mig."

Så lutade han sig fram och de kysste varandra. Chibbe var fortfarande rastlös och full av frågor så när deras läppar skiljts åt reste han sig igen.

"Jag sticker bara upp till kontoret en kortis. De kanske sitter där och är helt chockade. Jag är strax tillbaka."

När dörren slog igen efter Chibbe lyfte Elin upp sin telefon som hon hållit i handen under samtalet.

"Hörde du allt?"

48

När Gunvor stängde dörren bakom sig, efter att ha släppt av Elin och David på vägen hem, lät hon skyddsmuren falla och tårarna ackompanjerades av ett hulkande som ryckte i hennes tunna kropp. Det kändes både skönt och förtvivlat. Skönt att gråta ut och förtvivlat att inte komma vidare. För hur mycket hon än grät förvann inte känslan av att vara både ensam och misslyckad. Hon hade varken lyckats genomskåda, eller stoppa, det som skett.

Hon längtade något fruktansvärt efter Kjell. Men ovanpå alla andra oöverstigliga känslor la sig också ett dåligt samvete över henne när hon tänkte på honom. Hon greps av en oro att han skulle tröttna på henne och träffa någon annan. Någon som ville vara vid hans sida hela tiden. Eller åtminstone gav sig tid att prata med honom varje dag. Så när hulkningarna började ebba ut ringde hon honom via skype. Hon kände enorm tacksamhet till ödet för att han var hemma och svarade.

Gunvor behövde bara möta hans kärleksfulla och oroliga blick för att bli lugn igen. Trots att det var emot alla etiska regler berättade hon om allt som hänt. Det fick honom att se ännu mer orolig ut. Men det kändes ändå skönt för Gunvor. Hans mörka röst var som balsam för hennes själ så under samtalet kom hon långsamt upp ur det mörka hål hon befunnit ner i.

”Kan du inte bara ringa polisen och berätta vad du vet? Och sedan sätta dig på ett plan hit ner så jag får trösta dig ordentligt.”

”Du vet att jag inte kan det. Jag lät grabben komma för nära på eländet. David. Jag är skyldig honom en lösning så han kan gå rakryggad ur den här historien. Han gick ju med för att han har drömmar om att jobba som privatspanare. För att kunna ha det i sina meriter. För att kunna berätta det för sina polare. Manuel kommer aldrig att skriva ett intyg till honom nu eftersom det skulle avslöja att vi varit inblandade i olagligheter. Om vi löser fallet ändrar det så klart allt. Men just nu är sanningen att han är vittne till ett mord som han inte kan berätta om för polisen utan att riskera att själv åka dit.”

"Jag förstår. Dessutom känner jag dig rätt väl vid det här laget. Jag visste vad svaret skulle bli." Kjell log mot henne med varm blick.

"Vill du att jag kommer?"

Gunvor ville inget hellre. Men hon ville samtidigt inte pressa honom att lämna sin älskade Kanarieö för att sitta i hennes sparsamt möblerade lägenhet och titta på när hon jobbade. Eftersom de inte hade så mycket att gå på måste de göra allt de kunde för att få tag på Lacke. Eller tänka ut ett bra sätt att fråga ut Chibbe. Det vore så klart väldigt trevligt att ha sällskap av Kjell om hon behövde hänga mer på krogen och spana. Särskilt som Aidan inte var i stan.

"Det skulle göra mig väldigt glad. Men jag har full förståelse om du inte vill. Som du förstår kommer jag jobba."

"Jag kommer. Messar dig när jag köpt biljett. Älskar dig."

"Du är bäst, Kjell. Älskar dig."

Så var hon ensam igen. Men med vissheten att snart ha Kjells starka armar omkring sig kändes det lättare.

Hon tog en snabb dusch och fixade i ordning sig inför kvällen. De hade bestämt att hon, David och Manuel skulle spana efter Lacke. Planen var att David skulle ta kontakt och fråga vad som hänt. I fall de stötte på Lacke vill säga. Elin, som var för känslomässigt engagerad, hade lovat att hålla sig borta från Chibbe tills de hittade Lacke. Gunvors backup-plan var dock att pressa sanningen ur Chibbe. Men den planen höll hon för sig själv så länge. Om det ordnade sig på annat sätt var det bäst att Elin inte avslöjat sig. Särskilt med tanke på att Chibbe visste var Elin bor.

Telefonen ringde. Det var Elin. Hon pratade lågt och lät stressad.

"Hej. Jag vet att du troligtvis kommer bli arg nu men du måste ändå hålla tyst för annars avslöjar du mig. Om några sekunder kommer Chibbe in genom dörren och då ska jag fråga honom vad som pågår. Du lyssnar. Han kommer nu."

Gunvor blev både förvånad och lite arg. Men framför allt blev hon livrädd. Elin var ensam med Chibbe och Gunvor har ingen aning om var hon befann sig för detta möte. Gunvor sträckte sig efter block och penna, beredd att skriva ner allt hon kunde uppfatta av samtalet.

Det hon hörde vänder upp och ner på allt hon tänkt. Och ändå inte. Plötsligt såg hon hela bilden klart. Inte för att Chibbe visste allt. För det verkade han inte göra. Utan för att han serverar Gunvor de pusselbitar hon saknade. Snart var hon mer stolt än orolig över Elin för plötsligt såg hon vilken stark och listig, ung kvinna hon var.

Medan Gunvor fortsatte lyssna skickade hon iväg ett mejl till Manuel och satte en röd flagga på meddelandet så att han skulle förstå allvaret.

"Hörde du allt?"

"Ja, och jag måste säga att jag, trots att jag är lite bekymrad över att du gör en insats på eget bevåg, är väldigt stolt över dig. Många frågetecken har rätats ut medan jag lyssnat på er. Dels att Chibbe inte var med. Men framför allt för att jag med egna ögon troligtvis sett både Alice bror och mördaren."

"Tack."

Gunvor hörde på Elins röst att hon blev glad. Hon kände ett styng av dåligt samvete för de gånger hon varit lite för sträng mot Elin. När de först träffats hade Gunvor lagt ner sin själ i att hjälpa Elin mot Davids trackaserier. Men den sista tiden hade Gunvor, om hon skulle vara ärlig, nog mest rackat ner på Elins för ymniga drickande och visat ett tigande missnöje inför hennes relation med Chibbe. Elin var inget annat än en ung, kärlekstörstande kvinna och Gunvor visste med sig själv att hon lätt kunde bli alldeles för resultatinriktat. I de lägena glömde hon alltför ofta bort den mänskliga aspekten och körde bara gasen i botten. Vilket hon visste kunde bli lite väl omänskligt.

"Du har tagit en väldigt stor risk och som jag sa är jag jättetacksam för det. Men nu är jag mån om att du är säker. Så gå ingenstans utan vänta på Manuel och David. Var är du?"

"Sturehof. Vad då? Vill de prata med Chibbe? Ska jag berätta för honom att de kommer?"

"Ja, det kan du göra. Han har ju också sett mördaren. Och han är den som kan få oss i kontakt med Daniel och Lacke."

"Vi väntar här tills de kommer."

"Jag måste erkänna att du är den som haft bäst känsla vad gäller Chibbe. Han verkar inte vara inblandad. Vänta lite."

Gunvor såg att hon fått svar av Manuel. Han verkade vara redo att hämta upp David och dra till stan direkt så Gunvor svarade kortfattat var Elin befann sig.

"Så där. De är på väg. Men du får räkna med att det tar runt en kvart innan de är hos dig. Sitt bara kvar där du är. Följ inte med Chibbe någonstans. Även om vi tror på honom måste vi gardera oss. Inte utsätta oss för risker i onödan.

"Okej. Vänta."

Efter en kort paus fortsatte Elin.

"Vi hörs då. Bye, bye. Puss."

Men Elin lade inte på. Antingen hade hon missat att stänga av telefonen eller så hade hon lämnat den på medvetet. Gunvor fortsatte lyssna för att se vilket det var. Det tog inte många sekunder innan Elin var inbegripen i ett samtal. Gunvor hörde deras röster lika tydligt som hon nyss hörde samtalet med Chibbe. De hade inte komma långt in i samtalet innan Gunvor drog öronen åt sig. När samtalet strax efter bröts var katastrofläget ett faktum.

49

Trots att Elin pratade i telefon hade hon full uppsikt över det relativt lilla rummet. Hon kände igen honom direkt när han kom in. Mannen från Riche som hon också stött ihop med för några timmar sedan. Han såg först förvånad ut. Sedan lyfte han hatten i en artig, och högtidlig, hälsning. Eftersom han styrde sina steg mot hennes bord låtsades hon avsluta samtalet.

"Ödet är på min sida igen. Jag jublar inombords."

Elin log mot honom men kände också en viss otålighet eftersom hon var mitt uppe i sitt jobb. Hon stack inte under stol med att hon och mannen haft sina moments. Särskilt första gången de träffades. Men när hon nu stötte ihop med honom för andra gången idag kände hon sig lätt irriterad. Hon hade inte tid med hans konstigheter just nu.

"Får jag slå mig ner en liten stund och bjuda på en dryck värdig unga fröken?"

Han inväntade inte hennes svar utan satte sig. Sekunden efter kom bartendern med två glas. Av det bubbliga innehållet gissade Elin att det var champagne.

"Jag är ledsen men jag har faktiskt sällskap. Han skulle bara gå iväg en kort stund."

"Men då sitter jag bara här tills ditt sällskap kommer tillbaka. Han blir säkert tacksam för att jag ser efter dig. Se så. Skål på sig, unga fröken."

Elin undrade vad Chibbe skulle tycka. Men samtidigt måste hon väl få ha egna vänner. Eftersom han redan satt vid hennes bord, och antagligen inte skulle gå härifrån förrän Chibbe kom tillbaka, så kapitulerar hon och lät sig skålas med. Champagnen smakade gott. Hon tyckte sig känna en bismak som hon inte kom ihåg från förra gången. Hon gissade att det berodde på att det var ett annat märke. Det var hur som helst gott och redan efter första klunken var det som att hon slappnade av ganska så rejält.

"Fröken minns väl fuxen jag talat om tidigare. Hon är ute på bete men ser fram emot att träffas."

Plötsligt hade han lagt sin hand över hennes på bordet. Det kändes inte helt passande, med tanke på Chibbe, men hon ville inte heller rycka sig loss. För det skulle antagligen vara enda sättet att få honom att släppa det stadiga greppet. Han gjorde henne inte alls illa. Hans hand kändes faktiskt både varm och öm trots att den höll hennes hand i ett så fast grepp.

"Fuxen längtar. Men inte lika mycket som jag, min prinsessa."

Situationen var minst sagt märklig. Hon drack av champagnen igen. Mest för att hon inte visste vad annat hon skulle göra i sällskap av mannen som pratade konstigheter och stirrade med trånande hundögon.

Långsamt kändes det mer och mer okej. Elin slappnade av och fann sig i situationen. Plötsligt tyckte hon inte att det var så mycket att bråka om. Chibbe skulle ändå vara tillbaka snart och då skulle mannen låta henne vara. Tills dess kunde han väl få hålla henne i handen. För han verkade trots allt vara en snäll och kärleksfull man. Han var bara väldigt udda och antagligen ganska så ensam.

Elin kände sig lite yr men tänkte att det troligtvis berodde på allt som hänt. Inte konstigt att det blivit för mycket för hennes stackars kropp när hon hela tiden kastades mellan hopp och förtvivlan, kärlekslycka och mord.

"Min unga fröken dricker så snabbt. Men det gör ingenting. Det passar mig alldeles utmärkt. Tiden är faktiskt lite knapp. Jag tror att min prinsessa känner det på sig. Det måste vara ett tecken. Du vill vara med mig. Visst vill du?"

Elin förstod inte vad han menade. *Varför är tiden knapp? Vad är det för tecken?*

Tröttheten växte inom henne och tog snabbt oväntade former. Plötsligt kunde hon inte kontrollera kroppen. Det kändes som om hon frusit i en position. Hur hon är försökte kunde hon inte röra sig.

"Vad har du gjort? Varför… "

"Men var inte orolig. Jag ska ta hand om dig. Allt blir som vi vill."

Det kändes som om hon höll på att somna. Hon kunde fortfarande se och känna. Men hon kunde inte förmå sig att prata längre.

"Kära, lilla älskade. Så du ser ut. Är du inte helt kry? Kanske fryser mitt lilla hjärta. Men se här. Jag har något som kan värma dig."

Plötsligt hade han lagt en sjal runt hennes axlar. Hon kände genast igen den. Det var sjalen som försvann när de var på kontoret. Elin försökte förstå hur den kunde vara här. Men det var väldigt svårt att styra tankarna. Skräcken fick dock ett allt fastare tag om henne för var sekund som passerade.

"Fredrik, kan du hjälpa mig att få min fiancée till bilen? Hon mår inte bra."

Mobilen gled ur Elins hand och ner på golvet.

50.

Det dunkade och kraschade till i telefonen och plötsligt blev rösterna svagare. Gunvor hörde ett släpande ljud som försvann bort.

"Satan!"

Hon gissade att Elin tappat telefonen och själv var på väg bort mot hennes vilja. Hon ringde Manuel från den fasta telefonen och förklarade läget. Manuel och David hade bara kommit till Hornstull så de hade inte en chans att hinna fram innan Elin var borta. De bestämde sig i alla fall för att åka dit så snabbt de bara kunde. Gunvor fick komma efter i en taxi.

"Det är en bartender där som heter Fredde. Han är min kontaktperson. Jag förklarar mer sedan. Det viktiga nu är att han antagligen hjälpte förövaren att få ut Elin ur baren. Jag hörde honom ropa på en Fredrik och be honom om hjälp för att hon mådde dåligt. Så kolla med honom vem hon försvann med."

51

"Nej, nej, nej, nej, nej! Det får fan inte vara sant! Inte Elin! Jag orkar fan inte med den här skiten. Vi måste ringa polisen." David blev helt förkrossad när Manuel berättade vad som hänt.

"Vi ska ringa polisen. Vi måste bara vara säkra på vad som händer. De kan ju inte hjälpa oss om vi inte vet vad vi behöver hjälp med."

"Men vad fan kan vi göra? Vi har ju inte lyckats med någonting, so far."

"Jo, det har vi, David. Men det är så här i det här jobbet. Det är ofta ett steg fram och två tillbaka tills man löser det." Manuel gjorde sitt bästa för att lugna David samtidigt som han själv kämpade med att tro på det han sa.

"Om vi bara koncentrerar oss på att ta reda på var Elin är så ringer vi polisen sen. Så får de hämta henne."

De körde en stund under tystnad innan Manuel luftade sina tankar om situationen.

"Gunvor tror att den vi letar efter är den snubben som senast, så att säga, köpte Alice. Gunvor och Aidan har sett honom. Nu är ju inte Aidan i stan. Men Gunvor vet hur han ser ut så vi har i alla fall en beskrivning av personen vi letar efter. Hon får kolla det med bartendern när hon kommer. Det är hennes kontakt. Chibbe har också sett den här snubben men verkar inte veta vad han heter. Men han borde kunna kolla med Alice bror. Eftersom han gick till kontoret har han kanske redan de uppgifterna. Så i bästa fall behöver vi bara ringa och ge polisen en adress och sedan är Elin hemma igen."

"Vad då hennes kontakt? Känner Gunvor bartendern?"

"Jag vet faktiskt inte mer än att hon just sa att han är hennes kontakt."

"Konstigt att hon inte berättat det. Vet han om oss?"

"Ingen aning. Men har hon lytt mina råd gör han inte det. Det är faktiskt ett bra sätt att kolla om ens kontakt talar sanning."

"Eller om vi sköter oss. Det kanske är oss hon inte litar på?"

"Klart hon gör. Hon hade antagligen fixat kontakten med bartendern innan. För hon har inte varit inne på Sturehof när ni varit med. Eller hur?"

Manuel svängde in på Birger Jarlsgatan.

”Jag släpper dig och kommer efter när jag parkerat. Kolla efter Lacke i första hand. Tveka inte att ta kontakt med Chibbe ifall Lacke inte är där. Klarar du det här, David?”

”Självklart. Jag ger inte upp förrän Elin är hemma igen.”

David hoppade ur bilen och sprang den korta biten bort till Sturehof. Det var väldigt lugnt där inne. Bara ett fåtal gäster i själva baren. På uteserveringen var det desto fler. Men ingen av dem såg bekant ut. David struntade i att folk tittade undrande på honom när han kollade runt på golvet. Han hittade snart Elins telefon och meddelade Gunvor i andra änden att han hittat den innan han la på.

”Är det du som är Fredde?”

Bartendern såg förvånad ut men nickade till svar.

”Vad hände med den unga tjejen som här nyss och vem gick hon med?”

”Det är en hel del tjejer här. Vem tänker du på?”

”Hon som du just hjälpte ut.”

David kunde inte avgöra om Fredde såg påkommen ut eller om han bara var förvånad.

”Hon blev dålig, tror jag.”

”Tror?”

”Hon blev dålig.”

”Vem gick hon med?”

”Nån snubbe.”

”Nån snubbe?” David kände att han tog i mer än han tänkt men kunde inte stoppa sig. ”Nån snubbe som vet vad du heter. Hur kan han göra det?”

Fredde såg inte ut att fatta vad David pratade om så han höll fram Elins telefon.

”Avlyssning.”

Fredde såg förvånad ut och det tog en stund innan polletten trillade ner.

”Ah, du jobbar med Mrs Marple?”

”Precis. Så berätta nu vad det var för snubbe som tog med sig Elin. För jag vet att hon inte gick med frivilligt.”

Ilskan bubblade inom David. Han kunde för sitt liv inte förstå hur killen framför honom inte bara släppte iväg en tjej, som uppenbarligen inte mådde bra, med en skum typ. Utan till och med hjälpte honom. Hon måste ju ha varit helt bort eller i alla fall försvarslös. Ingick det inte i en bartenders jobb att läsa av sådana här situationer?

Manuel måste ha haft extrem tur, eller parkerat olagligt, för plötsligt stod han bredvid David. När han hörde Davids hårda ton mot Fredde la han en lugnande hand på Davids arm.

”Jag tar det härifrån.”

Innan någon hann säga något mer såg de Chibbe komma in, gå fram till ett bord nära baren för att sedan vända sig mot Fredde.

”Har du sett min tjej?”

Manuel hann före Fredde. Han sträckte fram handen till en hälsning.

”Hej. Vi är Elins kollegor. Det vore toppen om du kan prata med David. Han skakade Chibbes hand och föste honom mot det lugna hörnet vid ingången.

”David? Tar du över här?”

David hade svårt att slita blicken från Fredde men gick till slut bort till Chibbe.

”Var är Elin?”

David såg ingen rädsla i Chibbes ögon. Bara en stadig blick med ett uns av undran.

”Hon är borta. Någon har tagit henne. Jag är hemsk ledsen.” Plötsligt slogs David av en uppgivenhet.

”Vad menar du? Vem då? Hon var ju här med mig.”

”Vår chef lyssnade av ert samtal.”

David tog en paus för att se Chibbes reaktion. Men han bara såg på David, nu med ett stråk av oro i blicken.

”Jaha?”

”Jag tror Elin ville visa Gunvor att du är oskyldig. Ja, till mordet på Alice. Gunvor hade nog sina misstankar om att du var inblandad. Men Elin var säker på att du inte var det. Så hon satte på telefonen så Gunvor kunde höra allt du sa.”

Chibbe nickade allvarligt. David lyckades ändå få syn på en antydan till leende när han sa att Elin var säker på att Chibbe inte var inblandad.

”Efter att du gått pratade vår chef med Elin i telefon. Elin låtsades plötsligt avsluta telefonsamtalet när en man sökte kontakt.”

”Vad då för man? Jag var ju bara borta en liten stund.”

”Min chef kan berätta i detalj. Men Elin verkade plötsligt tuppa av eller något i den stilen. Hon tappade telefonen här på golvet. Sedan tog någon henne härifrån.”

Chibbe stirrade på David med stigande panik. Så gick han plötsligt, utan förvarning, till baren. Manuel, som pratade lågt med Fredde över disken, hann inte reagera innan Chibbe avbröt samtalet.

”Vad fan har hänt med Elin? Varför gjorde du inget? Du såg ju att hon var med mig. Hur fan kunde du låta någon annan släpa iväg med henne?” Va?”

Manuel försökte sig på att sträcka ut en lugnande hand men Chibbe puttade undan den. Fredde backade lite trots att bardisken var emellan de två männen.

”Men jag kan väl inte ha koll på alla.”

”Alla? Hur jävla många är det här inne egentligen?”

Plötsligt vände sig Chibbe bort från baren och i det närmaste skrek.

”Såg någon tjejen som satt här?”

Det var tomt inne i baren förutom fyra män i 40-årsåldern som skakade på huvudet innan de försvann ut. Vid det närmaste bordet på uteserveringen satt tre tjejer som vände sig om när Chibbe skrek. Tjejerna tittade på Chibbe utan att röra en min.

Då gjorde Gunvor entré. Manuel kände lättnad mitt i allt elände. Trots att Gunvor var ganska ny i branschen hade hon ändå varit med mycket längre.

Både på arbetsmarknaden och i livet. Längre än honom själv. Manuel nickade diskret mot Chibbe. Gunvor gick direkt fram till honom.

"Hej. Jag heter Gunvor och är privatspanare. Kan vi prata?"

52

Elin tuppade aldrig av, så länge de var på Sturehof, även om det kändes som om hon skulle göra det. Hon gjorde allt hon kunde för att hålla fast i sin mobil när hon drogs upp på fötter för att föras ut ur baren. Men det räckte med den lilla putt hon fick, när männen tog tag i hennes armar för att dra upp henne, för att hon skulle tappa greppet om telefonen. Den gled ner i hennes knä och vidare utom räckhåll för henne. Dunsen när den slog mot golvet överröstades av deras steg. Trots att Elin inte vägde många kilo över femtio tappade alla balansen för en stund när Elin svajade till och var på väg att ramla. En avslappnad kropp känns alltid tyngre och Elins kändes för en sekund i det närmaste omöjlig att manövrera för de två männen.

Väl medveten om att Gunvor och de andra inte hade en möjlighet att hitta henne om hon försvann från baren, fylldes hon av en uppgivenhet som var större än rädslan. Det enda hon ville just nu var att vara med Chibbe. Hon såg sitt liv passera, som en film som spelades upp framför henne. Det kändes mest som en grå, ointressant massa av tråkigheter. Ett liv i skuggan. Tills Gunvor gav henne en möjlighet till något helt annat. Att få vara viktig. Att få vara älskad. Tanken att aldrig mer få vara med Chibbe var mer skrämmande än att dö.

Hon flöt in och ut ur sina förvirrade tankar. I vissa stunder var hon fullt medveten om vad som hände. Att hon förflyttades, mot sin vilja, ut på trottoaren. Att folk stirrade på henne. Märkliga blickar. Att hon, lite väl hårt, puttades in i baksätet på en bil och lades ner på sätet. Hon tänkte att hon ville protestera mot att hon inte hade säkerhetsbälte. Men så kom hon för en kort sekund ihåg att hon faktiskt var kidnappad. Att bristen på säkerhetsbälte var en av hennes minsta problem. Sedan gled Elin tillbaka in i sina tankar om Chibbe och glömde baksätet för en stund.

Trots att hennes kropp var bortdomnad var det ändå fruktansvärt obekvämt att ligga hopkrupen i det trånga utrymmet. Det gjorde henne åter medveten om var hon befann sig. Hon hann tänka att det vore skönt med en kudde innan det slog henne hur absurt det var att ens tänka så när hon var bortförd mot sin vilja.

Hon ville så klart inte ha någon kudde utan bara släppas ut och tillbaka till Chibbe.

Hon hörde hur mannen pratade. Lågt och malande. Det tog en stund innan hon uppfattade vad han sa.

"Älskade, fina vännen. Du vet hur jag har längtat efter att du ska komma med ut till gården. Komma hem till mig och hästarna. Jag är så glad att det äntligen är dags. Men jag måste erkänna att jag är ganska så besviken på dig. Nog förstår du att du inte får leka med andra pojkar? Nu när vi vet att det är du och jag."

Elin förstod inte vad han pratade om. *Vad är det för pojkar?* Hon hade fortfarande svårt att få ordning på tankarna och plötsligt svävade hennes medvetande bort igen. Det var bara som i en slags dimslöja som hon kände att bilen stannade och motorn blev tyst. Någon drog ut henne ur bilen. Hon var så trött att hon inte ens orkade öppna sina ögon. Men det gjorde ingenting för hon kände att hon blev buren. Trots att det var svårt att avgöra var hon ganska säker på att det var två män som bar henne. De kom i otakt och drog henne åt olika håll. Det gjorde inte ont men var väldigt irriterande. Hon ville ju bara vila. En liten, liten stund. Sedan skulle hon ta reda på vad som hände och göra klart att hon ville åka hem. Hem till Chibbe.

När de lagt ner henne på något som kändes som en mjuk säng kände hon att kläderna drogs av henne. Hon förstod att det inte var bra. Men det största obehaget hon kunde förnimma var att hon frös när den något kyliga luften smekte hennes nakna hud. Hon ville be om en filt men lyckades inte få kontroll över rösten. Långsamt blev hon lugn igen. Det var fortfarande kall. Men plötsligt gjorde det inte så mycket. För någon smekte hennes hår. Om och om igen. Stilla och försiktigt.

"Vila dig, min käraste. Vila medan jag arbetar. Sedan lovar jag att ägna dig all min uppmärksamhet."

53

David blev stående en stund för sig själv när Gunvor lyckades styra bort Chibbe från Fredde. Han tänkte att det var lika bra att låta Manuel prata själv med Fredde. Hans egen förtvivlan bubblade upp som aggressivitet vilket antagligen inte var det bästa för att få någon att försöka minnas och berätta.

När David tog några steg bort från baren fick han ögonkontakt med en av tjejerna vid bordet på uteserveringen. Hon hade långt, rödaktigt hår och såg ut som en älva. Inte för att han någonsin träffat en älva. Men skulle han göra det skulle hon nog se ut just så där. Han gissade att de undrade vad som hände och tänkte i samma andetag att det var en chans som en riktig spanare aldrig skulle låta passera. Så med ett försök till leende på läpparna gick han fram till tjejerna bord och frågade om han fick slå sig ner en liten stund och prata om det som hänt. De bytte hastiga ögonkast med varandra innan de nickade jakande mot honom. Han slog sig ner bredvid älvan innan han fortsatte.

”Det är så att vi jobbar med ett fall. Vi är privatspanare.”

David kände att hans humör snabbt vände till det bättre när han anade att tjejerna lät sig imponeras.

”Elin, som blev bortförd, är vår kollega. Så ni förstår säkert att vi är bekymrade.”

Tjejerna såg genast förskräckta ut.

”Men Gud så hemskt. Jag uppfattade inte alls situationen så. Men jag ska ju erkänna att vi var rätt inne i det vi pratade om.”

”Jag såg inget alls. Förutom när Chibbe kom in och satte sig med den där tjejen. Då vände jag mig och kollade. Men det var bara för att Bella sa att han var här.”

Bella, den rödhåriga, nickade bekräftande.

”Så ni känner Chibbe?”

”Känner och känner. Vi hänger ju här en del och det gör han också. Han raggar på typ alla och har en ganska dryg och irriterande stil. Inte världens smartaste kille, om jag säger så.”

Bella fick medhåll av de andra som nickade och skrattade till.

"Vi har väl alla kämpat för att bli av med honom någon gång." Bella höjde menande på ögonbrynen. "Du fattar nog typen."

"Jag förstår. Men såg ingen att han gick och att Elin fick sällskap av någon annan?"

De andra tjejerna tittade på Bella som var den enda som satt så att hon hade fri sikt åt det hållet.

"Jag såg när Chibbe gick. Strax efter kom någon typ och satte sig där han suttit."

"Hur såg han ut? Hur gammal?"

"Kontorsgubbe, typ. Ingen man kollar in. Jag tror egentligen inte att han var särskilt gammal. Men det var något med hans stil som ändå fick honom att se äldre ut. Men det är ju svårt att avgöra ibland. De flesta är det lätt att gissa ålder på men med vissa går det bara inte. Man tror någon är 40 och så är de 25, typ."

David förstod precis vad hon menade. Men han undrade fortfarande över något.

"Men tyckte du inte det var märkligt när Elin plötsligt gick iväg med en annan man när hon just suttit här med Chibbe?"

Bella log mot David innan hon svarade.

"När man hänger ute mycket slutar man bli förvånad över vad folk hittar på. Tro mig, jag har sett de mest märkliga grejerna. Det är inte helt ovanligt att en tjej eller kille är tillsammans med mer än en per kväll. Det finns ju de som släpar med sig en kille, och gör det på toa här, för att sedan dra med sig en annan kille hem. Vad gäller din kompis så såg hon lite förstörd ut, på något sätt, när de gick. Jag fick för mig att hon var ledsen och att han, den andra, hjälpte henne. Tänkte väl att Chibbe varit taskig igen och lämnat tjejen fast hon var så full. Så då kändes det bra att hon fick hjälp. Men det är klart att nu känns det jätteläskigt att tänka sig att han kanske är en galning som tvingat med sig henne."

Bella var riktigt illa till mods.

”Jag är hemskt ledsen att jag inte kan berätta så mycket mer. Jag var helt uppe i vårt samtal.” Bella nickade mot de andra tjejerna. ”Kan jag hjälpa dig på något vis?”

Bellas stora ögon var fyllda av både oro och hopp.

”Tja, jag vet inte. Inte just nu i alla fall.”

Då sträckte sig Bella efter sin väska och grävde efter något. När hon hittade det hon söker tog hon tag i Davids arm, drog upp hans jackärm en bit och skrev på utsidan av hans underarm, strax ovanför handen.

”Här. Ring om du behöver hjälp. Eller för att berätta hur det går. Jag hoppas att ni hittar henne snart.”

Hon höll kvar sin hand på hans arm när hon skrivit klart och sänkt pennan. David tillät sig att njuta av beröringen i några sekunder innan hans oro drev honom vidare.

”Okej. Tack för hjälpen.”

David fattade Bellas hand i förbifarten och tryckte den innan han gick över till de andra.

Gunvors insåg snabbt att hon inte skulle få mer information av Chibbe än vad hon redan hade. Inte för att han verkade ovillig att dela med sig. Tvärtom. Men hon hade redan hört allt han berättade för Elin. Chibbe hade erkänt för Gunvor att hans främsta inkomstkälla var att agera aggressiv muskelknutte när Alice bror sålde smuggelsprit till krogar. Det var dock ingen info de hade någon nytta av nu. Med att han berättat det fick henne att tro att Chibbe var helt ärlig och samarbetsvillig.

Eftersom Gunvor trodde sig ha kommit till vägs ände med Chibbe kallade hon till sig Manuel och David. Tiden gick och de måste agera innan spåren kallnade.

"Har ni fått veta något mer som vi har nytta av?"

"Fredde reagerade inte särskilt på att mannen visste vad han hette. Han menar att säkert 75 % av hans gäster känner till hans namn utan att han, för den sakens skull, vet vad de heter. Han är medveten om att han inte är någon kändis, i den bemärkningen. Men stället har en massa stammisar som ofta kallar honom vid namn. Det kan vem som helst ha snappat upp."

Manuel berättade vidare att Fredde tyckte att det var något bekant över mannen. Men han kunde inte sätta fingret på vad det var. De signalement han lyckades komma upp med var alldeles för allmängiltiga för att kunna hjälpa dem i deras trängda situation.

Vad gällde själva bortförandet hade Fredde hjälpt Elin ut, tillsammans med mannen. Elin hade druckit en del innan och avslutat med att dricka champagne med den här mannen. Champagne kan gå snabbt upp i huvudet och eftersom hon redan var påverkad så trodde Fredde att hon bara blivit för full.

"Som bartender har han ju sett det hända ett antal gånger så det är väl inte så märkligt." Manuel verkade tycka att Freddes historia höll. Chibbe var mer skeptisk.

"Det är ändå jävligt märkligt att han låter någon okänd dra iväg med min tjej."

Det var inte konstigt att Chibbe fortfarande var besviken på Fredde. Men Gunvor såg inte att Fredde gjort sig skyldig till annat än en cynisk och blasé inställning. Vilket inte kändes alltför oväntat med tanke på vad han såg varje dag i sitt yrke. Elin var väl tyvärr inte den första som gick hem med någon annan än den hon kom med. Även om Gunvor var övertygad om att Elin aldrig skulle göra det så kände inte Fredde henne på det viset. Det dåliga samvetet snördes åt runt Gunvors strupe när hon tänkte på att Fredde kunde ha skyddad Elin om han vetat att hon jobbade för Gunvor.

"Jo, så klart. Men vi måste fokusera på att hitta den som tagit henne nu. Oförrätterna får vi spara till senare."

Chibbe såg skamset ner i golvet men sa ingenting så Gunvor fortsatte.

"Jag såg att du pratade med de andra gästerna, David. Hade de något att tillföra?"

"Tjejerna såg att Elin gick ut med mannen men inte mycket mer än det. De uppfattade inte situationen som hotfull och hade fullt upp med varandra. Så de gjorde inga särskilda iakttagelser." David såg helt uppgiven ut. "Jag förstår inte hur vi ska kunna lösa det här. Vi har ju ingen som helst aning om det är en helt random person som hällt rohypnol i hennes drink för att få ett ligg eller om det är en galen seriemördare lös."

"Det är sant. Det känns verkligen som ett märkligt sammanträffande att samma person som mördade Alice skulle ha tagit just vår Elin. Men världen är en märklig plats med många obegripliga sammanträffanden och i det här läget är det just det vi har att gå efter. I alla fall som jag ser det. Vi måste ta reda på vem Alice bror sålde henne till i söndags."

Både Daniel, David och Gunvor såg på Chibbe.

"Han var inte på kontoret och har inte svarat på mobilen på flera dagar. Det är olikt honom så jag har funderat på om han är förbannad på mig. För det är så han brukar göra. Straffa med tystnad. Men jag förstår verkligen inte vad det skulle kunna röra sig om."

"Vad gjorde du så länge på kontoret om han nu inte var där?"

”Jag kollade om det fanns några uppgifter om hur jag kan få tag på honom. Han brukar åka till sin gård med jämna mellanrum. Särskilt om det hänt något. Om nån gubbe varit för hårdhänt mot Alice till exempel så åker de dit tills hon ser okej ut igen. Jag har aldrig varit där och känner inte heller till adressen.”

”Det är märkligt för jag har inte lyckats hitta någon egendom på honom i några som helst register. Förutom den de ärvde när föräldrarna dog. Men den har inte synts i deras papper på många år.” Manuel undrade vad han hade missat.

”Han har fixat det genom att skänka gården till en hemlig stiftelse. Av skatteskäl om jag förstått det rätt.”

”Ah, det förklarar saken. Hittade du någon ledtråd?”

”Ja. Längst ner i en av lådorna hittade jag en gammal inbjudan. Han verkar ha haft något slags mingel. Inte för att han är särskilt social. Det verkar mer vara ett slags affärsarrangemang.”

Chibbe letade fram ett hopvikt ark ur fickan på sin hoodie. När han vecklade ut det höll han fram det för de andra att läsa.

Det var en inbjudan till ett lunchmingel för småföretagare inom restaurangbranschen med provsmakning av marknadens nya viner. Syftet var ointressant. Det viktiga var att det fanns en adress. David reste sig.

”Vad väntar vi på?”

”Sant. Vi drar. Hänger du med?”

Manuel hade vänt sig till Chibbe som nickade ivrigt.

”Självklart.”

De är på väg.

Men riddaren är hemma.

Han väntar dem.

Ligger steget före.

Och skyddar sin prinsessa.

55

Elin hade sovit. Eller varit avsvimmad. Hon hade svårt att få grepp om det själv. Men hon visste att hon varit borta när hon återfick medvetandet. Det var svårt att minnas och svårt att röra sig. Svårt att öppna ögonen.

"Så min vackra håller på att vakna. Vilken ynnest att du vill göra mig sällskap igen. Jag började undra om du verkligen är så där trött eller om du bara retas med mig. Låter mig vänta på pin chi."

När Elin hörde rösten kom paniken över henne. Hon hade svårt att minnas detaljer. Men det var ingen tvekan om att hon var i fara. Det var omöjligt att öppna ögonen hur mycket hon än kämpade. Hans skratt skar som knivar i henne.

"Min lilla dumsnut. Kan du inte ens titta själv. Ska jag behöva hjälpa dig med allt?"

Plötsligt såg hon rakt in i ett öga. Trots att det var nära såg hon det bara väldigt otydligt. Allt var suddigt till en början. Men när han höll kvar greppet, som öppnat hennes ena öga, och fortsatte vara nära lyckades hon till slut fokusera på hans ansikte. De stirrade på varandra under en stund som kändes som en evighet. Denna evighet avbröts när hon kände hans andra hand treva över hennes kropp. När hans varma hand landat på hennes bröst mindes hon att hon var naken. Hon ryste till när hon hörde att hans andning blev tyngre.

"Nu är du bara min. Från och med nu får du bara leka med mig. Och jag lovar att bara leka med dig. Jag har redan gjort mig av med min gamla lekkamrat."

Hans hand kramade hennes bröst.

"Men du har varit olydig. Ställt till det. Helt i onödan. Nu måste jag städa upp efter dig. Du förstår väl själv att jag inte kan ha honom springande runt benen. Inte när han har gjort så här."

Det kändes som sirap i Elins huvud. Han hade släppt taget runt hennes öga så hon blundade igen. Plötsligt mindes hon. Hur han kommit in på Sturehof när Chibbe gått till kontoret. Att han bjudit på champagne. Vad som hände efter det mindes hon bara som i brottstycken. Hur hon färdats i en bil. Hur han mumlat oavbrutet och tagit på henne. Hållit henne i handen och klappat henne över håret. Sakta smekt henne över armen. Hon mindes att hon vaknat och att det känts behagligt med smekningen. Men när hon insett att det inte var Chibbe hade hon gripits av panik. Sedan hade hon tuppat av igen. När hon vaknat hade förlopp upprepats. Om och om igen. Men det kunde lika gärna ha varit något hon drömt.

Elin lyckades öppna ögonen igen av egen kraft. Mannens ansikte var fortfarande nära. Hon försökte röra sig men det gick inte. Hennes händer låg sträckta ovanför huvudet. Hon visste inte om hon var bunden eller bara inte kunde röra sig.

"God morgon, min lilla sömntuta. Jag tror minsann fröken uppskattar lite intim massage. Vaknar du upp och vill ha mer?"

Han kramade hennes bröst lite hårdare.

"Du får ha tålamod, min prinsessa. Snart ska du få göra mig till kung och jag ska göra dig till drottning. Snart, snart. Så snart vi är ensamma. Men vi kan i alla fall kosta på oss en förstulen kyss nu när ingen ser."

Han lutade sig ner mot henne och stack tungan i Elins mun. Hon kunde inte annat än ligga där och låta det ske. Det kändes som en evighet och det gjorde ont i bröstet som han klämmer allt hårdare. Hon stirrade upp i taket och försökte tänka på annat. Försökte förstå var hon befann sig. Varför hon var här.

"Du gör mig så uppspelt, min kära. Jag förstår att du längtar precis som jag. Efter vår första gång. Föreningen som vi väntat så länge på. Jag kan knappt bärga mig. Men du förstår väl att jag måste ordna en hel det saker först. Så vi får lugn och ro. Så vi kan vara helt ensamma, bara du och jag."

56

Stämningen i bilen var tryckt. Gunvor satt i framsätet bredvid Manuel och försökte bedöma sannolikheten i att den som nu hade Elin var samma person som dödat Alice. Det föreföll extremt osannolikt eftersom hon inte kunde se något som länkade samman de två händelserna. Men det var ännu svårare att förstå vem det annars skulle kunna vara. Det var hur som helst ännu mer skrämmande att tänka sig att Elin inte var bortrövad av Alice mördare utan av någon de inte visste något som helst om. Någon de aldrig skulle kunna hitta. Alice mördare hade de i alla fall en chans att få tag på via Alice bror. Om Daniel nu bara var på sin gård. Förhoppningsvis var han så skakad av att Alice hade fallit offer för en galning att han faktiskt gav dem den info de behövde. Trots att det innebär att han avslöjade sina egna mörka affärer.

Chibbe, som suttit och stirrat frånvarande ut genom fönstret, vände sig mot David när Uppsalaslätten just bredde ut sig där utanför.

"Hon är så fin. Det finaste jag sett. Det får inte hända henne något. Då dör jag nog."

Chibbe såg plötsligt liten och vilsen ut. Han snurrade snöret, från luvan på sin svarta tröja, runt fingret. Om och om igen. Snabbt och lite ryckigt.

"Har hon sagt något om mig?" En osäkerhet rusade genom Chibbe. Verkligheten hade hunnit ikapp honom med en känsla av overklighet. Hur hade han hamnat i en bil med främlingar som skulle leta efter Elin? Elin som var detektiv.

"Hon säger inte så mycket. Vi är nog ganska blyga båda två." David blev själv överraskad av sin ärlighet. Men samtidigt kändes det skönt. "Men vi är bra vänner. Så bra man kan vara när man känt varandra så kort tid. Du förstår, i vårt jobb är det viktigt att man kan lita på varandra. Och jag litar på Elin. Även om jag inte vet allt om henne. Men jag har förstått att hon gillar dig. Hon ville verkligen inte att du skulle vara inblandad. Det var därför hon försökte få dig att komma till henne igår kväll. Trots att vi andra sa nej. För hon visste att det var något skit på gång. Du vet, jag såg allt. Mordet."

David darrade plötsligt till på rösten. Chibbe tittade med stora ögon på David och klappade honom lite tafatt på armen. Det var tyst i framsätet. Även Gunvor och Manuel lyssnade andäktigt på samtalet där bak.

"Det var en märklig kväll. Jag ville också vara hos Elin. Men jag visste inte att det där var på gång. Jag fattar verkligen inte vad de håller på med. Filma? Hur sjukt är inte det? Men han har ju alltid varit lite sjuk. Daniel har verkligen inga skrupler när det kommer till pengar."

"Har du det då?" Gunvor kunde inte låta bli att lägga sig i samtalet. Hon var rädd för att frågan lät för hård och dömande. Samtidigt ville hon att Chibbe förstod att hon alltid skulle vaka över Elin. Om hon nu bara fick chans att göra det.

Chibbe suckade tungt innan han svarade.

"Nej, du har rätt. Som jag har berättat så har jag gjort mycket dumt genom åren. Men jag visste inget om det som hände i lägenheten. Jag lovar. Och igår var jag på sjukhuset."

"Man skulle nästan kunna tro att någon ville sätta dit dig. Se till så att du inte hade något alibi. En som frågar efter sin mamma har man snart glömt. Ibland är det tur att du är stor och aggressiv." Gunvor log lite blekt till Chibbe genom backspegeln.

"Frågan är bara vem som vill sätta dit mig. Och varför."

Chibbes ord fick dem att fundera och tystnaden la sig åter över sällskapet. När de svängde in på en smal grusväg spanade de ut i sensommarkvällen och på den rejält igenvuxna vägen i framlyktornas sken.

Jag har bidat min tid.

Sparat mig för den rätta.

Väntat på att hon ska komma.

Nu är hon här.

Jag behöver inte längre någon annan.

Från nu är det bara du och jag, min prinsessa.

57

Tiden flöt på ett märkligt sätt. Elin hade inget som helst begrepp om hur länge hon legat och stirrat ut i rummet och framför allt på den enorma kristallkronan. Det kunde lika gärna vara några få minuter som flera timmar. Det var tyst och stilla. Inget att mäta tiden mot. Inget att fästa sin uppmärksamhet på. Förutom de välputsade glasbitarna i lampan. Men så hörde hon plötsligt upprörda röster.

"Hur fan tänker du? Din syster är mördad. Polisen kan komma hit när som helst igen. Hur fan kan du få för dig att kidnappa Chibbes tjej mitt i allt? Du är ju helt sjuk."

Plötsligt smälldes dörren upp och rösterna kom närmare. Elin hade svårt att styra blicken men hon såg ändå tydligt att det var Lacke som kom in med gubben i hälarna. Lacke såg chockad ut när han såg henne.

"Vad fan! Vad har du gjort? Hon är ju naken."

Mannen skyndade sig att lägga en filt över henne. Lacke mötte Elins blick när han satte sig på huk framför henne.

"Jag är hemskt ledsen. Du ska inte behöva vara här."

Mannen ställde sig snabbt mellan dem och höjde en varningens finger mot Lacke.

"Lennart." Mannen lät sträng på rösten. "Vem av oss ger mycket pengar till vem för att utföra små, lätta jobb?"

"Det här är inte jobb. Det här är kidnappning."

"Till skillnad från dina i övrigt så ärligt arbetade timmar?"

Elin hörde spydigheten i hans röst trots hennes omtöcknade tillstånd.

"Lennart lille. Du är upp över öronen insyltat i skumraskaffärer så sluta spela hjälte. Nu är du så god och gör som jag säger. Slutdiskuterat. Gå och parkera din bil bakom stallet. Vi får snart besök."

Lacke såg på Elin med sorgsna ögon innan han försvann ut ur hennes blickfång. Innan den andra mannen följde efter honom drog han av Elin filten.

”Han förstår inte att du gör vad som helst för mig. Att du och jag hör ihop. Men oroa dig inte. Snart kan han inte störa oss längre. Varken han eller någon annan.”

Så böjde han sig över henne och sög på hennes bröstvårta. Elin hörde hur han gnydde till innan hans läppar släppte taget och han såg på henne igen.

”Du och jag, min prinsessa. Du och jag.”

Så la han filten över henne, släckte och stängde dörren efter sig.

Det tog sin tid att ringla sig fram till Daniels herrgård trots att det såg så nära ut på gps:en. Grusvägen var både smal och gropig och septemberkvällen var mörk. Inga gatlyktor och inte tillstymmelsen till ljus från något hus.

Gps:en tappade uppkopplingen efter en stund vilken gjorde dem osäkra på huruvida de kört rätt. Vägen verkade aldrig vilja ta slut. Men då de inte hade något alternativ fortsatte de. Till slut såg de ljus från flera fönster längre fram. Redan på håll syntes det att det var en stor byggnad. Gunvor kollade klockan och konstaterade att de kört ganska så prick 15 minuter på grusvägen. När hon sneglade på hastighetsmätaren och såg att Manuel körde runt 40 km/timmen räknade hon snabbt ut att detta måste vara huset.

Gunvor tyckte sig se en rörelse i ett av fönstren på bottenvåningen när de svängde in på den väl tilltagna gårdsplanen. Det var en stor, gul stenbyggnad i två våningar. Ett hus med attityd utifrån vad Gunvor kunde se trots mörkret. Den respektingivande huvudbyggnaden spred även sina gracer till de bredvidliggande byggnader som såg ut som stall.

Gunvor hann med att både innerligt ångra att hon någonsin gav sig in i den här branschen och sakna Kjell av hela sitt hjärta innan Manuel stannade bilen på den bortre delen av gårdsplanen.

På andra sidan gårdsplanen stod en bil parkerad. Precis framför grusgången som ledde fram till den stilfulla trappen upp till ytterdörren. Närmare bestämt en Jaguar S-Type. Det var svårt att bedöma färg så här i kvällsmörkret men Gunvor gissade på mörkt grå. Hon hade egentligen aldrig varit särskilt intresserad av bilar förutom just den oemotståndligt vackra Jaguaren. Under sitt äktenskap hade hon ägt flera själv. Även en S-Type. Men efter skilsmässan hade hon lämnat allt med flotta bilar och dyra hus bakom sig. När hon såg Daniels dyra bil hann hon både sakna den starka, snabba bilen och reflektera över att det inte var den ultimata bilen för åka den sista biten hit ut. För den bilen gjorde sig allra bäst på motorväg utan fartbegränsning.

Även om de haft tid att diskutera alla möjliga scenarion så kändes situationen stressad och ovan. Inte ens Manuel, som var gammal i gamet, hade varit med om en situation som denna. Gunvor kände sig ännu mer rädd och liten när hon hörde osäkerheten i Manuels röst. Trots att han försökte ta kommando över situationen.

 ”Okej. Vägen slutar här så det måste vara det här huset.” Manuel vred sig och vände blicken mot baksätet. ”Då är det dags för dig, Chibbe. Vill du ha med dig någon in?”

”Nej. Jag tror det är bäst att jag går själv. Daniel är som han är. Risken finns att han redan är irriterad för att någon är på hans mark. Du vet, inte ens jag har ju fått komma med hit trots att jag känt honom det mesta av mitt liv. Vill man få något av honom är det viktigt att det är på hans premisser.”

”Ja, du vet bäst. Lycka till!”

Gunvor vevade ner fönstret för att få in lite frisk luft. De hörde gruset knastra under Chibbes svarta sneakers när han gick över gårdsplanen.

”Nu får vi hoppas att han vet något.”

De andra hummade David till svar.

Chibbe blev stående en stund utanför dörren. När han väl gick in hade de svårt att se om det var någon annan, eller han själv, som öppnade dörren. Det tog bara några minuter innan han kom ut igen och alla kunde se att han såg moloken ut.

”Fan.”

Gunvor försökte behålla modet uppe men kände samma sak som David uttryckte.

När Chibbe väl satt i bilen var han helt gråtfärdig.

”Daniel har så klart redan försökt få fatt på gubbjäveln som var med Alice den kvällen. Men han är som uppslukat av jorden. Den han påstod sig vara finns inte. Han hade tydligen falskt leg. Betalningen gjordes i cash och det såg jag faktiskt själv.”

”Det gjorde jag med. Vi spanade på er då. Sa han något om lägenheten?”

”Nja. Jag frågade varför han inte berättat för mig om att de hade kameror och han sa bara att han inte ville dra in mig i det. Att han förstod att jag inte skulle gilla det. Det var tydligen ganska nytt. Men jag kan fan inte fatta. Nog för att man behöver pengar. Men det finns väl gränser?”

”Men han måste väl veta något om den där snubben. Var träffade han honom, till exempel?” Gunvor hade vänt sig om och såg på Chibbe.

”Jag vet faktiskt inte. Har alltid föreställt mig att han annonserade eller var inblandad i konstiga hemsidor. Några gånger har han bett mig slänga ut ordet när jag snackar med någon ute på krogen. Men jag har alltid vägrat.”

”Gör han någonting nu för att få tag på den där mannen eller har han gett upp.”

”Jag vet inte. Han verkade väldigt deppig. Det är väl också därför han åkt hit. För att få vara ifred och sörja.”

”Du får ursäkta, men jag kan inte nöja mig med det här svaret. Vi måste kunna få ut något mer av honom. Jag går in.” Gunvor lossade på bilbältet.

”Det kommer inte funka. Han kommer aldrig erkänna att han var inblandad i prostitution.”

”Jag kommer på något.”

Gunvor klev ur bilen och Manuel gjorde samma sak.

”Jag kommer med.”

Ingen protesterade. Allra minst Gunvor som var mer än tacksam för att slippa gå in själv.

Det tog inte lång stund innan dörren öppnades. Gunvor kände genast igen mannen som hon sett på Berns. Chibbe hade rätt i att han såg väldigt ledsen och uppgiven ut. Han frågade inte vilka de var, utan bad dem bara följa med in i salongen. Gunvor antog att Chibbe berättat om dem trots allt.

”Var så goda och slå er ner.”

Gunvor och Manuel satte sig, på Daniels inbjudan, i varsin sammetsgrön rokokofåtölj. Daniel gick över till ett barskåp, i form av en jordglob, som var placerad centralt i det stora rummet. Han tog god tid på sig att fylla två glas med vad som såg ut att vara whisky. Manuel och Gunvor sa inget utan inväntade att han skulle bli klar. Efter att Daniel sträckt över var sitt tungt glas, med kraftig botten och klara slipskär, satte Daniel sig mitt emot dem och höjde sitt glas.

"Vi känner inte varandra men jag hoppas att ni delar en sorgeskål med mig. Till minnet av Alice."

Han höjde sitt glas och drack. Manuel och Gunvor höjde också sina glas men Gunvor låtsades bara dricka. Dels tyckte hon direkt illa om whisky och dels ville hon inte ha något i kroppen som kunde påverka hennes skärpa. Hon såg att Manuel däremot tog en stor klunk. Hon tänkte att det var bra att i alla fall någon av dem mötte Daniels behov och drack en rejäl skål. Även om det innebar att hon fick köra hem.

När Daniel sänkte sitt glas såg han på dem på ett sätt som visade att det var nu de borde förklara sitt ärende. Så Gunvor tog till orda.

"En väldigt god vän till oss är försvunnen mot sin vilja. Den som fört bort henne kan vara en person som du kommit kontakt med. Någon som också gjort det värsta mot Alice. Jag förstår att omständigheterna gör det svårt för dig att gå till polisen. Vi har inte heller varit i kontakt med dem än. Men om vi bara får tillräckligt med information så kan vi sätta dit honom för det han gjort mot Elin. På så sätt får även du din hämnd, om du skulle vara intresserad av det, utan att bli inblandad."

Trots att situationen, med Elin saknad, var outhärdlig slappnade Gunvor ända av lite. När hon nu hade möjlighet att prata med ett vittne kände hon sig på säkrare mark. Att vinna förtroende och få folk att prata hade alltid varit hennes styrka. Äntligen kunde hon göra något som kanske skulle göra skillnad.

"Jag vet inte vad jag ska säga. Jag är förkrossad bortom sans och vett."

Daniel strök sig över ögonen. För en sekund tyckte Gunvor nästan att det såg ut som om han försökte dölja ett leende. Men hon utgick ifrån att det var en grimas för att han var på väg att brista ut i gråt.

"Berätta bara allt du vet om mannen så kan vi avgöra om det är något vi kan använda för att hitta honom."

”Alla uppgifter han lämnade var falska. Det går inte heller att spåra honom via hans inbetalning för Alice tjänster.”

Daniel suckade djupt innan han fortsatte.

”Jag orkar inte med det här. Jag vill bara vara med min fiancée.”

Gunvor ryckte till och blev iskall. Plötsligt kände hon igen rösten. Hon stirrade på mannen som nu sänkt sin hand och log mot henne. Hon vände sig mot Manuel som i samma ögonblick föll av stolen och ner på golvet.

”Hoppsan.” Daniel lät skrämmande munter på rösten. ”Lennart. Nu får du komma och hjälpa till.”

Gunvor reste sig och sprang mot dörren men stoppades av Lacke som kom farande från hallen och tog ett fast grepp om henne. Innan hon hann ge sig in i närkamp riktade Daniel en pistol mot hennes huvud.

”Lugna sig nu, lilla damen.”

Lacke lossade på greppet men höll fortfarande en stark hand om hennes nacke. Daniel hade nu ett brett leende på sina läppar.

”Jag ber om ursäkt för att jag inte kom på en ny metod för din gode vän.” Daniel nickade mot Manuel. ”Lite tråkigt. Jag vet. Men ert besök kom lite hastigt på så jag fick ta till samma trick som med fröken Elin. Men jag lovar vara mer fantasifull när det så småningom blir er tur.”

Medan han pratade tog Daniel Gunvors telefon ur hennes jackficka och bad sedan Lacke ta hand om deras gäst. Han band hennes armar bakom ryggen och föste in henne, tätt följd av Daniel, in i ett angränsande rum som vette åt baksidan på huset. Hon blev både chockad och lättat när hon såg Elin ligga på sängen. Elin stirrade på henne med glasartad blick. Först då förstod hon vad Daniel menade. Han måste ha drogat henne.

Lacke puttade ner Gunvor på sängen bredvid Elin och band ihop hennes ben. Sedan släpade han in Manuel och lämnade honom mitt på golvet. När de båda männen lämnade rummet släckte de lampan och stängde dörren efter sig.

När Gunvor och Manuel gick över grusplanen såg David en gardin röra sig i ett av de släckta rummen till vänster om ytterdörren.

"Såg du?"

Vad då?" Chibbe hade uppenbarligen inte lagt märke till något.

"Det är någon i fönstret till vänster om dörren."

"Tror du? Men det är ju bara Daniel här."

"Men kolla själv då."

Båda satt tysta en stund och stirrade mot det mörka fönstret som nu var helt stilla.

"Fan, vad skumt. Men jag lovar att jag såg något."

"Det var nog bara vinden. Fan, det är lite creepy här på något sätt. Som en skräckfilm, typ."

"Ja, det är fan sant. Tänk att bo så här. Fy fan."

"Jag håller med. Jag är hundra procent stadsråtta."

"Jag är mer förortsråtta. Har aldrig festat på Östermalm förut. Knappt i stan."

Chibbe såg förvånad ut.

"Åh, fan. Ja, en annan har ju alla sina polare på Sturehof. Det är väl mer det som det hänger på än att det är Östermalm."

"Synd att inte fler av dina polare var där ikväll då. Och såg vad som hände med Elin."

"Nej, jag blev så jävla förbannad på Fredde. Trodde verkligen jag kunde lita mer på honom."

David hajade till.

"Känner du Fredde?"

"Ja, sen många år. Han är också en gammal klasspolare."

"Men vad fan." Davids tankar for som blixtar i hans huvud. Om Fredde var gammal klasskompis med Chibbe så var han ju det med Alice också. Då hade han ljugit hela tiden. David fick panik när han insåg att Fredde kunde vara i maskopi med mördare. Eller det kunde till och med vara han som var mördaren. Mördaren som nu hade Elin. Och här satt de långt åt helvete och kunde inte göra något.

"Jag måste prata med Gunvor. Nu."

"Vad händer?" Chibbe förstod inte Davids plötsliga reaktion.

David var redan på väg och Chibbe var snabbt efter. På Davids uppmaning gick båda så tyst de kunde. Han ville kolla läget i huset innan han stövlade in. Risken fanns att de annars skulle avbryta Gunvors samtal med den sörjande brodern som i bästa fall kunde ge dem fler ledtrådar. Men gruset under deras skor var svårt att kontrollera. När de passerade Jaguaren tog David stöd mot motorhuven.

"Vad fan. Den är varm. Sa han något om hur länge han varit här?"

David viskade till Chibbe som skakade på huvudet till svar. När de kom fram till grusgången, som ledde upp till ytterdörren, pekade David ut vägen och sneddade in över den välklippta gräsmattan som omgav huset. David visade med en gest att han ville att Chibbe, som var en bra bit längre än honom själv, skulle kolla läget.

"Kolla om de är mitt inne i ett samtal. I så fall får vi vänta lite."

Chibbe närmade sig försiktigt fönstret och ställde sig på tå.

"Vad fan…"

"Vad händer?"

"Det är bara Daniel där inne. Var är de andra?"

David tog fram sin telefon för att ringa Gunvor och kolla.

"Jag har fan ingen täckning."

Chibbe kollade sin mobil.

"Inte jag heller. Men så är det här. Det är alltid fast telefon som gäller när Daniel är här. Jävligt märkligt egentligen. Så jävla långt bort från civilisationen är det ju inte."

"Okej. Det är som det är med det. Kan du kolla in igen? Se dig runt och kolla om något ser annorlunda eller märkligt ut. Eller om du ser några spår efter Gunvor och Manuel."

Chibbe kikade in igen och såg sedan på David.

"Det är skitskumt. Han sitter verkligen bara helt lugnt och stirrar framför sig. Ska jag gå in och kolla?"

"Jag vet inte. Något är helt åt helvete. Vi kanske ska ta bilen och köra bort en bit så vi kan ringa Gunvor och kolla."

"Nej, fan. Jag kollar med Daniel. Om det skulle vara något så är ju jag typ dubbelt så stor som honom."

"Men det är kanske en till där inne."

"Det tror jag inte. Du måste sett fel."

Chibbe gick mot dörren, öppnade den och gick in utan att vänta på Davids medhåll. David skyndade efter in i den stora hallen just som Chibbe försvann in genom dörren till höger. När dörren slog igen bakom Chibbe fick David syn på den fasta telefonen.

Gunvor vande sig snabbt med mörkret. Hon hade faktiskt alltid haft bra mörkerseende och till hennes stora glädje var det en av få saker som ålderdomen inte försämrat. Hon talade med tyst, och så lugn stämma som hon bara kunde, med Elin och hoppades innerligt att hon var så pass medveten att hon kunde höra.

"Vi är här nu. Chibbe är också med. Han och David kommer att hjälpa oss."

Gunvor var inte helt övertygad själv. Men hon såg ingen annan utväg än att hoppas på det samtidigt som hon kämpade för att själv ta sig loss. Liten och vig som hon var, trots ålderdomens skavanker, lyckades hon sätta sig upp och ta sig ner på knä bredvid Manuel. Det var inte utan att det gjorde fruktansvärt ont i alla leder och muskler. Men hon var van att ignorera sin smärta och kroppen var full av adrenalin så det lyckades henne ganska snabbt ändå. Hon satte sig med ryggen mot Manuels medvetslösa kropp och lät händerna leta sig ner för hans ben. När hon hittade kniven, som satt i någon slags läderanordning fäst runt vristen, var hon tacksam för att han inte bara bar vapen, utan också älskade att påpeka det så fort tillfälle gavs. När hon väl lyckades krångla upp hans byxben och fick loss kniven, gick det fort för Gunvor att skära sig fri.

"Nu smiter jag ut och hämtar hjälp. Jag är snart tillbaka. Lampan får vara släckt så de inte misstänker något."

Trots att det var mörkt såg hon att Elin tittade på henne. Men det var svårt att tyda hennes blick. Den var så apatisk att det till och med var svårt att avgöra om hon var vaken eller inte. För säkerhets skull letade Gunvor efter pulsen på hennes hals. Innan hon kände de svaga, men taktfasta, hjärtslagen hann en våg av skräck igenom hennes kropp. Tanken på att Elin låg här och var död var så brutal att hon hulkade till. Innan hon gick bort till fönstret, för att se över sina möjligheter att ta sig ut, rättade hon till filten, lite moderligt, och smekte Elin på kinden.

"Jag kommer snart tillbaka. Jag lovar."

Daniel satt och såg på Chibbe, med ett leende, när han kom infarande.

"Christoffer. Vad gör mig den äran igen?"

"Vad har du gjort med dom?"

"Frågan är väl vad du har lett dem in i. Jag kan då inte minnas att jag gett dig tillåtelse att ta med dig dina nya vänner hit."

Chibbe kom helt av sig när Daniel verkade erkänna att han gjort något med Gunvor och Manuel.

"Jag kan faktiskt inte påminna mig att jag bjudit hit dig heller, min bäste Christoffer." Daniel såg på Chibbe med sträng blick innan hans blick gled över till något bakom Chibbe. "Se där. Ännu en gäst. Värst vad jag var populär idag."

Chibbe snurrade runt och drog efter andan när han såg Lacke med ett fast grepp om Davids hals och en pistol mot hans huvud. När han vände sig mot Daniel igen har han rest sig upp och riktade en pistol mot Chibbe. Det var då Chibbe insåg att han gått i en fälla.

"Vad i hela…" Chibbes chockade blick vandrade mellan Lacke och Daniel.

"Jag är ledsen." Lacke såg lätt förtvivlat på Chibbe.

"Men lille Lennart. Nu får du allt ta och skärpa till dig. Inte ska du väl stå här och vara ångerfull. Hittills har du inte varit särskilt ledsen när du vilselett Christopher och tjänat mer pengar än honom. Tvärtom. Jag tror du har njutit ganska så rejäl av att ha fått vara med i större affärer än han någonsin kommit i närheten av. Det enda som stört dig hittills är väl att du inte har fått berätta det för honom. Fått skryta som den barnsliga 12-åring du egentligen är innerst inne."

"Jag förstår inte varför vi håller på så här. Chibbe är ju okej." Det var ingen tvekan om att Lacke inte var bekväm med situationen. Men han höll fortfarande en pistol riktad mot Davids huvud.

"Det här patrasket sätter käppar i hjulen för mig. Jag tolererar inte sådant."

"Men de vill ju samma sak som dig. Hitta Alice mördare." Lacke var milt sagt förvirrad av det som hänt de sista timmarna.

”Du ska låta bli att lägga dig i frågor som övergår ditt förstånd.”

Trots att Daniel alltid påstått att Chibbe inte var särskilt smart föll plötsligt bitarna på plats.

”Det är du…”

Fönstret öppnades lätt och utan knirrande. Det var inte särskilt långt ner så Gunvor satte sig i fönsterkarmen och hoppade ner i gräset. På den här sidan var allt mörkt. Hon gick snabbt och tyst mot husknuten och tittade försiktigt innan hon rundade hörnet och gick längs kortsidan till nästa knut. Hon spanade mot bilen men tyckte, märkligt nog, att den såg tom ut. Hon tvekade innan hon gick ut på grusplanen. Efter en snabb överläggning med sig själv tog hon av sig skorna innan hon närmade sig bilen. Gruset var hårt och vasst mot fotsulorna. Smärta hade inte stoppat henne förut och gjorde det inte det nu heller. Hon var lätt och snabb och i det närmaste helt tyst när hon skyndade över vändplanen. Väl framme vid bilen konstaterar hon att den var tom. Hon förstod verkligen inte vart de tagit vägen. Så hon vände sig mot huset för att spana efter en förklaring. Då såg hon att det var flera personer som rörde sig inne i huset. Hon skyndade tillbaka till gräsmattan utanför fönstret.

Med något vilt i blicken började Chibbe gå långsamt mot Daniel. Han backade undan något steg och tog sikte på Chibbe.

"Inte ett steg till. Stanna där du är."

Chibbe ignorerade tillsägelsen och tog ännu ett steg närmare Daniel.

"Varför då? Blir det inte lättare att träffa om jag kommer närmare? För det verkar ju som om du tänker skjuta mig."

"Jag menar allvar. Stanna där du är."

Chibbe stannade upp men stod kvar och stirrade utmanande på Daniel.

"Är det du som ligger bakom allt det här. Är det du som har Elin?"

Daniel svarade inte. David ryste till av det leende som snabbt suddade bort hans tidigare så dystra uppsyn. Mannen såg helt galen ut.

"Vad har du gjort med henne? Var är hon?"

Plötsligt fick Chibbe syn på dörren till det inre rummet. Han tog ett steg mot den. Någonstans måste ju Gunvor och Manuel vara. Efter det gick allt väldigt fort. Ett skott brände av och Chibbe föll ihop. Lacke ryckte också till av chocken och tappade greppet om David. Bara en aning. Men David såg sin chans. Han vred sig lite och satte sin armbåge rakt i Lackes mage. Det var allt David behövde. Medan Lacke kippade efter luft tog sig David snabbt ur hans grepp och sprang. Dörren till hallen var nära. Han hörde ytterligare ett skott smälla av innan han försvann ut genom ytterdörren.

Från sin plats på andra sidan fönstret kunde Gunvor tydligt följa vad som hände inne i huset. Det var totalt kaos. Daniel hade ett vapen i sin hand. Lacke höll David i ett fast grepp. Plötsligt vände sig Chibbe om och rusade iväg. Då hördes en skarp smäll och Chibbe föll ihop. Gunvor stod först som förstenad av chocken. Men när David kom utfarande vaknade hon till igen. Ännu ett skott brann av där inne.

”David.”

David hann ut en bit på grusplanen innan han reagerade och stannade. Han såg oförstående på Gunvor. I några sekunder hann hon känna sig lättat över att se honom välbehållen. Sedan kom Lacke utfarande och riktade en pistol mot David. Lacke blev om möjligt än mer förvånad över att se Gunvor. Eftersom han hunnit ut en bit från huset hade han hamnat mitt emellan David och Gunvor. Han riktade pistolen fram och tillbaka mellan dem båda.

”Jävla klantskallar. Varför kom ni hit? Kunde ni inte bara låta det vara?”

”Men ser du inte vad du hamnat i? Jag vet att du inte är en mördare. Men du förstår väl att Daniel är det? Det måste ha varit han som dödade Alice. Och nu tänker han göra samma sak med Elin. Och oss. Du tror väl inte att han kommer att skona dig?”

Gunvor rörde sig sakta mot Lacke medan hon försökte hitta en förtroendefull ton i sin röst.

”Stanna där du är.”

Lacke lät skakig på rösten. Hon försökte intala sig att han inte skulle skjuta. Väl medveten om att detta antagligen var deras enda chans fortsatte hon långsamt att närma sig Lacke.

”Vi kan intyga för polisen att du inte var med på mordet. Att det var Daniel som dödade Alice och Chibbe. Att du faktiskt inte visste någonting.”

”Aldrig i livet att jag sitter i fängelse igen. Jag skiter i er och tar mina pengar och sticker. Fattar du? Stanna.”

Men Gunvor stannade inte. Lacke blev stressad och visste inte vem han skulle rikta pistolen mot. Trots att Gunvor lyckats komma väldigt nära honom verkade han ändå se David som det största hotet. En bedömning de flesta nog skulle gjort.

"Jag skjuter, jävla kärring."

Då kastade sig Gunvor fram och puttade till Lacke. Ett skott brände av. Men Lacke hade tappat balansen och skottet försvann rakt ut i luften. När han återfick balansen sträckte han sig efter Gunvor. Men hon var beredd. När han fattade tag i hennes underarm styrde hon hans kraft vidare i en yonkyo. Sedan hon lärt sig greppet på aikido-träningen hade det varit hennes favorit. Det hade tagit många timmar att lära sig övergången i greppet. Men när det väl satt spelade det ingen roll hur stark hennes motståndare var. Hon fick alltid ner dem på marken. När de väl låg ner var hon alltid snabb att få sin motståndare som i ett skruvstäd med armen fastlåst mot hennes ben.

Det gick så snabbt att David knappt hann reagera. Han såg Gunvor kasta sig fram och började själv röra sig framåt för att hjälpa till. När skottet brände av reagerade han instinktivt genom att stanna till. Sekunden efter låg Lacke på marken och Gunvor höll, till synes obesvärat, fast honom.

"Wow."

Trots att David inte trodde sina ögon när Gunvor fällde Lacke, som var dubbelt så stor och hälften så gammal, behöll han ändå fattningen och skyndade sig att ta upp pistolen som Lacke tappat i tumulten.

"Kan du hålla? Jag har tränat skytte så det är bäst att jag går in."

Efter vad han nyss bevittnat var David beredd att tro precis vad som helst om Gunvor. Han tog över greppet om Lacke och räckte henne pistolen. Det behövdes i stort sett inga krafter för att hålla fast Lacke som låg på mage med armen utsträckt bakom sig, fastlåst mellan Davids ben. Gunvor visade hur han kunde pressar Lackes hand i ett smärtsamt läge om han började trilskas. David nickade och viskade att hon skulle var försiktig. När Gunvor smög bort mot huset slösade Lacke ingen tid utan försöker genast förhandla med David.

"Snälla släpp mig. Jag kan hjälpa er att stoppa den där galningen. Den här gången har han fan gått för långt. Ge mig en chans."

"Det är inte så många minuter sedan vi bad dig om hjälp och du sa nej. Du hade en chans men du tog den inte."

"Men kom igen. Jag lovar." Lacke var desperat och gjorde ett försök att krångla sig ur greppet. Men han kom ingen vart.

"För sent."

David njöt av situationen trots att han var orolig för vad som hände i huset. Tanken att låta Lacke löpa så att han istället kunde hjälpa Gunvor kändes lockande. Men han visste att Gunvor inte skulle bli glad på honom så han höll kvar det fasta greppet om Lacke.

65

När Gunvor gav sig in i huset utgick hon från att Daniel visste att hon var på väg och att han var beredd med sitt vapen. Men hon hade inget val. Gick hon inte in var det kanske snart för sent för både Elin och Manuel.

Det var olycksbådande tyst och stilla. I hallen hördes bara ett sprakande ljud. Det var telefonen som låg ur sin klyka som om någon lämnat telefonen mitt i ett samtal. Det var märkligt. Men inget Gunvor hade tid med nu. Hon kikade in i vardagsrummet där hon och Manuel blivit bjudna på whisky för vad som nu kändes som en evighet sedan. Hon stack snabbt in huvudet och tillbaka igen. Daniel var inte där. Långsamt smög hon in i rummet.

En pistol låg på ett litet bord längs ena väggen. Nära dörren till inre rummet. Gunvor hoppades att det betydde att Daniel var obeväpnad. Men det var inget hon tog för givet. Karln verkar både galen och i behov av att ha total kontroll så det verkade osannolikt. Om det inte var så att han hade full tillit till att Lacke klarade att hålla ställningarna.

Chibbe låg helt stilla på golvet. Det hade bildats en blodpöl runt honom. Men det var svårt att avgöra hur allvarligt skadad han var. Hans hoodie var mörk och gjorde det omöjligt att se var på överkroppen han hade blivit skjuten.

Till sin glädje såg Gunvor att hans ögon var öppna och deras blickar möttes. Hans finger pekade, i skydd av hans kropp, mot det inre rummet. Hon nickade till svar. Det var verkligen en lättnat att Chibbe var vid liv. Men han såg ut att behöva vård ganska så snart. Gunvor bad en stilla bön för att han skulle ligga kvar på golvet och spela död eller avsvimmad eftersom han syntes från det inre rummet.

Hon var fortfarande barfota så hon kunde röra sig i det närmaste ljudlöst genom rummet. Ett steg i taget. Hjärtat bultade hårt i hennes bröst och hon kämpade för att andas så tyst som möjligt. Men det var svårt eftersom hon både var andfådd efter slagsmålet och vettskrämd för att vara på väg in i en fälla. Det kändes som en evighet innan hon nådde fram till rummet där Elin och Manuel hölls fångna.

Hon försökte samla sig innan hon blottade sig i dörröppningen. Försökte andas lugnt och koncentrerat. Men det gjorde ingen skillnad. Hon var sprickfärdig av rädsla för att hon inte hade den minsta aning om vad som väntade henne.

Daniel satt i sängen med Elins huvud i sitt knä. I handen hade han en kraftig jaktkniv. Spetsen vilade mot hennes bröstkorg och pekade ut riktningen mot hennes hjärta. Daniel såg inte upp när Gunvor klev över tröskeln. Han hade bara ögon för Elin. Elin verkade vara lite mer medveten nu än tidigare. Gunvor kunde se att hon försökte vända på huvudet. Men Daniel vred det tillbaka och höll fast henne så att hon bara kunde se på honom.

"Mon amour, vi har inte tid för andra. Vi ska ägna oss åt varandra nu. När du blir piggare ska vi rida tillsammans. Du ska rida på fuxen i lång vit klänning. Precis som vi talat om den första gången vi sågs. Kommer du ihåg? Ljuvliga minne. Vårt första gemensamma."

"Det är över nu, Daniel."

Daniel tittade fortfarande inte upp.

"Det är över först när jag säger att det är det. Som alltid. Det är jag som dikterar villkoren. Och jag släpper henne aldrig. Nu är hon min prinsessa. Jag ska göra henne till drottning."

"Räcker det inte nu?"

Gunvor lyfte pistolen och riktade den mot Daniel. Men hon visste att hon aldrig skulle kunna skjuta. Hon skulle antagligen heller inte träffa om hon försökte. Hon var för darrig på handen. Daniel verkade också känna på sig att hon inte skulle trycka av vad som än hände.

66

Både David och Lacke ryckte till när ett skott brann av inne i huset. Davids instinkt var att springa in men han lät bli. Gunvor litade på honom. Han vill inte göra henne besviken. Om det var hon som hade övertaget där inne gjorde han helt rätt i att hålla kvar Lacke. Om det inte var Gunvor som hade övertaget så var det ändå kört. Då hade de i alla fall gjort allt de kunnat. David tänkte stå kvar på sin post så länge det bara gick. Med lite tur var räddningen snart här.

"Daniel. Daniel. Aj." Lacke skrek så gott det gick tills David pressade upp hans arm i ett ännu smärtsammare läge.

"Håll käften."

När Lacke slutade skrika blev det tyst. Kusligt tyst. Men så hördes en bil i fjärran. Ljudet växte sig starkare. Det var ingen tvekan om att någon närmade sig på den öde grusvägen. Snart syntes bilens strålkastare. Några sekunder senare körde en bil in på gården i hög fart. Den tvärbromsar en bit bort. En man klev ut. David såg genast vem det var.

"Och vad fan gör du här?"

Trots att David plötsligt förstod hur det hängde ihop förmådde han sig inte att bli rädd. Det enda han kände när han såg Fredde var ilska.

"Skit i det du och släpp Lacke."

Fredde såg hotfull ut när han närmade sig David. Men han hann inte ta många steg innan de hörde polissirener. David visste fortfarande inte vad som hänt inne i huset. Men det var ändå en otrolig lättnad att polisen var på väg. Fredde vände om och sprang mot baksidan av huset. David undrade vart han var på väg. Om han kände till området och såg sin bästa väg ut åt det hållet.

"Fredde, för helvete." Lackes röst var full av förtvivlan.

"Schyssta polare du har." För en väldigt kort stund kände David ett uns sympati för Lacke.

Snart var gården full av polisbilar.

"Det var jag som ringde." David ropade till polisen samtidigt som han släppte taget om Lacke. Han sträckte upp sina händer i luften för att visa att han inte var ett hot.

254

67

Gunvor hörde hur Chibbe rörde sig bakom henne. Hon gissade att han kände sig tryggare och försökte hitta en bekvämare ställning. Men hon släppte snabbt tankarna på Chibbe och fokuserade på Daniel.

”Kan du inte bara förstå att det är över. Släpp henne fri. Hon har inte gjort dig något.”

”Hon är min.”

”Nej, hon är min.”

”Plötsligt dundrade Chibbe in i rummet. I handen hade den pistol som Daniel skjutit honom med. Innan vare sig Gunvor eller Daniel hunnit reagera sköt Chibbe Daniel i huvudet. Gunvor kastade sig fram och lyckades vrida på kniven så den inte trycktes in i Elins bröst när Daniel föll tungt framåt. Blodet rann från Daniels huvud rätt ner i ansiktet på Elin. Gunvor hörde hur Chibbe rasade ihop medan hon kämpade för att lösgöra Elin ur Daniels famn. När hon till slut lyckades dra upp Elin i sittande ställning satte Gunvor sig med armarna om henne. Elin stönade och vred på huvudet. Hon snyftade till när hon fick syn på Chibbe som låg livlös på golvet. Elin tryckte henne närmare intill sig. De blev sittande så. Oförmögna att göra annat.

De hade suttit där en bra stund när de hörde sirener i fjärran. Ljudet kom närmare. Genom en dimma av overklighet såg Gunvor hur poliser kom in i rummet. Det var över men ändå inte. Gunvor drogs in i sig själv och en ångestattack av det värre slaget. När Elin bars ut av ambulanspersonalen var hon oförmögen att följa med.

Efter minuter av total ångest och overklighet satte sig en polis bredvid henne och hjälpte henne att sluta hyperventilera. När gråten väl kom var det som en befriare. Hon grät och grät mot den vänliga, kvinnliga polisens axel.

När gråten ebbat ut fick hon veta att Elin, Chibbe och Manuel förts till Akademiska sjukhuset. Alla tre verkade vara utom livsfara. Gunvor kände en otrolig tacksamhet och glädje trots att hennes kropp fortfarande skakade efter ångestattacken.

Den kvinnliga polisen följde henne ut på gårdsplanen där David stod och pratade med en annan polis. David såg både liten och trött ut. Samtidigt såg hon drag av den man han var på god väg att bli. En modig man som visste vad som var rätt och vad som var fel. En man som gjorde vad som helst för det goda. Om det så handlade om att jaga en galen mördare. En man som David inte visste att han var för en vecka sedan. Men en del av honom som kommit för att stanna.

Polisen klappade honom på axeln. När hon närmade sig hörde hon vad polisen sa till David.

"Det du gjorde var föredömligt. Tack vare att du lät linjen vara öppen kunde vi dels höra att det avlossades skott och dels snabbt se var ni befann er. Du har med största sannolikhet räddat liv idag."

David log stort mot Gunvor när hon slöt upp i deras samtal.

"Ringde du polisen?" Plötsligt kopplade Gunvor. Hon hade sett att telefonen inte låg i klykan och hon hade hört knastrande ljud från telefonen. Men hon hade inte haft tid att tänka mer på det då.

"David. Vilken tur att du var med."

Gunvor menade verkligen vad hon sa och David visste att det var sant när han såg tårarna i hennes ögon.

"Jag är bara glad att jag kunde göra något. Och förresten var du inte så illa själv som fångade den där Lacke. Det trodde jag inte om dig."

David och Gunvor kramade om varandra innan de satte sig i varsin polisbil för att köras till förhör.

Redan kvällen efter satt de åter samlade på Gunvors balkong. Elin och Manuel hade fått stanna på sjukhuset över natten. Efter dropp och en natts sömn mådde de båda mycket bättre. När de skrivits ut, framåt eftermiddagen, hade de åkt raka vägen till polisstationen.

Gunvor och David hade också suttit i förhör det mesta av dagen. Men innan dess hade Gunvor berättat allt för både Aidan och Kjell över skype. Aidan var lättad över att det var över men också lite besviken för att han inte varit med till slutet.

Chibbe, som opererats under natten, mådde efter omständigheterna väl och hade kunnat höras från sin sjukhussäng.

Elins mamma hade gått i taket när Elin berättat vad som hänt. Det hade varit på vippen att hon tvingade Elin att stanna hemma på obegränsad framtid. Men efter att Elin påpekat att hon faktiskt var myndig och dessutom bara skulle gå över till Gunvor så hade mamman gett med sig. Hur det än var så var mamman också tacksam för den chans som Gunvor gett Elin. Trots att hon tyckte att det hela skötts vansinnigt oansvarigt.

”Som du vet har jag levt med våld i större delen av mitt liv. Den här våldsmannen satte vi stopp för. Är inte det värt att fira?”

Det hade mamman så klart inte kunnat säga nej till. Så efter att ha gråtit en skvätt hade hon köpt en stor tårta som hon propsade på att Elin skulle ta med till Gunvor.

Manuel hade fortfarande huvudvärk. Trots det hade han ett belåtet leende på läpparna. Han funderade redan över hur han skulle beskriva fallet på hemsidan. Det var det största och farligaste fall han någonsin jobbat med.

David fick till sin stora belåtenhet berätta om och om igen vad som hänt. När han såg hur det tindrade i Elins ögon tog han i lite extra för att även lyfta fram Chibbes modiga insats.

I en stund av eftertanke talade de också länge och väl om det iskalla beräknande hos Daniel.

”Jag undrar verkligen hur det såg ut i den mannens huvud. Han måste ha lekt en sjuk lek. Tänk att döda sin egen syster. Men vad man förstått hade de en väldigt destruktiv relation. Daniel verkar ha utnyttjat henne det mesta av hennes liv. Nu när båda är borta kommer det bli svårt att ta reda på om Alice fick ut något av det.” Trots att Gunvor var mer än glad att de löst fallet störde det henne att hon aldrig skulle få veta hela sanningen.

”Svårt att veta. Men de verkar ha haft väldigt starka band. Sjuka, men starka. De bodde ju fortfarande tillsammans trots att de var över 30 båda två.” Manuel gjorde sitt inlägg i funderingarna trots att han hade munnen full av tårta.

Gunvor nickade instämmande innan hon vänder sig mot Elin.

”Men det verkar i alla fall som om du gjorde stort intryck på honom. Så stort att han gjorde sig av med Alice. Det är fruktansvärt att tänka sig att han så kallsinnigt och välplanerat lät Alice polisanmäla Mikael. Att låta misstankarna falla på honom. För jag är övertygad om att det var så det gick till. Jag hade svårt att sova i natt när jag tänkte på vad som hade kunnat hända om vi inte hittat dig. Han verkade fullständigt besatt.”

”Ja. Men även om jag var rädd så kändes det inte som om han ville skada mig. Tvärtom. Det var ni som var i den största fara. Och Chibbe. Han måste ha blivit rasande när han såg mig och Chibbe på kontoret. För det var Daniel. Det förstod jag när han hade min sjal.”

”Det måste också ha varit han som lurade Chibbe till sjukhuset. Antagligen för att Elin skulle tro att han var inblandad och lämna honom. Men det får vi nog aldrig veta.” Gunvor insåg att hon skulle fundera på detta länge än. Alltför många frågor skulle antagligen aldrig få svar. Någonsin. De hade gått i graven med Daniel och Alice.

”Vad jag förstår kommer de att titta på mordet på Daniels och Alices föräldrar igen. Det är tydligen väldigt lika tillvägagångssätt som mordet på Alice. Vilken galning. Tur att det inte var honom du föll för.”

Manuel riktade sig till Elin. Det var menat som ett skämt men Elin ryste till. För henne var det inte helt självklart. Enligt henne handlade det egentligen mest om ödets nyck. Hon hade trots allt attraherats av något hos Daniel. Hade inte Chibbe tagit initiativ hade hon säkert fortfarande tyckt att han var en slusk. Då hade Daniels gentlemannamässiga och ohämmade uppvaktning säkert kunnat fånga henne.

När det ringde på dörren sprudlade glädje och längtan genom Gunvor. När hon öppnade kunde hon inte annat än att kasta sig i Kjells efterlängtade famn. Deras läppar möttes och de kysste varandra intensivt. Hans armar höll hårt om henne och när kyssen övergick till en omfamning viskade han i hennes öra.

"Nu är jag här. Och jag tänker ta med dig hem så jag kan få sova på nätterna. I alla fall ett tag. Nu får du ta ledigt från brott och mord en månad eller två."

Gunvor kunde inte annat än nicka in i hans axel.

Innan de gick in till de andra ringde det på dörren igen. Det var Ciwan och Tara. Gunvor hade bjudit över dem också. Dels för att fira sitt lyckade uppdrag men också för att de skulle få träffa Kjell igen. När de nyanlända gästerna fyllt sina tallrikar och glas i köket satte de sig i vardagsrummet. Gänget på balkongen droppade in och fyllde i med valda delar när Gunvor åter igen berättade om de senaste dagarnas drama.

"Så din kontakt var egentligen en av skurkarna?"
Gunvor nickade och tänkte att hon aldrig mer skulle lita på någon så lättvindigt som hon litat på Fredde. I förhören hade det framkommit att Fredde arbetat för Daniel under många år. Jobbet i baren var främst för att kunna ragga kunder till Alice. Vilket gett honom en rejäl bit av kakan.

"Mitt val av kontakt kunde inte varit sämre. Det gjorde att Daniel visste om mig redan från starten."

Gunvor mindes plötsligt mannen som stirrat på henne när hon satt på balkongen en kväll. Och mannen på bryggan utanför Mikaels och Nadjas lägenhet som dök upp från ingenstans. Om det var Daniel eller inte skulle hon aldrig få veta. Så hon försökte skaka av sig den obehagliga känslan, som tanken fört med sig, och i stället känna sig lättad över att uppdraget nu var slutfört.

”Hör ni nu när vi alla är samlade.”

De andra tystnade när Gunvor höjde rösten.

”Vi har varit genom en galen resa. Både privat och i jobbet.”

Hon såg på David och Elin som nickade samstämmigt.

”Jag är otroligt tacksam för att jag har fått göra denna galna resa med just er. Skål för Fruängsdeckarna.”

De andra utbröt i ett skrålande så Gunvor höjde rösten lite till för att höras igenom sorlet.

”Och skål bästa chefen.”

Manuel höjde sitt glas till svar. Innan hon drack vänder sig Gunvor mot Kjell.

”Och skål världens finaste och tålmodigaste man.”

Kjell log och sträckte sig efter henne. Gunvor kramade hans hand, drack en skål och försjönk i tankar en kort stund. Hon tänkte på hur det hela startade när Nadja gav dem ett uppdrag. Den stackars kvinnan hade också varit igenom skärselden. Förhoppningsvis var det lite bättre nu. Om det var Fredde eller Lacke som hotat Nadja visste de ännu inte. Men Mikael hade blivit släppt under dagen, friad från mordmisstankar.

Att påstå att alla var trötta var en underdrift. Men behovet av att träffas hade varit starkare. När de nu både ätit, druckit och pratat igenom allt gång på gång så kändes det väldigt bra. De hade fått avsluta historien tillsammans. De kramades innan de skiljdes åt. Var och en på väg hem till sitt. Snart njöt Gunvor av varje sekund när hon äntligen fick krypa ner mellan lakanen och hålla hårt om sin älskade.

69.

Elin var fylld av ett sammelsurium av känslor när hon gick hemåt. Kvällen innan hade varit fruktansvärd på så många sätt. Tack och lov för att hon inte mindes allt. Och det hon mindes var inlindat i en märklig drömkänsla.

Chibbe var åter igen i hennes tankar. Det hon mindes starkast från kvällen innan var när hon sett Chibbe ligga på golvet. Helt blodig och stilla. Hon hade varit säker på att han var död och velat skrika av förtvivlan. Men inte ett ljud hade kommit över hennes läppar. Lyckan när hon förstod att han levde och skulle klara sig var obeskrivlig.

När hon tidigare på dagen skrivits ut från sjukhuset hade hon till sin stora glädje lyckats ta sig in på Chibbes avdelning. Hon hade fått pussa på honom ordentligt innan hon varit tvungen att åka till förhör. Chibbe hade gråtit när hon försiktigt kramade om honom. Tårar av lättnad och förälskelse. Och oro. För han hade trots allt dödat en annan människa. Han var medveten om att han inte var Guds bästa barn. Han har varit på fel sida om lagen alltför många gånger i sitt liv. När han var med Elin ångrade han allt. Allt utom att han skjutit Daniel. För det hade han gjort för Elins skull.

Elin kände att hon var en helt annan person nu än för bara en vecka sedan. Nu visste hon att hon var stark. Hon visste att hon var älskad. Och hon visste att hon skulle göra vad som helst för sin skyddsängel Chibbe.

70

David kramade om Elin när deras vägar skiljdes åt. Han kände en värme för henne som om hon vore hans lillasyrra. Den förtvivlan han känt, när hon försvann kvällen innan, var avgrundsdjup. Han hade inte varit beredd på att känna så starkt. Men när han nu gjorde det tog han det på största allvar. Han hade lovat sig själv att det aldrig mer skulle få hända Elin något. Inte så länge han var med i alla fall. Från och med nu tänkte han skita i vad folk tyckte och visa att Elin var en polare. De fick säga vad de ville. Han kunde skita helt i dem om det så skulle vara. För nu hade han ett liv. Ett eget liv.

När han gick uppför backen bredvid skolans fotbollsplan drog han upp tröjärmen. Han såg på de hafsigt skrivna siffrorna för han visste inte vilken gång i ordningen. Men den här gången nöjde han sig inte bara med att titta. Han slog numret och väntade spänt på svar. När han hörde den trötta med mjuka rösten fick han en varm känsla i bröstet.

"Hej Bella. Det är David. Deckaren från igår."